海豚的鼻子

黑孩 —— 著

天津出版传媒集团
百花文艺出版社

图书在版编目（CIP）数据

海豚的鼻子 / 黑孩著. -- 天津：百花文艺出版社，2024.1
ISBN 978-7-5306-8597-6

Ⅰ.①海… Ⅱ.①黑… Ⅲ.①中篇小说–小说集–中国–当代②短篇小说–小说集–中国–当代 Ⅳ.①I247.7

中国国家版本馆 CIP 数据核字(2023)第 230986 号

海豚的鼻子

HAITUN DE BIZI

黑孩　著

出 版 人：薛印胜
选题策划：汪惠仁
编辑统筹：徐福伟　　责任编辑：李　跃
特约编辑：王亚爽　　美术编辑：任　彦
出版发行：百花文艺出版社
地址：天津市和平区西康路 35 号　邮编：300051
电话传真：+86-22-23332651（发行部）
　　　　　+86-22-23332656（总编室）
　　　　　+86-22-23332478（邮购部）
网址：http://www.baihuawenyi.com
印刷：天津新华印务有限公司
开本：880 毫米×1230 毫米　1/32
字数：211 千字
印张：9.625
版次：2024 年 1 月第 1 版
印次：2024 年 1 月第 1 次印刷
定价：45.00 元

目录

百分之百的痛

早上，我从日本给妈妈打电话，第一句话就说："生日快乐！"妈妈很高兴，告诉我她正准备出门去美容院，还说她中午前要赶回家。我已经从三姐那里听说了，哥哥姐姐们都安排好了，中午要在妈妈家，给妈妈贺寿。电话里妈妈的声音很洪亮。说到我的哥哥姐姐们，虽然都不是有神论者，却相信七十三和八十四是数字中的厄介，所以妈妈的生日，他们想隆重地办一下。用哥哥和姐姐的话来说，隆重可以"冲邪"。妈妈刚好八十四岁。

但中午我再次打电话到妈妈家，却没有人接电话，给三姐打电话，三姐说妈妈突然发高烧，去找医生看，医生当场安排妈妈住院了。三姐补充说："应该没有什么大病，可能是因为妈妈的年龄比较大，所以医生才让妈妈住院做全面检查。"

不过是感冒，吃点消炎药，打几个吊瓶，烧退了，妈妈就会出院的。我们都这么想。

第二天晚上，我又给三姐打电话。三姐说妈妈的烧一直不退，验血结果虽然出来了，但查不出有什么地方不正常。三姐又补充说："那个小护士不行，扎针扎不准，每次都扎好几次。妈妈的胳膊都被扎青了。"

我这个人很少失眠，只要脑袋挨上枕头，马上就会睡着的。但妈妈住院的这个夜晚，我虽然很困，却睡不着，透过窗帘照在床头的一丝月光使我觉得不舒服。只要一睁开眼睛，墙壁是青色的，被子是青色的，我甚至觉得我睡觉的房间也是青色的。失眠原来是如此难熬的时刻。

翻来覆去中，我自然而然就想到了一件事。那是好多年以前，妈妈也住过一次院，是什么病我忘记了，反正做了手术。妈妈在医院住了大约一个星期。那一次，我特地从日本赶回去。病房里只有我跟妈妈两个人的时候，妈妈躺在病床上，握着我的手，悄悄地问我住院费和手术费会不会太高，医疗费会不会没有人承担。爸爸死后，妈妈靠一点点的养老金生活。我常常从日本给妈妈寄一些钱，哥哥姐姐们每个月多少也给妈妈几个钱。妈妈一共有六个孩子，医疗费平摊六份的话，应该不会是太大的负担。妈妈如此担心她的医疗费令我觉得惊异。哥哥姐姐们，当然也到医院看望妈妈，只是不像我，反正没有家可回，干脆睡在临时搭在妈妈病床旁边的铁丝床上。从早到晚，我一整天都守在妈妈的身边。那时我望着妈妈说："你不要怕，这次的医疗费就让我一个人包了吧。"我说的是真的。我自小离家，一直没有照顾过妈妈。原则上，有力的出力，出不了力的，出钱也行。妈妈当场流了泪，好像松了一口气。妈妈流泪的时候，我的心里酸酸的。过了一会儿，妈妈小声地对我说："谢谢你。"我的心本来就酸酸的，妈妈说谢谢我，我觉得不自在，难过得想哭。我对妈妈说："没关系，没关系，我是你女儿，你把我养这么大，我应该报答你。"于是妈妈使劲儿握着我的手，握了很长时间。长这么大，我还是第一次在妈妈的身上看到了不安和怯懦。妈妈老了。也许是因为年龄大了，妈妈没有安全感。而我们每个人都会老的。

真是闹心，因为我突然意识到，妈妈肯定又在担心她的医疗费了。我真想马上赶回去看望妈妈，像上次妈妈住院一样，让妈妈牵着我的手。而我呢，会再一次告诉妈妈，我愿意承担所有的医疗费。晚上，丈夫从公司回来。他在日本的一家出版社工作，一天到晚总是在忙着编书。听了我的话，他对我说："你啊，我觉得你应该回去看一看妈妈。妈妈年纪大了，每看一次，就意味着见面的机会减少一次。日本和中国，虽然坐飞机三个小时就到了，比去冲绳还近，但真回去一次，其实并不容易。话说回来，你有多久没有回家了？"我想了想，回答说："五年，或者六年了。"丈夫吃了一惊，但没有说什么，过了一会儿，他端了一杯咖啡到我身边，问我："妈妈有生命危险吗？"我反问丈夫："听三姐说是发烧，应该是感冒吧，感冒会有生命危险吗？"丈夫说："可能性不大。"

话是这么说，到了第三天早上，我还是迫不及待地打通了三姐的电话。三姐告诉我，昨天夜里，妈妈已经被转移到集中治疗室了。我吓了一跳，一口气追问下去："妈妈有危险吗？妈妈得的到底是什么病？"三姐说连医院都确诊不了，所以不知道是什么病。三姐还告诉我，因为妈妈的嗓子里都是痰，喘不上气来，所以喉咙里被插了一根胶皮管子，妈妈现在没有办法说话。这时候，我发现三姐说话有一个特点,就是把最关键的话,放在最后说,每一次都是这样,令我觉得每次在放下电话前都像被她扎了一针,很痛。三姐说:"妈妈的嘴角和嘴唇,全是血迹,黑色的血迹。"我真想知道那些血迹是怎么来的,却没敢问。

我跟三姐通话的时候,正坐在窗前的沙发上。天气很好,十月的阳光将房间的墙壁照得十分明亮。我的身边坐着刚满四岁的儿子。儿子出荨麻疹,肌肤上一块块红色的斑疹看起来像山丘。我一边跟三姐说话,一边用冰袋给儿子冰出疹子的地方。儿子正在看电视。

三姐还在说妈妈的事。三姐说妈妈的喉咙里被插了管子以后,因为说不了话,所以有什么事征求妈妈的意见时,妈妈只能摇摇头,或者眨眨眼睛,不知道妈妈到底在表达什么。但三姐补充说:"妈妈好像一直在寻找什么似的。我们都觉得妈妈是在找你。"然后三姐停顿了一下,问我说:"你觉得妈妈是不是在找你呢?"

我放下手里的冰袋,站起身,走到窗前,朝窗外望了一会儿。人行道上,几个人匆匆走过白色的石阶,此时此刻,灿烂的阳光白得令人难以承受,我把窗帘拉上了一半。重新坐下来的时候,感觉比刚才舒服了很多。我脑子里映出妈妈的样子,妈妈没有任何变化,温柔的微笑和疲倦的神情。妈妈的确就是这个样子。

三姐在电话的另一端重复地问我刚才的问题,声音很大:"你觉得妈妈是不是在找你呢?"

我不禁点着头,嘴里跑出来的话却是:"都什么时代了,医疗如此先进,怎么会查不出妈妈得的是什么病呢?!"

三姐回答我说:"医生也很为难,只告诉我们查不出毛病来,因为验血后的所有指标都在正常范围内。"三姐补充说:"高热不退,靠喉咙插着的管子呼吸,妈妈看上去很难受。"

三姐小个头、大眼睛、小嘴,跟妈妈长得很像。在我的眼里,三姐跟一些脆弱的小动物属于同类,兄弟姐妹里我最疼的就是三姐。三姐在电话的另一端抽抽搭搭地哭起来了。我也想哭,但我觉得自己一旦哭起来的话,也许根本没办法停下来,而我的身边正坐着生病的儿子。我对三姐说:"你别哭,哭也没用。你哭会影响到我的心情。"但三姐还在哭,我的心被三姐的哭泣搞得破碎不堪,好久好久不能说话。我快憋不住想流泪的时候,三姐突然停止了哭泣,对我说先聊到这儿,妈妈的事,如果有什么变化的话会马上通知我。三姐真是个怪人,情绪转变得这么快。但我松了一口气,连声对三姐说好。三姐还嘱咐我每天都要给她打电话。最后,三姐补充说:"你离得远,可能比我们还要担心妈妈。但我知道,你一个人在海外并不容易,所以你不用太担心的,我们有这么多人在妈妈的身边。你自己也要保重啊。"

三姐想挂掉电话的时候,我忙叫住她。我问三姐:"妈妈有没有上医疗保险?"

三姐停顿了一会儿说:"没有。"

我接着问:"为什么?"

三姐说:"妈妈的年龄太大了,保险公司不给上。"

我已经好久没有在国内生活了,不懂得年龄大了为什么上不了医疗保险。自一九九二年二月来到日本以后,国内所有的变化,我都不知道了。尤其我怀疑,说妈妈年龄大,也许只是哥哥和姐姐没给妈妈上医疗保险的一个借口。

日本的父母,基本上不跟孩子一起住,所以也不照看孙子和孙女。尤其我丈夫的父母不在东京,在大阪,所以儿子生病的话,我总是足不出户、寸步不离地守在儿子身边。

我决定给婆婆打电话。寒暄后,我直截了当地问婆婆能不能来东京帮我照看几天孩子。至于是什么原因,我没有说,我怕说了给婆婆增加负担。婆婆说她年纪大了,当真帮我照看孩子的话,万一有个三长两短的,担当不起。挂了电话后,我很生气。一整天,我就坐在沙发上陪儿子看儿童节目。到了夜里,我很困,但还是睡不着。我又失眠了。我住的地方是居民区,离闹市远,所以夜非常静。夜无声无息。丈夫回来得很晚,洗过澡,想上床睡觉的时候,我坐起来,对他说:"我今天才明白,自从跟你结婚,一直到今天,对你妈妈,我为什么一直无法将'妈妈'叫出口。"

丈夫问我为什么。我说:"跟你结婚的时候,你妈妈没有一点表示。我生儿子的时候,你妈妈同样没有给一分钱。"我觉得自己已经无法收口,"不仅如此,我坐月子的时候,你叫你妈妈来照顾我。但是,你去出版社以后,你妈妈早上烤面包,中午煮面条,晚上做的都是你喜欢吃的菜。你妈妈想照顾你,应该挑日子,而不是在我坐月子的时候。早上面包,中午面条,我没有奶水是正常的,你妈妈却说奶水跟食物没有关系,跟我的精神有关。"

我好不容易收口了。丈夫挨着我坐,尴尬地拍了拍我的肩,他知道我一直对他妈妈有看法,但他了解我,知道我的心情很坏,不过拿他出气。实在是很愚蠢,我很闹心,不知道除了用丈夫出气以外,还有什么方法可以舒缓乱糟糟的心情。然后,丈夫钻进被窝,告诉我他很想睡觉,并很内疚似的牵住我的手说了一声抱歉。丈夫很快打起呼噜来了。呼噜声像一只熟悉的猫,慢慢地走近我的脑海。

在我觉得腰酸背痛的时候,一夜过去了。丈夫最早从床上下来,梳洗过,吃了饭,然后走了。也许我的样子不好看,出门之前丈夫对我说:"你不该这样萎靡不振,凡事要往好的方面想才对。"

我坐在床头盯着儿子。晨曦照着床头。看样子,儿子还会继续睡下去。出乎我意料的是,儿子的荨麻疹一夜之间就好了,一块块障我眼目的红疹一下子消失了。医生说荨麻疹像潮汐,退了还会再出来。但我依然觉得心里多少腾出了一小块空隙,刷牙时牙膏的柠檬气味浸到那一小块空隙里,有一种清凉舒畅的感觉。也许丈夫说得对,我应该往好的方向想。我希望今天妈妈会有好转。

晨曦已经隐去,太阳升起来了。我的手机响了。一直以来都是我给三姐打电话,三姐却突然打电话给我了。接电话的时候,我觉得心头有一阵慌乱,但我尽力控制自己。果然,三姐告诉我说:"今天早上,妈妈从集中治疗室出来了。"

我高兴地问:"妈妈的烧退了吗?状况好转了吗?"

三姐说:"没有。"

我不明白是怎么回事儿。沉默了一会儿后,我问三姐:"既然妈妈没有好转,为什么会出集中治疗室呢?"

三姐说:"你为什么这样问呢?"不等我回答,三姐突然大声地说:"我们也没有办法,是医院让妈妈出来的。"

我问:"为什么?"

三姐说:"还不是因为钱!医院跟你在国内的时候不太一样了,要提前交押金才让住院,更不必说集中治疗室了。"

我已经从朋友那里听说过类似的事情了,最怕的就是生病,为了治病,有的人倾家荡产。我对三姐说:"那就先交钱啊。"

三姐说:"你说得容易,但我手头的钱已经用光了。其他的人,大姐、二姐,还有哥哥和老四,都说没有钱。没有一个人肯拿钱出来。换了你,你会怎么做?话说回来了,即使每个人拿几个钱出来,至多维持两个晚上。你不知道,一个晚上要多少钱啊!"

三姐提示我注意钱的问题,这一点她说的是对的。为了不至于搞错了,我问三姐一个晚上要多少钱。听了三姐的回答,我吃惊不小,想不到这么贵!但我还是松了一口气,忍不住地问:"那么,我留给妈妈的钱呢?我留给妈妈的钱足够支付的啊。"

三姐解释说:"妈妈住院后,用的钱就是其中的三万,但是三万根本不够,我还跟朋友们借了点钱。"

我问三姐:"那么,另外的那些钱呢?"

三姐又抽抽搭搭地哭起来了:"就是这些了,还幸亏我当时帮妈妈存下来呢。剩下的那些钱,早就从妈妈的手里跑掉了。"

三姐说她一直不敢告诉我这件事,事到如今,除了觉得十分遗憾,还觉得很抱歉。"十分、很"这些字眼儿使我变得激动不安。我打断了三姐的话。我无法梳理自己的心情,与其说乱糟糟的,不如说是觉得孤零零的。一心只剩下愤怒,我不高兴地对三姐说:"我卖掉了北京的房子,我一分钱都没有拿。那么一大笔钱。我把那么一大笔钱全部留给了妈妈,为了什么?就是为了这种用钱的时候,妈妈的手里不至于缺钱。那么大的一笔钱，你却告诉我不知道跑到哪里去了。"

三姐一迭声地说："我理解你现在的心情，你骂吧，骂吧。"

三姐很知趣地沉默着，我想起我最不该责怪的也许就是三姐，努力平静了一会儿后，我说："再问一遍，你刚才说的话，是真的吗？"

三姐小声地说："是真的。"

我一句话也说不出来。我闭上眼睛，觉得马上会晕过去。

上次妈妈住院，我一直陪到最后。妈妈出院的时候，我临时决定去了一趟北京。我在北京有一套房子，房子不大，一室一厅，但地段特别好，在中关村。我去北京，本来是想立刻卖掉那套房子，但一个朋友劝我等一等，他说他的妹夫在房管所工作，可以让他的妹夫帮忙卖一个最好的价。我当然也想卖一个好价格，于是就决定等一等。我对朋友说："如果你妹夫帮我把房子卖出去了，请你把钱直接汇给我妈妈好吗？"我给了他一个妈妈的银行账号。朋友说没问题。我跟他握手说："那就一言为定。卖房子的事，全部拜托你了。"

过了没多久，朋友说有人想买我的那套房子，他说了一个价格，问我能不能接受。其实，离开北京二十多年，我根本不知道房子的行情。既然是朋友帮忙，我觉得一切都可以按照朋友的想法来进行。我对朋友说："随你的意愿办吧。你若觉得合适，就帮我卖了它。"

到了关键的时候，朋友好像不太愿意让我卖掉房子。他说房子不卖的话可以作别院用，还说我回国的时候可以住在那里，比住旅馆好。朋友给我提了一个建议，让我出租那套房子，至于租给什么人，直接由他帮我找。我回答说我没有国内的银行账号，房租转来转去的太麻烦，我不喜欢在这种地方花太多的精力。于是朋友问我真的不后悔卖房子吗，我对他说不后悔，还说不后悔是因为我想我妈妈手里可以有一大笔钱。朋友说给妈妈的钱，可以不断地分批给，不必特地卖了那套房子。我跟他解释说："虽然是给妈妈钱，但跟钱其实并没有太多的关系。"朋友不懂，我进一步解释说："如果我想给妈妈安全感，就是给妈妈一辈子也花不完的一大笔钱。"

关于我的这个想法的初衷，朋友一无所知，他无奈地说他理解不了我的意思，并希望我将来不至于后悔。也许有一天我真的会后悔，但我知道，眼前的心情才是最真切的。

我爱妈妈。

朋友将钱汇到妈妈的账号后，我给三姐打电话，让她带妈妈去银行确认一下。我让三姐顺便取出五万元。我对三姐说："你，还有其他的姐姐和哥哥，每个人一万元，算我的一点心意。你帮忙分一下钱吧。至于剩下的钱，那可是一大笔啊，你让妈妈千万收好了，够妈妈用一辈子的了。"三姐问我二姐那里要不要给钱，我说当然要给。三姐说她知道了，高兴得对我说了好多遍谢谢。

或许我沉默得太久，三姐说对我卖掉房子的那笔钱她也很难过、很遗憾。我说难过遗憾归难过遗憾，关键是怎么解决眼前所面临的问题。我以为是妈妈自己把钱都分给了哥哥姐姐，于是问三姐，是否可以告诉我她从妈妈那里分到了多少钱。三姐说她根本就没有从妈妈那里分到钱。然后三姐几乎是埋怨似的说："你知道，我们姐妹里，妈妈最疼的就是老四。妈妈总是不断地偷偷给老四钱。不仅如此，老四买房子、老四的孩子结婚，妈妈都没少给钱。老四装修房子、买新的家具，用的都是妈妈偷偷给她的钱。那些钱都是你卖房子的钱。但是妈妈住院后，老四说她手里没有钱，一分钱都没有拿出来。"

我没有说话。三姐迟疑了一下，问我现在是不是很生气。我说我不是生气，我是觉得难受。我说的是真的。对于妈妈来说，哪个孩子她都会心疼，就是不心疼我。妈妈总是不断地让我帮助这个姐姐、那个姐姐，好像我这样做是应该的，好像我赚来的钱都是白捡的。而现在，我耿耿于怀的是，我给了妈妈那么一大笔钱，钱却不知道跑到哪里去了。妈妈不仅勉强她自己，还勉强我。

三姐说："这些事，我本来不想对你说的。这么说吧……你要保证不要把我说的这些话，传到其他人的耳朵里。"

我很客气地对三姐说："你也知道的，我在日本的这么多年，除了妈妈，只跟你一个人联系。"

三姐叹了口气说："妈妈这样对老四，我也能理解，因为老四的婚姻不幸福，妈妈一直都心疼她的。但是……"说到这，三姐哑住不说了。

我说："你放心说吧，我不会追究这件事，也不会追究任何人。你也明白，我是有权利知道那么一大笔钱是怎么跑掉的，跑到哪里去的。"

三姐再次让我保证不把她的话说出去。我保证了。

关于这一大笔钱的事，说实在的，虽然我保证不把三姐的话对其他人说，但是不妨碍我考虑今后应该怎么做。想讨回我的钱给妈妈治病的心情是真的。

一直以来，我总是一边不断地远离我的哥哥和姐姐，一边又跟他们藕断丝连。我这样做，正如三姐所说，是因为他们跟我是同一个妈妈生出来的。情感这种东西,界限模糊并且脆弱。虽然我跟哥哥和姐姐是同一个妈妈生出来的,但是,发生了太多的这种事和那种事,经常使我觉得我情感的边缘,生出一些痛苦的变形。一些本质的东西凌乱不堪,我常常觉得没有办法清晰地感知。我几乎不跟哥哥和姐姐联系,好像不关心他们,可是一旦他们发生了什么事情,我却也觉得难过。迄今为止,我一直以为难过不过是一时的坏心情,来了,但是最终还会走开。跟哥哥和姐姐相处的时候,我总是努力躲开这种难过的时刻。

但这一次,想躲也躲不开了。我看到了一种令我觉得恐怖的东西。原来有一种令人恐惧的东西,一直都存在着,在现实情境的空隙里,一直在等待某一个时刻。

"关于二姐,"三姐说,"有一天,都半夜了,二姐的儿子突然给妈妈打电话,说他妈妈已经被救护车拉到医院了,有生命危险,但是因为交不了押金,医院不让住院。"三姐接着说:"以后的事,你应该能够想象得出来。"

我问:"二姐跟妈妈要了多少钱?"

三姐说:"两万元。"

我说:"二姐的病呢?已经好了吗?"

三姐说:"问题就在这里。妈妈一大早把钱打到二姐的账号上,迫不及待地要去医院看二姐。但是二姐的儿子说他妈妈已经脱离了危险期,在自己家里。妈妈又去二姐家,看见二姐活蹦乱跳的。"

我问三姐:"二姐把钱还给妈妈了吗?"

三姐气愤地骂:"真不是个东西!妈妈发现二姐骗了她,让二姐还钱,可二姐就是不还钱。二姐根本就没生病,她儿子说救护车拉她去医院,不过是一个谎话而已。你说,妈妈能见死不救吗?不管怎么说,二姐到底也是妈妈亲生的啊。"

我一直在听三姐说话,这时我打断三姐:"二姐从妈妈手里得了这么多钱,妈妈住院后,她应该会拿出一点钱出来吧,比如意思一下什么的。"

三姐憋着火儿说:"二姐这个人,你也了解她的。她怎么会拿钱出来? 钱到了她的手里,谁都别想要出来。"

这也是我的看法。尤其是,不仅仅是二姐,哥哥和四姐也不相上下。

二姐没受过什么教育,知识青年上山下乡的时候,去农村待了几年。之后回到城里,选择了名字好听的环保局,以为会在医院里工作,结果扫了一辈子的大街。我无法忍受的不是二姐,是她找的那个男人,一天到晚地喝酒,喝了酒后就耍酒疯。我刚出国的时候,有一年回妈妈家过年,这么巧跟二姐家和三姐家赶在一起。二姐的男人先喝了白酒,然后喝啤酒,喝够了就找碴儿跟哥哥打架。他的身高至少也有一米八,骨骼大,肩很宽,看上去像一个运动员。他揪着哥哥的前衣襟,哥哥本来个子就矮,被他揪了衣服前襟后,双脚都不着地了。

哥哥对他说:"你喝多了,早点回家休息吧。"

他火儿了,抬起手想打哥哥。说时迟那时快,我跑去厨房拿了一根木棒,是妈妈用来擀面条的擀面杖。我把木棒高高地举过头顶,对他说:"酒鬼,不要在我妈妈家找事!"

他问我:"你想怎么样?"

我说:"我要你滚!"

在场的人都呆在原地,过了好半天,妈妈才对我说:"有话好好说,先放下擀面杖。"

他说:"你真的敢打我?我是你的姐夫。"

我保持着举棒的姿势去大门口,打开门,对他说:"你现在只是一个在我妈妈家里闹事的酒鬼。你要打的人,是我哥哥。你到底滚不滚?你再不滚,我真打了!"

于是他真的放下我哥哥,哼哼唧唧地走了。我关上大门,上了锁,放回擀面杖,对有点不痛快的二姐说:"抱歉,我本来不想这么做。我有点冲动了。"

二姐呢,我说话的工夫已经收拾好随身携带的东西,不看我,看着她的儿子说:"我们走。不管怎么说也是长辈,这样对待长辈,太少教了。"

在猛烈的摔门声中,二姐和她的儿子离开了。我知道二姐说的"少教"的人是我。先是一阵寂静,之后是我第一个笑起来,然后三姐跟着笑,妈妈也笑了。哥哥在旁边愁眉苦脸的。

正如三姐所说的,"以后你来妈妈家的时候,二姐再也不会来了"。

就这样,一晃二十年过去了。我跟二姐真的有二十年没有见过面了。我们互相躲避,不通音讯。不过,我卖掉北京的房子,给哥哥和姐姐分完钱后,三姐曾经告诉过我,说二姐让她转告我,谢谢我还记得关照她。我问三姐当时是怎么回答二姐的,三姐说:"我跟她说毕竟都是一个妈妈生的嘛。"我非常满意三姐的回答。假使要我亲口回答二姐,也是同样的一句话。除此之外,我找不到任何其他的理由。

三姐说大姐更阴险。三姐举了好几个例子。妈妈手里有了钱以后,大姐突然要妈妈搬到她家里住,说退休了,有时间照顾妈妈了。三姐说:"可是你知道大姐的那些毛病。如果不是贪图妈妈手里的一大笔钱,她会让妈妈去她家里住吗?"

我当然知道大姐的那些毛病。大姐每天会洗无数次手,每次洗手都会洗五分钟以上。大姐的家轻易不允许人进去。连大姐的亲生儿子,放学后回家,也只能在狭窄的厨房等到大姐下班,因为两个房间都被大姐上了锁。有一次,为了什么去大姐家我忘记了,只记得那一次是跟爸爸妈妈一起去的。大姐用身子挡着房间的门,左手高高地撑着门框。我跟爸爸妈妈站在门外的厨房里。至于说了些什么话,我也忘记了,只记得时间很短,也就说了两三句话而已。

回家的路上,爸爸对大姐没有请他进房间的事耿耿于怀,一路上都在对着妈妈骂大姐:"连她本人都是我们生的,她却嫌我们脏,不让我们进屋。你是她老妈啊,我是她老子啊,不是吗?"

妈妈对爸爸说:"算了吧,你也知道她这么做是因为她有病。"

爸爸问:"什么病?"

妈妈说:"说简单了,就是洁癖症啊。"

爸爸说:"我看得清清楚楚,她只是不稀罕我们,怕我们拖累她。"

也许爸爸说得对。有一次,我从日本回国,大姐说她想到日本看看,拜托我帮她办理探亲手续,我答应了。大姐让我跟妈妈去她家玩。那一次，大姐让我跟妈妈进了她的屋子。大姐大我二十岁，所以我记事的时候，大姐已经结婚了。我没有跟大姐一起生活过的印象。那次是我第一次目睹大姐的生活环境。最早是妈妈站在门槛上，过了好长时间都不迈步进屋。于是大姐在屋里招呼说："快进来啊！"妈妈踮着脚尖问："可以吗？真的可以吗？"妈妈进屋后，我跟在妈妈的身后也进了屋。四方形的房间里，一张双人床，两个大衣柜，一台不太大的电视机。除了衣柜，电视和床都罩着用白布制作的套子。窗帘只开着一丝缝隙，所以不知道窗外是什么景象，也搞不清房子是否朝阳。没有沙发和椅子，大姐让我和妈妈坐在双人床的床边上。大姐打开手包，从里面取出一盒香烟，抽出一支给妈妈，然后抽出一支叼在自己的嘴里。大姐飞快地用打火机点燃妈妈和她自己嘴里的香烟。在大姐和妈妈抽烟的过程里，她让妈妈手里拿着烟灰缸，还示意妈妈将烟灰缸举在下巴的位置上。大姐站在妈妈的眼前。妈妈模仿大姐，每抽一口香烟，都赶快在烟灰缸里抖掉烟灰。因为妈妈和大姐过于神经质地做这件事，所以这期间没有人说过一句话。抽完烟，大姐用吸尘器吸地，吸到我跟妈妈眼前的时候，我们两个人同时抬起双脚。我觉得待久了不太合适，跟妈妈说："我们走吧。"也许妈妈跟我一样感到别扭，二话没说就同意了。快要跨出门槛的时候，大姐叫住我，说："你来过我家了，以后从日本回来，再来我家玩吧。"

出了大姐的家，走了一段距离后，我对妈妈说我再也不想到大姐家玩了。妈妈对我说："我知道你觉得别扭，但是，春还是第一次请人到她的房间里呢。"妈妈叫大姐春。顺便说一句，妈妈叫我秋。我本来以为，春与秋是妈妈刻意为我们起的名字，名字里包含着什么说法。但我曾经问过妈妈，妈妈回答说，春与秋叫起来方便而已，什么说法都没有。之后妈妈问我："你觉得应该有什么说法吗？"我也没想出有什么好的说法，但总是觉得一春一秋很有意思，可以用肌肤、用温度来体会。话说回来，总算是进过大姐的房间了。妈妈的提醒令我感到惊异，我点点头，对妈妈说："我的确有点受宠若惊。"

三姐告诉我，妈妈住院前的两个星期，其实是住在大姐家的，因为哥哥和姐姐们要给妈妈过生日，妈妈才临时回自己家的。我跟三姐问起大姐夫，三姐说他们两口子的事她搞不清楚。三姐说："妈妈去大姐家住之前，他们两口子经常到妈妈家蹭饭吃，一起来，一起回家，但是从来没看见他们对过话。"

我说："我去过大姐家，不敢相信妈妈会在大姐的家里住下来。"

三姐说："你也知道大姐的那些毛病，妈妈肯定受拘束。"

我说："妈妈没说要回自己的家里住吗？"

三姐说："妈妈当然想。我们也想妈妈回自己的家里住。有一次，哥哥给妈妈打电话，说要去接妈妈回家住。哥哥打电话的时候，大姐正在妈妈身边，听哥哥说，大姐从妈妈手里抢过电话，说哪个敢来接妈妈，就让他头破血流。"

我笑了一下说："这么狠。"

三姐跟我一样笑了笑："但是妈妈搬去大姐家的时候，大姐让妈妈把存折一起带到她的家里去。听妈妈说，存折被大姐管理了。妈妈想用钱，得通过大姐。所以，即使妈妈想回家，也得先取回自己的存折才行啊。"

我很吃惊，问三姐："会有这样的事？"

三姐说:"再说了,她跟妈妈说她老了,跟大姐夫已经是家内分居了,退休后一个人待着闷出病来了,跟妈妈一起住,可以相互做个伴,还可以借机会孝敬一下妈妈。"停顿了一下,三姐补充说:"开始,我们也以为妈妈有个人说话比较好,只是没有想到妈妈会把存折交给她。"

　　然后三姐问我对这件事是怎么想的。三姐说大姐叫妈妈去她家里住,是为了把妈妈的钱骗到手。在三姐指点我之前,我已经是这么想的了,但是我还是安静地听三姐把话说完。我没有回答三姐是这样或者不是这样,事到如今,是与不是,已经没有任何意义了。我觉得自己简直就是一个傻瓜。

　　放下电话后,家里家外都很安静。过了一会儿,忽然有一只小鸟在窗外的电线杆上鸣叫起来。说真的,我本来是担心妈妈的,但现在有点怨恨妈妈,觉得妈妈被医院赶出集中治疗室,是妈妈的自作自受。

　　关于我留给妈妈的那一大笔钱,我大致知道它们跑到哪里去了、是怎么跑去的。但现在不是议论钱的时候。我看了看墙上的挂历。十月七日,星期六,大安。星期一,是日本的体育日,所以日本三连休。我说我会寄钱给妈妈,让三姐给我她的银行账号。可是我让三姐等三天,因为日本的各大银行都休息。三姐立刻说谢谢。我嘛,我不太喜欢这种口头上的东西。我也是妈妈生的。妈妈需要钱的时候,我能给妈妈钱,这对我来说,也是好事。三姐说她一会儿就去医院看妈妈,有什么事情的话会通知我。

　　电话挂掉以后,我觉得脑袋里乱糟糟的,一想到儿子对许多东西有过敏症,想即刻赶回国看望妈妈的意图就泄气了。我回国,我不回国,妈妈的状况都是一样的。但我回国的话,必须带着儿子,我的状况却是不一样的。我从来没有感到如此的无力。

晚上,我对丈夫解释了一大堆后,告诉他我需要听听他的主意。丈夫知道我不回去看望妈妈是因为儿子,他大度地对我说:"需要多少钱,你看着寄吧,不要在乎我。"

在这种时候,我竟然喝了两罐啤酒,头发晕,心跳加快。酒精将白昼的烦恼和苦痛淹没了。不过,我本来不想用喝酒这种方法解忧的。

当天,三姐再也没有给我电话。没有电话我反而放心。八号,将近中午的时候,我给三姐打电话。问到妈妈的事,三姐说她正要找我,想跟我商量一件事。我问什么事。三姐说妈妈喉咙里的痰太多,喉咙里插的胶皮管已经很难保证妈妈呼吸了。医生让家属做决定,要么就是把喉咙开个洞,直接往外边吸痰,但这样的话,妈妈就跟植物人没有太大区别了,要靠机器维持生命;要么就是撤掉现在的胶皮管子,但那样妈妈的生命就很危险。三姐问我:"你说,应该怎么办?"

三姐问我怎么办,我就知道哥哥姐姐们是将责任推到我这里了。原则上,我拿钱出来,哥哥姐姐就会选择给妈妈割气管。我一直说我是妈妈的太阳、妈妈的月亮,像大海一样深深地爱着妈妈,但此刻我却无法马上做出答复。我使劲儿握着电话机,仅仅是一瞬间里,脑子里却一下子迸出了好多想法,但没有一个想法是行得通的。过了一会儿,三姐说她非常理解我现在的混乱。三姐的声音里带着哭腔。我的心里堵塞了一般，犹豫了一阵子，我问三姐："你没有问问妈妈吗？妈妈本人是怎么想的呢？"

三姐说："你知道妈妈不能说话的。我把医生要在喉咙上开洞的建议跟妈妈说了，妈妈一个劲儿地摇头。我想妈妈是反对的。"话说到这里，三姐就不再接着说下去了。我明白了，我把哥哥姐姐推在我身上的那个责任，又推到妈妈的身上了。而三姐什么都懂。过了好久，三姐对我说："我们都希望妈妈好。但我们都有自己的生活，有孩子，我们都不是有钱人，靠一点点的工资生活。"

我回答了一个字："对。"

三姐吃了一惊："原来你也是这么想的吗？"

我对三姐说："事关妈妈的生死，我也很难做决定。你给我一点时间好吗？我想好好地想一想。"

好好地想一想，其实就是想跟丈夫商量一下。

也许是担心我，难得丈夫回来得这么早。饭菜很简单，两块煎牛排，丈夫一块，我跟儿子一块。然后是生菜、黄瓜和西红柿几样蔬菜。儿子挨着我坐，丈夫坐在我的对面。我一口接着一口地喝啤酒。也许是我的沉默令丈夫感觉到压抑，他没话找话，让我多吃一点蔬菜。儿子打开电视机，新闻正报道中国召开的会议。儿子想换频道的时候，丈夫让他等这条新闻播完了再换。丈夫对我说："中国又迎来了新的时代。"我只是"嗯"了一声，此时此刻，我的心思全部都在妈妈的问题上。过了一会儿，丈夫问我："妈妈怎么样了？有没有好转？"我去厨房拿来一只杯子，倒入一半的啤酒。我把杯子递给丈夫。丈夫不太会喝酒，但他没说话，从我的手里接过杯子，喝了一口啤酒。

我说:"在说妈妈的事情之前,我有一个问题想问问你。"

丈夫问:"什么问题?"

我说:"你是怎么看待安乐死的呢?"

丈夫说:"很抱歉,我回答不了你的问题。因为我从来没有被迫做过这样的选择,不知道到时候,自己究竟会怎么做。"

我觉得很难为情。丈夫说得对,没有经历过,当然是没法选择的。但是,这种时候,我需要丈夫帮我出出主意。我的心思,丈夫都看明白了。他看了看我,很认真地对我说:"如果你的疑问跟妈妈有关,那就另当别论。如果是妈妈的事,那么我们应该坐下来,好好地想一想,想一想应该怎么做。"我谢了他。妈妈来日本的时候,在我家里住过半年,丈夫跟妈妈相处得非常好。我吃了一口牛排,肉香细腻但却浓郁。我自己也不知道做了一个什么样的表示,于是丈夫对我说:"你若担心钱,我们的孩子可以去公立学校读书。你也知道,到大学为止,公立学校的学费,比私立学校差不多要便宜一千万日元。我的意思是,至少我们可以考虑一千万日元。"现在想一想,那个时候,一千万日元可以兑换一百万人民币。我再次谢了丈夫。其实,让儿子去私立学校读书是我的选择。比起一个校长的教育方针,我更愿意儿子在有着某种哲学理念的环境中成长。

我把三姐对我说的妈妈的情况,对丈夫重复了一遍。以为丈夫会惊讶,他却反问我:"你是怎么想的呢?"

我回答说:"很复杂。喉咙上开个洞,靠机器维持生命,跟死人没区别,但比死人还遭罪。还有,最终到底会花多少钱,根本无法预测。"好像三姐说到这里就没有说下去一样,我也哑住了。

丈夫说:"你的心情我明白。妈妈虽然说不了话,但妈妈摇头意味着妈妈不想割开喉咙。还有,其他兄弟姐妹的意见呢?他们是怎么想的呢?你应该跟他们好好地商量一下。"

我的脸有些发烧。给妈妈续命,等于要花很多很多的钱。我的哥哥和姐姐,已经没有人愿意往外拿一分钱了。能商量的只有三姐一个人,而三姐问我怎么办。但是我不好意思说出这个事实,怕丈夫会想:你们家里的人,怎么会是这个样子的呢?俗话说:家丑不可外扬。虽然丈夫对我很真诚,我却假装答应跟哥哥姐姐商量,早早地退出了饭桌。丈夫问我为什么不吃饭,我说不饿。

我刚刚读了一篇文章,是我特地在网上找到的。文章的名字是《巴金痛苦地为别人活着,曾要求安乐死》。妈妈住院的时候是二〇〇六年十月,巴金是二〇〇五年十月去世的,时间相差一年。文章里介绍说,医生赞扬巴金非常坚强,非常配合,因为有些治疗对年轻人来说都无法忍受,好比气管插管、胸刺等。文章还介绍说,巴金活着的时候,曾经说过"长寿对我是一种惩罚"。可见巴金其实是生不如死的。但巴金是公众人物,到死都要为别人活着,为别人作榜样。巴金要满足好多别人为他设置的心愿。据我所知道的就有:亲眼看到中国现代文学馆的建成,老过千年,跨进新世纪;生日会上收到一百朵玫瑰,等等。妈妈平凡极了,没有巴金的声誉和地位,用不着为别人活着。所以妈妈的问题很简单,就是决定要不要在喉咙上割出一个洞。读完了这篇文章,不知道为什么,好像我的心里轻松了很多,如果我决定不给妈妈的气管割洞,那也是为了让妈妈避免痛苦。这时,睡意袭来,我躺倒在沙发上。

"关于妈妈的事，"我无精打采地对丈夫说，"即使放弃让儿子上私立学校的念头，即使把一千万日元用在妈妈的治疗上，即使妈妈真的靠机器活下来，关键是，如果活好多好多年的话，妈妈会不会觉得生不如死？还有，一千万日元会维持多久呢？一千万日元用完了以后又怎么办呢？"

我再一次说不下去了。我的纠结是真的。在我的内心深处，常常会冒出令我觉得害怕的一个念头：假如妈妈死了，死了就完了。如果真的选择给妈妈的喉咙割出一个洞来的话，妈妈也许会不死不活地拖下去。除了妈妈本人痛苦不说，哥哥姐姐，还有我，我们的生活会有很大的改变。妈妈拖的时间越长，我们的生活就越发难以恢复。所以，我觉得那个洞，好像一个无底的深渊，不仅会最终吞噬掉妈妈，还会吞噬掉我未来的人生。而我未来的人生里，有我的儿子。我跟爱妈妈一样爱我的儿子。是的，是的，虽然我希望妈妈好起来，虽然我的心里充满对妈妈的爱，但是，到了这种时候，希望与爱都不管用了，我的脑子里总会看到另外的一些东西，它们在上面，在下面，在左边，在右边，它们是无边无际的恐惧，潜隐在我生活的某一些空隙里。这些恐惧在等待着我。

丈夫说："有一句话叫走一步算一步。日本的好多文化来自中国，所以你应该知道这句话，也应该知道这句话说的其实是视点问题。有时候，在看待一件事情的时候，不要看得太远，看眼前就好。我的理解是，我们要把眼前的事做到最好。好比妈妈的事，一千万日元能维持多久并不重要，重要的是我们至少有一千万日元的治疗费，所以我们可以做选择。但因为有一千万日元，所以选择续命，这又是另外一码事。一千万日元能维持多久,也是另外一码事。你必须跟你的哥哥和姐姐好好地商量一下。最重要的,是妈妈的感受。"

我模模糊糊地听丈夫的理论,嘴上说:"你说得对。"心里却觉得他的主意根本帮不了我。使我烦恼的是,我心里的不安根本挥之不去。我生硬地分辨出,我的心中有两份爱,一份是对妈妈的,一份是对儿子的。我第一次觉得,同样的爱,却是两种情感,浓淡不同,深浅不同。我一而再再而三地问丈夫:"如果一千万日元花光了,而妈妈还活着,还是治不好病的话,那时候又该怎么办?"于是丈夫说我想得太多太远,还强调说谁也无法预测未来的事。我莫名其妙地生起气来:"如果妈妈不把我卖房子的钱分掉的话……"

丈夫打断我的话,说了一句"晚安",很快就打起呼噜来了。

夜里我做了好多梦,都跟妈妈的事有关。

让我说说儿子的事。就在妈妈住院前的那个星期,有一天,儿子坐到我的膝盖上,哭着问我:"妈妈,为什么偏偏就是我呢?"

我将儿子抱得更紧一些,几乎把他拥在怀里。我对儿子说:"因为上帝知道你勇敢,所以选中了你。上帝知道你一定会征服这种病。"

儿子正上日本的教会幼儿园,所以用上帝来说服他的话比较容易。接下去,我又说:"话说回来,并不是偏偏就你一个人。童真比你更糟糕,不能吃鸡蛋和面包,不能喝牛奶,除了白米饭、肉和蔬菜,什么都不能吃。吃了后就跟你一样,出荨麻疹。还有康祐,吃的东西里有一点点鸡蛋的话,马上就要到医院急救,不然就会有生命危险。而你呢,你什么都可以吃,所以你并不是最糟糕的。"

童真和康祐是跟儿子同一家幼儿园的小朋友。虽然我说的这种话只能安慰小孩子,但儿子的神情看上去不似那么绝望了。

儿子在三岁的时候,有一次感冒发烧后开始咳嗽。咳得厉害,吃药也不管事,早晚尤其严重。小儿科医生说儿子患的是支气管哮喘。吃了一年多的药,病情未见好转,于是医生推荐了一种叫普米克的预防治疗药物,就是吸入支气管扩张剂。我犹豫了一个星期,最终决定接受。只使用了一次普米克,儿子的咳嗽就断了根似的突然止住了。我高兴得不得了:儿子的哮喘病好了。但是,不久后,儿子开始出荨麻疹。以为吃了药就好了,但药一停下来荨麻疹就又跑出来。医生说儿子得的是慢性荨麻疹。好长时间我都无法原谅自己的选择。如果不选择使用普米克的话,儿子顶多是早晚咳嗽而已。但过敏反应转到皮肤上了。一片片红疹从头到脚都是,又痛又痒又不好看。仿佛一种无法知晓的恶的生命从人的皮肤汹涌出来,像海的涨落,像天上的云雨。儿子连幼儿园也不能去,常常一休就休一个星期。

医生又让儿子试试类固醇。我不记得药的名字了,是一种粉红色的药片。真的是见鬼了!最早,只要半粒就可以控制一段时间不出麻疹,慢慢是一粒,再后来是两粒。两粒也控制不住了,接下来是三粒。我从网上得知这种药的副作用很大,不安围困着我,像一条不停流动着的河流。

有一天,我问医生:"我要怎么做,我的孩子才会不吃这种药,也不再出荨麻疹了呢?"于是医生给了我一张表,嘱咐我不要给儿子吃上面提到的东西。一大串名字里,都是儿子喜欢吃的东西:草莓、猕猴桃、黄瓜、西红柿、牛奶、鸡蛋、葡萄、芹菜等等。我说不出话来了。

如果儿子连喜欢吃的东西都被剥夺了,活着还有快乐吗? 这种情形维持了一年多。其间,儿子一出荨麻疹我就哭,我就不让他去幼儿园,我觉得那些红疹见不得人,因为看见了红疹的人会觉得儿子太可怜,而这正是我最接受不了的。就在妈妈住院前,我给三姐打电话,说到儿子的病,于是控制不住地哭了起来。

三姐说:"西医不行的话,你为什么不试一下中医呢?"

家附近没有中医院,比较远的一家是预约制。我打电话过去,接电话的女人说预约的人很多,需要排队,最快也得等两个月。我等不及,开始给所有的朋友打电话,想找一个在日本的中医大夫。咨询电话甚至打到了中国香港和美国。终于有一天,一位朋友说他的朋友就是中医大夫,正好来日本出差,但明天就回国,如果我想咨询什么的话,不妨打电话过去问问。

电话打通了,听我说了朋友的名字后,大夫希望在他等飞机的时间里见个面。我带儿子去了成田机场。在候机大厅里,在许多人里面,我一眼就认出了那位中医大夫。我的朋友向我介绍大夫的时候说:"白医生很消瘦,他的眼睛很特别,白边眼镜下,总好像在默默地思考着什么。"

除了问诊,白医生还看了儿子的舌苔和肤色,还给儿子把了脉。怕我听不懂一大堆说明,白医生跟我打了一个很简单的比喻:"吃西药,等于把过敏反应不断地压缩到一个罐子里。罐子满了,当然就会收不住地跑出来。这就是发疹。中医正相反,不压缩,而是把那些不好的东西从身体里排出去。一边排,一边改善体质。"

我似懂非懂,但白医生说得形象鲜明,我觉得道理上懂了。白医生同样给了我一张表,上面都是汉方的名字,不仅有毒蝎子,还有蛇,我心惊肉跳。白医生要我有思想准备,说吃了中药后,一个月里疹子会比以往厉害很多,但是不要害怕,因为这正是把不好的东西排出去。白医生还说他开的这个药方至少要服用半年。最后,白医生嘱咐我说:"煎药的时候,要用砂锅,要用文火慢慢地煎。"

我给幼儿园打电话。对幼儿园的老师,我说了全部的实情。然后我说儿子也许要休息一个月,也许要休息半年。幼儿园的老师回答我说:"身体才是最重要的,休息多久都行。幼儿园这里,根本不用在意。"

妈妈住院的时候,儿子正处在这个特殊的治疗时期。好像妈妈住院的那一天,太阳一大早把温暖的光送进房间,我一边给儿子冰那些水泡一样的疹子,一边对儿子说:"你看,医生说对了啊,真的比以往严重得多。你体内的坏东西正在一点点地排出来,虽然痒,虽然痛,但忍下来就好了。"

我试着以各种语言安慰儿子。整整两天了,我的心被撕成了两半,一边担着妈妈,一边担着儿子。如果说我能够承受下来,大概因为我可以给妈妈一千万日元,还可以试图以中药根治儿子的病。我找不出理由放弃可能做到的所有的努力。有希望真好,希望令痛苦变得能够忍受。

我问三姐可不可以给我哥哥和其他姐姐的电话号码,三姐说可以。但三姐嘱咐我,话说得不要太重,还特地重复了一遍她说过很多次的那句话:"怎么说,我们都是同一个妈妈生出来的。"

我跟三姐说我不会做那些没有意义、无聊的事,就是因为都是同一个妈妈生出来的，所以才试着打电话。三姐没吱声，大概是没什么话可以说了。

哥哥是兄弟姐妹里唯一的男孩子，是长子。我先给哥哥打电话。我跟哥哥谈起我的建议，最后安慰他说："病治好了的话，割开的洞是可以缝合的。"哥哥说他也同意我的建议。我继续告诉哥哥，说如果决定做手术的话，妈妈就得搬回集中治疗室。哥哥问我三姐有没有告诉我价格的事。我说："当然听说了。"我没有说出丈夫提及的一千万日元的事，哥哥沉默了一会儿，问我钱怎么办。我说："六个孩子，一起想办法，总会有办法的。"哥哥说我在日本待得太久了，不了解那些姊妹。哥哥说他很愿意告诉我其他的姊妹是什么样子的。我本来想拒绝，但哥哥已经滔滔不绝地说起来了。哥哥说妈妈进集中治疗室后，老二和老四突然就看不见影子了。我问哥哥为什么不给她们打电话。哥哥回答说一直在给她们打电话，但就是打不通。然后哥哥问我："你说，她们是不是故意不接电话？"我不想思考这个问题。这时哥哥又说："叫老大把妈妈存折里的钱都交出来，老大就是不交。谁都知道你给妈妈的钱在她手上，她不拿出来，我们也没有办法。"接下去，哥哥问我有没有什么办法，可以让老大把钱拿出来。

我告诉哥哥，我正试着努力，但对结果一无所知，钱已经在大姐的手上了。哥哥对我说，只有我才有权利要回那笔钱。从电话里，我能感受到电话另一端哥哥的怒气。不知道为什么，疲惫再次蔓延到我的胸口。我对哥哥说："抛开大姐，你能拿出多少钱呢？"哥哥回答我，说他说不出具体的数字来，因为他根本承担不起妈妈的所有的医疗费。"再说了，"哥哥补充说，"这么多姊妹，关键的时候，没有一个露脸的,都藏起来了,都忘恩负义。"

哥哥乘此机会问我知不知道老三从妈妈那里要了三万元的事。我说我从三姐本人那里听说了,并解释说,三姐当初从妈妈手里拿了三万元,目的是为了帮妈妈存住这笔钱。哥哥说老三那样说,不过是在给她自己打马虎眼。我忽然有点烦,所以按捺不住地对哥哥说:"不管三姐的初衷是什么,如今三姐把这笔钱拿出来给妈妈治病了,这就够了。其他的都不重要了。事到如今,我最后悔的,就是没有把钱全部都交给三姐保管。"哥哥还想说什么,我打断他:"你也是,说来说去,除了钱就是钱。我本来想跟你商量一下妈妈今后的事。"

哥哥解释说,就是为了妈妈今后的事才对我说这些事。哥哥住了嘴。沉默了一会儿,三思之后,我觉得即使跟哥哥说下去,也没有任何意义了。而且我觉得前脑门儿冰凉。于是我对哥哥说:"算了算了,也是妈妈自己不好,也不想想我的感受,就把我给她的钱全部送人。我真有点生妈妈的气。不过,妈妈现在成这个样子了,如果听到了这些话,肯定会很伤心。我可能要来真格的了。"

哥哥问:"你说的真格是什么?"

我说:"要回我的钱。"

哥哥说:"要是要,要回来的可能性不大。"

哥哥说了他的主意。他要我先给大姐打电话,因为大姐比母。然后再给二姐打电话。哥哥告诉我大姐一般在下午才会接电话。哥哥说他有事要办,无法跟我聊下去了。哥哥挂掉了电话。时候不早了,我吸了一大口空气,然后慢慢地吐出来。窗外很安静,汽车开过去的声音格外清晰。

我犹豫了很久很久,才决定给大姐打电话。开门见山,我要大姐把妈妈存折上所有的钱都拿出来给妈妈治病。我说:"你知道,那是我卖掉了北京的房子的钱,是我给妈妈养老治病的钱。"

大姐说:"我哪里想到妈妈会突然生病呢?前不久,我刚把妈妈存折上的钱,都转到冰冰的账号上了。"

我问大姐:"我给妈妈的钱,你为什么要转到你儿子的账号上呢?"

大姐说:"妈妈年龄大了,头脑不是十分清楚。我年纪也大了,经常忘事,所以,我想到让冰冰暂时帮妈妈管理那笔钱。"

我说:"既然如此,那么好吧,你尽快让冰冰把妈妈的钱拿出来。你知道的,妈妈现在住院,急着用钱。"

大姐说:"真不巧,冰冰昨天出差了,去外地,要好久才会回来。存折又不在我的手上。"接下去,大姐提高了嗓门儿说:"你以为妈妈的存折上有很多钱是吗?妈妈被东骗西骗的,根本就没剩下几个钱。"

一股怒气涌到胸口,深呼吸之后,我对大姐说:"如果你同意,我想给冰冰打电话。"

有上面所说的理由,大姐不能拒绝我。但大姐明显不太高兴,对我说:"冰冰工作很忙,现在正值他提升的节骨眼儿上,你不要勉强他。"

我不想理会大姐,随口说了声:"好。"然后顺便要了冰冰的电话号码。

我是迫不及待地给冰冰打电话的。相互问过好,冰冰对我说:

"小姨,我们有多少年没见面了啊。"我不想在这里耽误时间,应了一声"是",然后直截了当地问他:"你知道姥姥住院的事吗?"冰冰说他妈妈告诉过他。我问冰冰有没有去医院看望过姥姥,他说他想去但是还没有时间去。冰冰说话的时候,我的心脏一跳一跳的,快跳到嗓子门口了。偏偏冰冰在这个时候却问起我的近况,我气不打一处来,问冰冰:"你担心姥姥吗?"

冰冰好像早知道我会这么问他似的说:"担心啊,但姥姥不过是感冒住院,我不觉得有什么特别要担心的。"

我满身不自在。冰冰是我的外甥,是晚辈。尤其我想起冰冰从小是妈妈帮大姐一手带大的。某种程度上说,冰冰跟他的姥姥应该比跟他的妈妈亲才对。我对冰冰说:"姥姥虽然是因为感冒住院,但现在有生命危险,需要住集中治疗室。"我怎么都没有将"需要钱"说出口。

我静静地等着,但冰冰那边没有回话。我说:"你妈妈有没有告诉你,如果不提前交费的话,你姥姥就无法进集中治疗室治疗?"

冰冰说:"我妈妈没有告诉我。"

我再一次沉默。过了一会儿,冰冰平静地说:"我现在正在外地,怎么也要等几天才能回去。舅舅和几个姨都在姥姥身边,虽然进不了集中治疗室,但姥姥在医院接受治疗。我觉得没有太大的问题。"他又无头无脑地说:"我妈妈的年纪也大了,腰又有病,走路时经常会痛得直不起腰来,不要太指望我妈。"

我说:"我打电话给你,不是为了要你妈妈出力照顾你姥姥。"

冰冰回答说:"谢谢你。"

意识到冰冰要结束对话，我赶紧说："我本来想尽快寄钱给你姥姥，但日本这边三连休，银行和邮局都休息。"找犹豫了一下，想了想是否适合跟冰冰这样说。我觉得说了也没有关系，于是咽了一口唾沫："你妈妈告诉我，你姥姥的钱，被转到你的名下。我想你比我方便，比我快。我想你明白我的意思。"

最后一次见冰冰时，他还是高中生，虽然个子很高，但瘦弱。印象中，冰冰十分寡言但喜欢读书。尤其冰冰就读的高中，就是我当年就读的高中，很难考入的。作为高中的校友和前辈，我对冰冰有一种莫名的亲切感。只是冰冰没有考上本科大学令我有点遗憾。专科学校毕业后，冰冰在区政府做公务员。公务员安定，我感到的那点遗憾根本不在话下了。

冰冰说："你的意思我懂，但我现在人在外地，很多工作等着我去做，我没有时间跟你聊太多。"

我站起来，在房间里来回走动，然后决定单刀直入。我以很快的速度对冰冰说："再拖延下去，你姥姥也许有生命危险。我担心得要死，不仅仅是担心，我还害怕。我希望我们可以尽全力做到最好。"

冰冰说："二姨、三姨、四姨，还有小姨你，有这么多的姨，再加上舅舅和我妈，你们可以做到最好。而我呢，我是小辈的。"

我说："我说的是我给你姥姥的那笔钱，就是我卖掉北京的房子的那笔钱。"我停顿了一下，接着说下去："你找时间把那笔钱汇给你三姨好吗？"

冰冰很不耐烦地说："这是不可能的，小姨。我再说一遍，我现在在外地，我工作很忙。"

一股怒火迅速冒出来,激流一样地爆发了。我也不知道为什么会发这么大的火。我问冰冰:"如果你姥姥因为进不了集中治疗室而出了问题的话,你承担得起吗?"冰冰回答说承担不起。我又问:"换了是你妈妈,你也会说你忙吗?"冰冰回答了一个字:"会。"我的手有点哆嗦起来,对冰冰说:"没想到你是一个浑蛋。"

　　冰冰说:"靠!你总是把自己放在很高的位置上。在我这里,你算什么啊?!"

　　我知道我失败了。时间像我最讨厌的毛毛虫,慢慢地爬过我的心头。我第一次发现我身上有一种本领:我发现了自己的绝望,但我会控制这种绝望。我知道所谓的控制不过是在痛苦与无比痛苦之间做选择而已。我选择的是痛苦,好比现在,如果我继续对冰冰动感情的话,就等于跟钱动感情。跟冰冰的短短的几句对话,他对我传达了没见面的十几年间,他所学到的所有东西和所有变化,它们匆匆展现在我的眼前。

　　哥哥姐姐还有冰冰,都使劲儿地避开钱,好像除了钱之外,他们什么都看不到。他们成了我熟悉的陌生人,我根本不了解他们。他们的存在,于我与妈妈,已经毫无意义。只有我在拼命地讨钱,而哥哥姐姐们也知道我这是为了自己在讨钱,不全是为了妈妈。但是结果已经看到了。我很难控制自己的情绪,但最后我还是做到了。我把他们和那个讨钱的我,黑色的影子般藏到内心的角落里。因为我知道,关于妈妈,我跟我的哥哥和姐姐,我跟冰冰,我跟他们之间,已经不可能有什么后续了。

　　继这几个糟糕的电话之后,我打算,除了三姐以外,跟谁都不联系了。我之所以这样做，更大的原因是为了继续控制自己的情绪。愤怒的情绪一直在内里焚烧着我。而我呢，不喜欢愤怒，愤怒会带来仇恨。仇恨令人互相伤害，伤害是一种病。

但结局很糟糕。妈妈死了。

这个日子非常具体、糟糕。我突然间失去了最爱的一个人。

三姐一大早给我打电话。我以为三姐要跟我商量是否在妈妈的喉咙上割洞的事，三姐却说："妈妈走了，今天早上走了。"

三姐一直在哭。我听得出三姐的哭很真诚，所以忍着，什么都不问。我想等三姐哭完，等着她把她的绝望和痛苦一一地拽出来。三姐哭的时候，我闻到自己口里呼出的气息，有一股荒原的味道。妈妈是我一生的背景，虽然坚韧，但充满了苦难与爱。妈妈死了，缠绕着妈妈的时间松绑了，而对于我来说，这个背景是一下子就垮掉了。我很想马上坐飞机回去见妈妈。但我回不去才是真的。三姐哭完了，有点结巴地说："你一直没有打电话给我，我想我知道你跟我们一样为难，所以我决定拔掉了插在妈妈喉咙里的那根管子。我跟大姐、二姐、哥哥还有老四都已经说好了，说你不可能埋怨我们，即使你会埋怨，我愿意承担所有的责任。"我不知道这个时候应该说一点什么。三姐接着说："你知道，我们的退休金或者工资都不高，到底无力负担那么贵的医疗费。再说了，百分之百可以治好的话还行，如果治不好，妈妈白受罪不说，我们的境况会很糟糕，也许要倾家荡产。"

我对三姐说："你不需要跟我解释。"然后，我自己也不知道为什么会问这样的问题："你确定妈妈已经死了吗？也许，死只是一时的现象，妈妈突然间还会醒过来呢？"

三姐斩钉截铁地说："妈妈死了。"三姐又说："用电击板给妈妈做心脏复苏的时候，我亲眼看见的。前后共电击了五次，然后医生告诉我人死了，还告诉我准备后事。"

　　我问三姐："妈妈走的时候痛苦吗？妈妈现在在哪儿？"

　　三姐说："妈妈走的时候没有遭罪。现在在灵柩室。"

　　我感到身体里的血一起往太阳穴冲，于是对三姐说："我想先挂掉电话。过一会儿再联系你。"

　　三姐说："好。"

　　挂掉电话，我在原地待了好久，不能动弹，疲惫蔓延到大脑。我很混乱，甚至有点喘不上气。回过神来的时候，我已经走在远离公园的一条小巷里了。我发现，每走一步，五脏六腑都会随之翻腾起来，于是不得不回家。我随手拿了一张摆在书架上的妈妈的照片，再一次走进小巷里。我把妈妈的照片按在胸口最痛的位置，一直走到两条腿失去了知觉。

　　已经是中午了，我洗过手，给儿子做了午饭。或许是见我心神恍惚，儿子问我："妈妈你没事吧？"我说没事。根本没有食欲，我只喝了一杯咖啡。

　　当我精疲力竭地躺到沙发上的时候，有人打电话来，是三姐。我问三姐现在的心情怎么样。三姐说当然很揪心，但是没有办法，很绝望的那种心情。三姐说妈妈应该是如愿以偿的，妈妈摇头就是不想遭罪。三姐还说反正是一死，不如好死。三姐说，现在说什么都没有用了，妈妈已经死了。我在心里骂自己"浑蛋、虚伪"，情绪仍然不稳定，对三姐倾诉，说我已经打算给妈妈寄一大笔钱了，但是不凑巧，正赶上日本三连休,银行和邮局都休息。我还说没想到妈妈真的会走得这么急。三姐说,一定是妈妈不想花我的钱。我也是这样想的。三姐又说,妈妈一定是希望我把钱花在儿子的身上。我正是这样想的。这样跟三姐聊着,不知不觉间,我感到胸口翻腾着的痛,一点点地微弱下来,几乎感觉不到痛了,身体和情绪都轻松了不少。

我问三姐,关于妈妈的事,今后需要我做些什么。三姐说妈妈火化后安葬,需要我的时候会联系我。我问三姐要不要将爸爸的坟迁到妈妈的新坟。我说爸爸死的时候,葬在他就职的工厂专属的山坡上,终年被荒草覆盖。但妈妈活着的时候,曾经发誓死后绝对不让我们把她跟爸爸葬在一起。三姐说,妈妈不让我们把她跟爸爸合葬,只是气话,怎么说爸爸和妈妈一场夫妻,按理一定要葬在一起。我同意了,再说我也希望爸爸从山坡的杂草中脱离出来。我拜托三姐找一块向阳的墓地,买墓地的钱就由我来出,因为我一直未能照顾妈妈,连妈妈死了都不能赶回去。三姐听起来很满意,好像早已经知道我不可能回去为妈妈送葬。三姐对我说:"晚上我去医院的灵柩室,哥哥和姐姐以及老四都会去,你有什么担心的事,晚上给我打电话好了。"

挂了电话,我开始觉得饿了。儿子剩了一些饭菜,我把它们全吃了。吃饭的时候,我心里忽然冒出了一个念头:一千万日元没有花掉,按照我原来的计划,儿子照样可以去教会小学读书了。我差一点高兴起来。使我烦恼的是,虽然妈妈的死令我感到难过,但是没有花掉那一千万日元,又令我感到庆幸。我想找点事打发掉心里的烦恼,结果干什么都没有效。上午我的心是那么痛,好像永远都不会停止下来似的,而现在我觉得轻松,好像了结了一件非常大的事情。

晚上,我忽然觉得非常非常内疚。

我给三姐打电话的时候,三姐说:"你的电话打得正是时候,哥哥和二姐,还有老四都在。"我问三姐是在灵柩室吗。三姐说:"是。"我问三姐妈妈也在吗。三姐说:"在是在,但是在冷冻库里。"我立刻不安起来,因为我担心,妈妈万一是假死的话,就会被冻死了,于是我问三姐:"妈妈一直没有醒过来吗?"三姐回答了两个字:"当然。"我又问三姐:"冷冻库是什么样子的?"三姐告诉我说:"就是一个大抽屉。想看妈妈的时候,拉开抽屉就可以了。妈妈躺在抽屉里。"

我的眼前是窗外宽阔的街道,树木熠熠生辉。而妈妈躺在抽屉里。我想,那个抽屉一定是又冷又黑暗,或者我根本无法想象那个抽屉。就在这时候,我听见哥哥在埋怨大姐,哥哥说:"老太太死了,她是老大,竟然都不来。真不是个东西。"我让三姐阻止哥哥说下去,我说妈妈还没有凉,最好不要在妈妈的面前提这种事。三姐还没有来得及开口,我听见二姐也开始埋怨大姐,二姐说:"都说老大比母,但她将钱捏得紧紧的,人却躲得远远的。"我觉得脑门儿又开始发凉了,面颊却发热。我猜想死去的妈妈该是很痛苦且孤独的。我不大自然地对三姐说:"妈妈人都走了,争执谁来谁不来,不是没有意义吗?"

三姐小声地解释说:"他们不是在争执,是在算计。少一个人的话,就会多花一份的钱。不过,你还是少说话,大姐对我说了,虽然日本三连休,但你本人可以带着钱回来啊。"

我说:"你知道原因的。"

三姐说:"好在二姐和哥哥并没有埋怨你。大姐那么说,也有她的道理。"

我很难过。妈妈生前很少得到安宁。妈妈死了,死了的妈妈,最终还是成了一片痛苦的云烟。妈妈走前走后,我的确是没有赶回去。跟哥哥姐姐解释儿子的事让我心烦,我知道哥哥姐姐们会怎么想,他们会认为我是在找借口。电话的那一边突然静下来了,眼前的儿子、窗外的风景,好像一下子静止下来,裹住了我。这时候的我在想,我是应该回去的,我是可以回去的,我为什么没有回去呢?于是我全部的神经都痛起来。我把儿子抱在怀里,决心要击退百分之百的痛。好多年了,我觉得痛的时候,就会将儿子抱在怀里。

三姐告诉我妈妈火葬的日子,我对三姐说:"所有送葬的费用,包括火葬费和买墓地的钱,都由我来承担。"

三姐好像很高兴,问我:"这话,你在上一次的电话里也说过,是真的吗?"我没有理由回答说这不是真的。为了让三姐放心,我补充说,放下电话后,立刻就去银行寄钱。三姐听起来完全放心了,对我说:"太好了。真要谢谢你。"然后,我听到三姐将我刚才的话,大声地重复了一遍:"你们不用担心了。小妹在电话里说,所有的费用都由她来承担。"

在这之前,电话的另一端很安静,现在还是非常安静。我想开口说话,但不知道如何表达自己的意思。不久,我听见四姐小声地附在三姐的电话机上说了一句:"谢谢小妹了。"四姐的声音战战兢兢的。我仿佛能看见四姐可怜兮兮的样子。四姐是小脸。四姐的头发一贯拢在后脑勺儿。三姐说妈妈最疼的就是四姐,看来三姐说的是真的。

这时候,因为四姐的一句话,我的心变得暖暖的。我还感到有一股冲动,想哭。

如果妈妈是我们家的心脏,那么,当这个心脏不再跳动的时候,我觉得,我是活在妈妈死后留下的空白里。而那些不知羞耻、依然鲜艳茂盛的贪欲,令这一大片空白充满了亲密和黑暗。

模模糊糊地,我听到哥哥在说买墓地的事。这也是很自然的,哥哥姐姐不再担心自己的事,妈妈的死就被重新想起来了。三姐告诉我说,坟墓因地段不同,价格相差很大。三姐要我给她一个大致的价。我问三姐最贵的墓地会贵到什么程度。三姐说她也不知道。想起妈妈生前最喜欢花,喜欢阳光,所以我让三姐挑一个看起来像公园的、朝阳的墓地。其实,我觉得墓地是生者为了自己而设置的,对死者毫无意义。但是,怕三姐难过,我没敢把这个想法说出口。按照我的理解,有些事,一去就不会复返,尤其死亡,根本是无法弥补的。就像妈妈,我只能把死了的妈妈放在内心深处,放在记忆深处。我觉得,那里才是妈妈应该栖身的地方。

话说回来,挺身而出之后,我忽然感到孤零零的。所谓亲情是温暖的,到底有它的局限性。证据就在血缘里,在我跟哥哥姐姐都是一个妈妈生出来的事实里。我本来是带着庄严的心情给三姐打电话的,但这个电话却让我的心情一塌糊涂。总之,我想尽快挂掉电话休息一下。对我来说,妈妈的事情已经解决了。我只要把钱汇给三姐,对我的惩罚就会变成我自己的事了。

可是,当我告诉三姐想赶紧挂掉电话时,三姐大声地叫了我的名字,对我说:"你必须原谅,不,是必须接受他们!"我站到窗前,看着窗外，用一只手打开窗户。我问三姐为什么。三姐说："我们去农村插过队。你上过大学。我们都在家门口的槐树下跟妈妈道过别。我们都一步三回头，而你呢，妈妈说你从来没有回过头。所以，虽然我们是同一个妈妈生出来的，但你跟他们、跟我，不一样。"我知道问这样的话很愚蠢，但还是问了一句："哪里不一样？"我觉得三姐呼了一口粗气，三姐说："我如果能说出哪里不一样的话，我跟你就是一样的了。"

我很惊讶。说心里话，我真希望我跟哥哥姐姐可以不是同一个妈妈生出来的。好像今天上午，我希望不是用耳朵、用大脑、用心来听，而是用一个像瓷器一样的器具来听。因为只有这样，我才可以接受所有的不愉快、所有的怨恨、所有的厌恶甚至温情。痛苦和清醒混在一起，像一团黑乎乎的稀泥。

这个时候，我真需要有一个什么，可以治疗心理上承受的痛苦。

挂掉电话后，我慢慢平静下来，静到只听得见自己呼吸的声音。我去银行给三姐寄了一百万日元，剩下的，全部由三姐去办理了。从银行出来，我用潮湿的眼睛看头顶的天空，天空是透明的，没有云，没有颜色。妈妈的死，是我第一次感知失去所爱的人的滋味。事实上，妈妈的死并不是百分之百的痛，而对于我来说，无法给死去的妈妈一次复活的机会，才是百分之百的痛。假如给我一次这样的机会，我想我会重新安排许多事。现在，一切都完了，妈妈留给我的空白里，是无着无落的崩溃。原来钱并不能安慰我。

以后的好多日子，我跟三姐不断地打电话。三姐说："一想起妈妈，就觉得揪心。"然后我们一起哭泣。我把妈妈的照片放在床头，尽量多看几次。不久,我确切地听见三姐对我说:"我很想念妈妈。"想念已经成为一种安慰。

我想说,我有了一个很重要的发现。我是经过了一些糟糕的潮流之后,好不容易走到一条漂亮的街道上。

是的,想到一千万日元的时候,我一度也把妈妈的死忘记了。

但妈妈死了的悲痛,百分之百地折磨过我。

快到家的时候,一阵风吹来。我把头发别到耳后。头发被风吹的时候,总是跑到前面来。但没人在乎我的这个感受。

对门

那年夏天

当时在玩跳皮筋,刘敬华口袋里的零钱和花生掉出来,滚了一地,我就蹲下去帮她捡。零钱在我们那个地方叫钢镚儿,捡了一会儿,手里装不下了,我就将一捧钢镚儿哗啦哗啦地放回刘敬华的衣服口袋。我对她说:"我妈可能都没有这么多钱。"这话是由衷的,没动过心思。刘敬华的老爸是军官,他给孩子们起的名字都很帅:敬华、敬国、敬军。他很少跟周围的邻居们说话,却喜欢坐在门前的小板凳上晒太阳。有一次,我发现他的右腿上有一块很大很大的伤疤,看上去像一个坑。回到家里,我对妈妈说:"那个军官,让我摸他腿上的疤了,我问他痛不痛,他说早就不痛了。"妈妈说:"那哪里是疤,那是荣耀,新中国成立,我跟你爸这样的穷人翻了身,就有军官的一份功劳。"妈妈接着说:"幸亏敌人的那枪是打在他的腿上了,如果打到心脏或者脑袋,他就为国献身了。"妈妈不说死,说献身。新中国成立的时候,各地办扫盲班,妈妈参加了,所以不仅能读书,遣词造句也见功夫。如今我能写几篇三流小说,或许就是妈妈的影响。

我们住的那条街上的楼房,一般是一幢住八户人家,楼上楼下各有四家。好像我家就住在楼下,隔壁先不说了,对门是小双。小双和我同岁,姓李,她爸爸排行老四,街坊的孩子们称呼小双的爸爸四叔。

而刘敬华家住一幢楼的一半,在家里可以上下楼,一共八间屋。我常去她家里玩,她妈妈特别年轻,长得小巧玲珑,不知道的人,准以为她妈妈是她老爸的女儿。有一次,我问刘敬华:"怎么从来没看见过你妈跟你爸说话,他们不说话吗?"刘敬华想了想说:"我没有这个感觉啊。"我说:"我每次来你家,你妈都在低着头打毛衣,不过你妈打的毛衣真不错,你穿着你妈打的毛衣,看上去很可爱。听我妈跟四婶聊天,说你妈比你爸小好多,说你爸是军官,所以你妈才跟他结婚的,是这样的吗?"刘敬华说:"我不知道,我爸我妈就是我爸我妈,不过,我妈说她跟我爸结婚是组织安排的。"

我不明白组织是什么,话到这就断了。

话说回来,捡完钱后,我本来是帮着刘敬华捡花生的,鬼使神差,竟然将几粒花生装到自己衣服的口袋里。换姿势的时候,我回头看见门洞里站着一个人,是对门的四叔。

四叔在北方人里,长得算是很标准的:高个子、宽肩、四方脸,尤其皮肤,跟涂了橄榄油似的。我僵在原地,四叔赶紧把头转向右方。阳光下,一片槐树的叶子随风落在我的面前,悄无声息。四叔转换目光的情形如景象永远刻在我的脑子里。长大后我觉得那不是景象，而是一个烙印。对于我来说，穷是一个烙印。

我会意地掏出口袋里的花生，将它们跟新捡的几粒一起还给刘敬华。刘敬华将花生装回自己的口袋说："谢谢你。"我再次看门洞，四叔已经不在了。

门洞里有一条通向二楼的楼梯，空无一人的时候，显得黑暗寂寥。不知是不是因为我第一次感到存在于内心的小小的危险，心中充满了悲伤。

对门当然指门户相对。

相对的那扇门开了。小双家跟我家一样，进了大门口直接就是厨房，往里是两间房，也叫里屋，一大一小，单叫时叫大屋小屋，筒子般连在一起。窗户朝北，终年不见阳光。门跟门之间的距离很近，两家的门都打开的话，对门家里的人就像在自己家里似的。没有空调，整个夏天，两家的门从早开到晚。

刚好是吃早饭的时间，我正在啃妈妈用玉米面做的窝窝头。窝窝头现在是奢侈的健康食物，那时穷才会吃。妈妈天天做。将玉米粉加点盐；锅里加水烧开后改小火，倒入玉米粉，搅匀；稍凉下，放到面板上揉匀，醒一会儿；搓成长条，切成大小相当的剂子；搓成一个个小圆球，再放在手心，用大拇指摁出碗形；蒸锅加水烧开，把窝窝头碗口朝下放入蒸格，蒸约十分钟。吃起来很有嚼劲。那时候，大米和白面按人头限量供应，叫细粮。妈妈重男轻女，把她自己和我们几个女孩的细粮给爸爸和哥哥吃，我和几个姐姐几乎天天只吃窝窝头。

做窝窝头的玉米面叫粗粮。小双看着我手里的窝窝头说："你已经在吃饭了。"我点点头。小双说："你起来得真早,我刚刚才起床。"这时,小双的妈妈披头散发地从里屋走到厨房。我称呼小双的妈妈四婶。小双的妈妈体胖,我哥嘴损,在背后说,四婶趴着的话,四个人盘腿坐在她的后背上边打扑克牌都可以。每次看见四婶的背影,想起哥哥说的话,我都忍不住偷笑。挺缺德的。

米香从过道飘到我家厨房,我吸了一下鼻子。四婶洗了洗手,剥了一个咸鸭蛋放在一碗米饭的上面。小双端着那碗米饭和蛋走到我眼前。"吃完饭我们去学校玩好不好?"我问玩什么。小双从口袋里掏出几个脏兮兮的三角形的纸包说:"拍纸包怎么样?"拍纸包是扔一个纸包在地上,另一个人用自己的纸包用力拍下去,风或者角度适当的话,地上的纸包会翻个面,这个纸包就归另一个人了,否则另一个人的纸包就归对方了。学校课间和午休的时候,孩子们在课桌上玩得人仰马翻,狼烟四起。

我本来想说好,但小双开始用筷子插蛋,咸鸭蛋四分五裂,金黄色的油覆盖了白色的大米,香气浓郁。我说:"还是不玩拍纸包了。"小双问玩什么。我说:"斗鸡吧。"斗鸡游戏其实是挑逗与攻击。把一条腿抬起来,放到另一条大腿上,用手抱着抬起的脚,单腿在地上蹦。玩的时候用抬起的那条腿的膝盖来攻击别人。脚落地的话就输了。不等小双回答,我接着说:"这咸鸭蛋,闻起来真香。"小双说:"主要是蛋黄,吃起来也香。"我咽了一口酸涩的口水。过了一会儿,我觉得老是盯着小双的饭碗不太好,有点难为情。看窗外的时候,我发现天际有一抹残霞跟咸鸭蛋的蛋黄一样,灿灿的、闪闪的,生出金色的辉。我听见内心里有一个热烈的声音说，长大了，能挣钱了，要做的第一件事，就是买咸鸭蛋，用蛋黄就着白米饭吃。但这个声音肯定是我自己的意思，因为我馋得快忍受不了了。克制是一件多么辛苦的事。

　　小双回家后，我关上大门，走到妈妈跟前。我问妈妈："托生的时候，怎样才能托生在自己想去的人家呢？"虽然不朝阳，但是窗户大，屋子还是明亮的，一只苍蝇在窗玻璃上撞来撞去，妈妈打开窗，让苍蝇飞出去。妈妈说："你后悔托生在这个家是吗？"我说："不是后悔，但是妈妈为什么不像四婶那样，少生几个孩子呢？"我之所以这样问，是因为我们几个姐妹，基本上都是在饭桌上打架，而多数又是因为争吃。妈妈说："不是没有做过努力，但那个时候，没有卖避孕药的，如果不是在生了你以后断了月经，还会继续生下去的。"妈妈说的也是无可奈何的事，我不该责备妈妈。我说："难道一点办法都没有吗？"妈妈说："刚怀你的时候，因为已经有五个孩子了，实在不想再要小孩子了，就试图打掉你，一个民间大夫开了几个药丸子，吃了后，虽然多少流了点血，你却照样出生了。除了药，我还使足劲儿地跑步，楼上楼下地跑，就是打不下你。你的生命力真强。生你的时候，担心药丸子有副作用，你也许会短胳膊少腿，但是你一点毛病都没有。"我伸开两臂，看了看自己的胳膊，又看了看自己的两条腿，没有说话。妈妈滔滔不绝地说下去："尤其你爸爸，一直想再要一个男孩，偏偏你又是个女孩，所以给你起了个名字叫秋。秋天的橘子。秋季是收获的季节，收获了就终结了。"我不想打断妈妈的话。"你出生的时候，你爸爸的一个同事没有孩子，不知从哪里要了个男孩，还想要一个女孩，你爸爸起先是同意的，人家真来抱你走的时候，你爸爸又反口了,对同事说,我不管这事,还是找我家里的人商量吧。你爸让人家找我商量。孩子没生下来的时候,嘴上说送人是可以的,当真见了面,当然舍不得了。再说了,养五个孩子是养,养六个孩子也是养,不差一个,也就多一张嘴呗。"

妈妈是一个非常漂亮的女人,瓜子脸,眼睛像紫到头的葡萄,跟我说这件事的时候,白皙的脸上出现了红晕。我长得像妈妈,比小双好看很多:大眼睛、双眼皮、肌肤如乳。不仅仅是我,我的四个姐姐长得都好看,邻居称我们"五朵金花"。四婶曾经跟妈妈感叹过:"我家的孩子大米馒头大鱼大肉,三个孩子都黄不拉叽的,而你们家的孩子天天窝窝头就着韭菜吃,却是一个比一个水灵,邪门啊。"

其实,穷使妈妈生出很多生活的智慧。妈妈虽然买不起大鱼大肉,但经常去西山摘一些山菜回来包包子。不去学校的日子,妈妈会领着几个孩子去黑石礁赶海。天是碧蓝碧蓝的,我们的裸脚丫在金色的沙子里,阳光透明,温暖地拥着我们。我们拿着小锤子敲下礁石上的海蛎子,我现在还是认为那时跟窝窝头一起吃的海蛎子是最好吃的。我们会把贝和螃蟹以及海带用塑料袋装了带回家。曾经以为肉是最好的东西,可是,山菜和海鲜、海草却成了如今最有益于身体的食物了。

过了一会儿,我问妈妈:"你后悔没有把我送给人家吗?"妈妈正赶着出门,走到大门口,有点气喘吁吁地说:"没有后悔啊。"

妈妈出去以后,四姐在里屋对我说:"只是想象你在后妈那里生活,就觉得怪吓人的。"我看了看四姐,没有说话,我觉得心虚,因为我有点希望妈妈当初将我送人。

一直等到好多年以后,我在北京的一家商店里买了十二个咸鸭蛋。我用舌头琢磨了很长时间,咸的感觉不像是真的,我这才明白,"咸鸭蛋很香",一直以来不过是我的一个印象。顾名思义,咸鸭蛋是咸的。

妈妈一大早带我去过医院了,大夫给开的药也吃了,肚子还是痛。妈妈在水槽那里用洗衣板搓衣服,我弓着背坐在门口的小板凳上。我说:"妈,我肚子还是痛,药不管事。"妈妈看了我一眼,用鼻子指了一下里屋说:"你啊,真的是穷人生了个富身子,昨天刚看完虫牙,今天又肚子痛,去床上躺一下,用枕头压压,过一会儿就会好的。"我用两只手抱着胸。虽然不是我的错,但是妈妈说的是真的,我的身体总是三天两头地闹毛病。我不去里屋,痛的时候我想在妈妈的身边待着。妈妈一直不断地抱怨我,我几乎没有听下去。

四叔从门洞过来了,我赶忙站起来,因为他手里牵了一只狗。狗很大,站起来也许跟四叔一样高,棕红色的,走起路来目不斜视,气昂昂的。我第一次看见真狗,它还从我身边走过,我很害怕,没敢跟四叔打招呼。四叔把狗拴到院子里,回到我身边。他看着我说:"这只狗大是大,但很老实,用不着害怕。"说完四叔又跟我妈妈解释,说他昨天夜班,带了一只狗回来,但是不用担心,这狗不叫,也不会待久。我重新坐回小板凳,继续用手抱着胸口。四叔问我怎么了,我说肚子痛。妈妈接过我的话,告诉四叔我已经吃过药,再痛一会儿就会好。四叔嗯了一声就进他家里屋去了。

妈妈提议我去看看那只狗。我不敢太靠近，隔着一段距离看那只狗。它真的很老实，一动不动地趴在地上，两只大眼睛看着我。我觉得它的眼睛很好看，虽然大，但是温顺。两只苍蝇在它的脊背上飞来飞去。我想赶走那两只苍蝇，还想摸摸它的脑袋。这时四叔站到了我身后，要我回妈妈那里，说他给了我妈妈一种止痛的药。我想起我刚才一直都肚子痛，但是不知从什么时候开始已经不痛了。我问四叔狗叫什么名字，四叔说狗没有名字。四叔正要走开，我叫住他，问我可不可以给狗取个名字。四叔站住了，对着我笑了一下。我觉得四叔以笑回答了我。我谢了四叔，对着狗叫了一声："大发。"大发是小双的哥哥的名字。我喜欢大发，他个子高高的，虽然比我大四岁，是我四姐的同学，却经常跟我和小双一起玩。回到家，妈妈已经洗完了衣服，厨房的四壁刚刚被擦过，泛着玻璃一样的光。煤气灶上的蒸锅盖着盖子。我拿起盖子，窝窝头还冒着热气。

妈妈拿了几根草对我说："这是对门的四叔刚才给我的，说是大麻，用水煮了喝，你的肚子就不会痛了。"我拍了拍肚子，告诉妈妈肚子好了，不痛了。妈妈问我："那么你是不喝大麻了？"我说："不喝了。"妈妈说："那就留着下次肚子痛的时候再喝吧。"

也许是止痛药的原因，醒来的时候，妈妈说我睡了好几个小时。妈妈很少买苹果。商店里经常卖果皮，是罐头厂做罐头和果酱前削下来的，很便宜。妈妈总是买果皮回家。但是这次妈妈给了我一个完整的大苹果。四姐笑嘻嘻地来到我身边，指了指苹果，对我说："可不可以分给我一点？四分之一就行。"我解释说："吃的时候再给你。我还没打算吃。"四姐说:"你打算什么时候吃呢?"我说:"还不知道,也许明天,也许后天,但是今天肯定不吃。"四姐说:"千万别忘了我的一份啊。"四姐还是不走,站在我的身边。我找来一个塑料袋,将苹果装进去。我觉得热,额头和脖子上都是汗。我问四姐:"这么热,为什么不开大门?"四姐说:"妈妈让关着大门的。"我不明白,转过头看妈妈,妈妈正将晚上要吃的饭菜往饭桌上端。我很高兴,因为有小米粥。有时候,生病也不全部都是坏事,之于我,生病会带来一点点特权,一点点意外惊喜。我闻到一股很浓很浓的肉香。我想妈妈肯定还做了肉,跑去厨房掀锅盖。四姐解释说:"不是我们家,是对门,炖了一大锅的肉,妈妈可能怕我们馋,所以要关上门。"

吃完饭,天快黑了。妈妈总是黑得伸手不见五指的时候才开灯,所以灯亮的时候,光铺天盖地而来,常令我觉得炫目花眼。小双敲门后进屋,约我出去玩。睡了一个下午,我精神百倍,欢天喜地跟着她出去了。我和小双又去敲刘敬华家的门,把刘敬华也叫了出来。学校的操场上有好多钢制的罐子,很大,一个罐子里可以装十几个人。没有人知道这些罐子是怎么来的,是干什么用的。唐山大地震的时候,因为我们大连离得比较近,晚上睡觉的时候,很多人睡在床底下。爸爸和妈妈说不怕死,睡在自己家的床上,我和三姐还有四姐,睡在爸爸在学校操场上为我们搭的一个帐篷里。很难相信小双的全家都睡在罐子里。等我和姐姐意识到罐子又安全又暖和的时候,罐子已经被人占光了。小孩子们在罐子和帐篷之间捉迷藏,跑来跑去的。四婶和四叔在罐子里包饺子。四婶说:"不能成饿死鬼,非死不可的话,把好吃的都吃了才划算。"明明是避难,感觉却像野外合宿。一边是害怕,一边是无边的刺激,很快乐。地震是过去的事了,帐篷早就没有了,但是那些罐子还在。我们三个孩子翻越学校的墙壁,在罐子间玩了一会儿捉迷藏,天更加黑了。黄色的路灯照亮了街道,只有学校是黑的,像一个大黑口,而我们却在大黑口里。我开始害怕,想回家了。

到了家门口,说再见的时候,我想起那只狗,觉得也应该跟它打一声招呼。我叫住小双,说:"我想去你家院子里看看你家的狗。"小双说:"狗不在了。"我说:"哪儿去了?"小双指了指肚子说:"吃了。"我觉得血往太阳穴里冲,之后的对话不太记得了。

妈妈问我为什么不高兴。我说:"所以你今天下午一直关着门。"妈妈知道我指的是什么,轻轻地拍了拍我的头。我默默地坐着,不知为什么开始流泪。被杀被吃的是他家那只狗,而我坐在家里流泪。我觉得没有见过那只狗就好了,我竟然还为它取了个名字。妈妈说:"快去洗一把脸,早一点睡吧。明天你就什么都忘记了。"我还是怕搞错了,问:"对门的那一大锅肉真的是那只狗吗?"妈妈说:"别问了。"四姐说:"想不到四叔那么狠。狗真可怜。四叔拿出那根木棒的时候,狗一下子就明白了,用后爪站着,两只前爪合在一起上下动作,求四叔不要杀它。是一只很聪明的狗。想不到四叔能下得了手,一棒子就照着狗的脑门子擂下去。后边的没敢看。还没过两个小时,狗已经成了锅里的肉了。"哥哥说:"亲手养大,再亲手杀了吃肉,只有人才干得出来。"四姐问妈妈:"狗是在哪儿养大的呢?"妈妈说:"应该是在山上。四叔的工作好像是管理山林。下午给我的大麻可能就是他在山里栽培的。"哥哥说:"因为要吃肉,所以领回家来了。"四姐问哥哥:"四叔吃那狗肉,你说他会觉得好吃吗?"哥哥说:"不知道,反正我连想都觉得恶心。""至于这件事,"妈妈说,"是对门的事,跟我们无关。我们还是不要再说那只狗了,越说越难过。"

爸爸终于也插进来说:"再说下去,你们晚上都会做噩梦了。"

妈妈不喜欢爸爸说的话。"听着,"妈妈说,"做噩梦的不会是我们,是对门。"于是妈妈讲了一件跟狗没有关系的事。妈妈说她小的时候,住的村子里有一家人去市场上卖牛,但是卖完牛后,刚回家,那头牛就跟着跑回家来了。这种情况下,一般的人偷偷地养着也就算了,那家人却牵着牛去市场,将那头牛又卖了一次。刚巧,当天晚上,卖牛的老婆生了个男孩,孩子竟然有四个奶头。妈妈说:"是那头牛刚好被杀,直接托生为人,生在卖牛人的家里。无疑是来报仇的。既然牛已经跑回来了,说明它不该死。又卖了一次,问题就严重了。"哥哥说:"报应。肯定会有报应。"

大屋那边传来爸爸上床的声音,咯吱咯吱的。爸爸不知什么时候去睡觉了。我没有去洗脸,默默地去大屋,躺在自己睡觉的地方。好长时间睡不着,一闭上眼睛,脑子里就会出现那只狗用两只后爪站立哀求的样子,我第一次知道心痛就是胸口里面被千刀万剐的感觉。

四姐给我扎小辫子,扎了拆,拆了扎,直到她觉得满意为止。我一直在想,四姐今天怎么对我会这么好。在我开门要出去玩的时候,四姐叫住我:"今天跟谁玩啊?"我说:"小双、刘敬华、小敏、小福、大发。"我想了想,"对了,也许没有大发。"

大发得了黄疸型肝炎,住了一阵子医院,起码还得休学两个星期。妈妈一再嘱咐我,尽量离大发远一点,因为肝炎是传染病。我说:"好的。"但是,出了家门、后院、学校,所有可以去玩的地方,大发几乎都与我们形影不离。有大发在,我们玩的时候会觉得更加开心。

四姐说:"如果大发也一起玩的话,就回家来叫我。"我穿了一件红色的灯芯绒外套,是四姐穿过的,如今连我穿都小,妈妈就用黑色的布料,在衣服的下摆接了几寸。我穿着正好。红与黑,看上去反而像特地设计出来的。天气非常热,我们不约而同地聚集在街口大槐树撑起的一片阴凉里。我喜欢槐树,槐树花白里透黄,呈淡黄色。不久前,我刚刚吃过妈妈用槐树花做的包子,清凉美味。槐树开花一年只有一季,妈妈从来不曾错过。除了包子,妈妈还做槐花饼,只可惜面粉用的是玉米面。加盐和醋拌的槐花菜,满盘碎玉,赏心悦目,色香味俱佳。

不知道为什么大发没有来。我们决定从树上折一些树杈做弹弓,再回家取几张纸做子弹。小福家最近,小福回家取纸。大发不在,能爬树的男孩子只有小福了。于是我们等小福回来。小福回来了,我们很快发现还忘记带皮筋了。小福爬树的工夫,我回家找皮筋。怕皮筋会断,以防万一,我多拿了一些。往外走的时候,大发从他家的里屋出来。我对他说:"我们正准备做弹弓玩呢,你来吗?"大发的嘴里正含着一颗糖,他问我:"做弹弓玩什么?"我用鼻子追随着大发嘴里发出的甜丝丝的气味,猜出是苹果糖。我说:"还不知道要玩什么,也许玩打靶,那种在树上用粉笔画一个圆圈的靶。"大发用手轻轻地碰了一下我的肩膀,说:"你想吃糖吗?"我点了点头。他笑了,他的头发已经很长,遮住了他的耳朵。他开玩笑似的从嘴里取出糖块,捏在两个手指间，再一次问我："想吃吗？"我感到嗓子在咽下口水的时候，咕噜咕噜地响。大发把糖块递到我的嘴边，我张开嘴，把糖含到口里。大发一直在笑。四姐从家里跑过来，看见我已经将糖块含在嘴里，显出吃惊的样子，但是没有说什么。走到槐树底下，趁大发不注意，四姐偷偷地说："你不怕传染上肝炎病吗？"我说："千万不要告诉妈妈。"

做弹弓的时候，我把糖的事忘记了。因为大发和四姐也在，一下子热闹了很多。平时，四姐很少跟我们一起玩，想不到她的射击如此准确，几乎每次都射中靶心，真可谓百发百中。这件事后来传到大人的耳朵里，四姐被街道居委会招去当工人民兵，隔三岔五有真枪实弹的练习，听看过练习的人说，四姐的枪法极其不一般。不一般就不得了了，极其不一般就是不得了加了不得了。

我们玩了很久，四姐看上去很开心。大家叽叽喳喳惊叫的时候，我看见大发的手里捧着一只鸽子。刘敬华告诉我，鸽子是被大发的弹弓射中掉下来的。我抬头看槐树，夏天的天很高，树缝间的天是蓝色的。鸽子看不出有什么外伤，但是明显比较虚弱。我对大发说："放了它吧。"大发一直都在笑。我、小双、刘敬华、小敏、小福，我们围成一个圈子，大发在圈子的中央。我又说："不然的话，把它放在家里观察观察怎么样？"大发捧着鸽子走出圈子，我们在后面追着他。大发站住，告诉我们不要跟着他。这群孩子里，大发的岁数最大，一般来说，大发说的话大家不敢不听。大发回家了，四姐说她也要回家了，这证明她只是想跟大发玩。

很快我又忘记了鸽子的事。最初是四姐，站在门洞口偷偷地朝我招手。后来,四姐告诉我这样做并不是她的意思,她只是没有办法阻止大发这样做。我后悔已经来不及了,做梦也想不到大发会把那只鸽子包在黄泥里,用火烤了,然后吃掉了。四姐说:"想想前几天那只狗被吃的事,就不会对鸽子被吃而大惊小怪的了。"我不说话,夏季的热风在肌肤上流动,小虫子爬过一样,心里麻酥酥的。短短的几天里,这是第二次觉得心被千刀万剐了,我开始理解什么叫痛苦无奈,以及什么叫残酷无情。妈妈收养了一只流浪猫,回到家,我走到猫那里,用手抚摸它的头,它就坐到了我的膝盖上。这一次,我没有哭,但我的样子也许悲伤,因为四姐跟我解释,说鸽子中了弹,不能飞,说明它受了内伤,即便是活着,受伤的地方可能也会很痛。我觉得闹心,分不清四姐是在安慰我呢,还是在替大发说话。

晚上,四姐拿来她自己做的传话筒要我帮忙,我故意不搭理她。传话筒是用那种一次性纸杯制作的。在杯子底部的圆心位置上,用剪刀或锥子扎一个毛线能够穿过去的洞,将毛线调到自己需要的长度,从洞里穿过来系上结。然后纸杯我和小双一人一个,各自在家就可以清楚地听见双方家里的谈话。主意是四姐和大发想出来的,听话也是四姐和大发听。

这个时候是傍晚,天已经开始暗下来,我不想出去玩,在大屋里转悠了一阵子。我觉得,关于大发的事,已经没有必要跟四姐商量。我擅自将传话筒的秘密告诉给妈妈。妈妈说我"乖"。然后妈妈不动声色地找来剪刀,把两个纸杯剪得稀碎。妈妈用毛线将碎纸片缠起来,扔到垃圾袋里。四姐看着妈妈做的这一切,暗自用眼神瞟我。我当然知道四姐的心思,但是我想惩罚大发。

灯光照着妈妈的脸。妈妈的面容里有一种我十分熟悉的东西，散发出色彩，温暖的色彩，比灯光更明快，令我想到太阳。妈妈开口说话了："虽然我们家比对门穷，但穷并不能证明什么。我也希望你们可以过另外一种生活，一种可以感叹现在这种贫穷生活的生活。每天有肉和蛋，有大米和白面。重要的是如何看自己和他人的生活。好像杀一只自己养大的狗，是人心方面的问题。又好像种大麻，是道德方面的问题。你们还小，说了你们也不会懂。"

我跟四姐默默地坐着，问题是我没有想到将事情搞得如此严重。妈妈歪过头，看着四姐说："玩归玩，玩玩就行了。我不允许有其他的事情发生。"

我有点迷迷糊糊的。妈妈读书多，比这一带的同龄妇女能说会道，很多人喜欢找妈妈聊天。那个时候，离我家走路十几分钟的地方，住着市长刘德才一家。邻居们私下传说："市长家的下水道里流的都是豆油。"下水道是看不见的，但是很多人却相信这句话。有一次，住在四叔家楼上的陈大娘来我家找妈妈闲聊，看见妈妈用筷子沾一滴豆油炒白菜，笑着说："一滴答豆油，跟没有使用豆油有什么区别？"接着她又提起刘德才家里的豆油用不完，过期了就倒进下水道的事。

妈妈从来不接腔，只是笑。豆油贵，但是妈妈会买一些便宜的肥肉，将肥肉洗净，切成大小相近的小块，之后倒一小碗水在锅里，将肥肉下锅，放一片生姜，用强火煮，水开了以后转弱火，水分一点点蒸发，肥肉越来越小，油越来越多。肥肉缩到不能再小的时候，颜色会变成金黄,于是把肉捞出来。这时候妈妈会关掉煤气,把油倒在陶罐里。油凝结之后变成平凡无奇的白色。妈妈更多的时候用自己做的这种猪油炒菜,只要一勺,白菜就会香气四溢。而肉渣成为最为奢侈的零食,又香又酥又脆。

我问过妈妈:"市长家的下水道里流的都是豆油吗?"妈妈说:"没有亲眼看见的事,最好不要瞎说。我们不过是老百姓。老百姓,随年吃饭,随年穿衣。"我不懂,妈妈说:"等你长大了就懂了。"我愿意等,反正人是要长大的。

四姐看上去垂头丧气的。但这并非是我的错。无论如何,一只狗,一只鸽子,让我心痛了两次。我出卖四姐和大发的秘密,不过是想治愈我持续不断的心痛。对我来说,甚至觉得这样的惩罚远远不足。睡觉前,我把白天的事都忘记了。我和四姐钻进同一条被子,我的头冲窗,四姐的头冲墙,我们打通腿睡,一直睡到第二天早上。我醒来的时候,四姐已经去上学了。

夏秋交际

从某种意义上说,时间过得真快。太阳下山早了很多,下午五点左右天就黑了。妈妈说:"天已经短起来了,以后一天比一天短了。"因为这样,我和小双、刘敬华她们在户外玩的时间就短了很多。白天也几乎用不着开大门了。哥哥说:"到了这个季节,就看不见四叔光着上半身走来走去的了。如果四婶开大门,一定又是做什么好吃的了。"妈妈说哥哥:"你不要老是关注这些事。"

不仅仅如此,我的身体突然有了一些变化,好比右肋条和腹部连接的部分会经常痛,好比常常觉得恶心,好比浑身无力觉得十分疲倦,好比没有食欲。不久,我开始发烧,吃了退烧药体温也不下降。去医院之前,妈妈用手指翻我的眼皮,看了我的眼球后说:"白眼球发黄,肯定是得了和大发一样的病,黄疸型肝炎。"去医院验血,检查结果出来,证明了妈妈的猜测是正确的。

　　有隔离病房的儿童医院离家很远,坐电车去,中间还得换一次车。想不到第一次离开妈妈竟然是住院。在医院的一个四面都是白灰墙壁的房间里,护士让我换上有蓝色格纹的住院服,我来医院时穿的衣服被交给妈妈带回家去。医生对妈妈说明了一些事情后,要护士带我去病房。家属不允许进传染病房。我得跟妈妈分手了。想想突然间剩下我一个人,我很想哭。一颗糖将事情搞到这个结局,也是我自作自受。

　　跟妈妈摆手后说了再见,护士就带着我离开了那个房间。而我的眼泪一直没有流下来。在楼梯口,我拉住护士问:"一颗糖会传染肝炎吗?"护士笑着说:"小女孩,你得说详细一点,是怎样的一颗糖。"我说:"从患有黄疸型肝炎的人嘴里拿出来的一颗糖。"护士说:"那就是百发百中了。"护士说话时,我注意到她的左下巴颏那里,有一颗很性感的黑痣,还觉得楼梯口隐约有一股潮湿的气息。我站着不动,护士催促我说:"我们得快去病房啊,还有其他的小朋友等着我们呢。"从这个时候开始,我不再问她什么。我跟在她的身后,快步去我的病房。坐到病床上,想起大发给我的那颗糖,我的心又痛了。

本来我也可以像大发那样提前出院,出了院,在家里静养,但是妈妈不同意,说我没好利索就出院的话,没准儿会传染给其他的小朋友。妈妈如愿以偿,我却住了一个月的医院。病房晚上九点钟关灯。游戏室太小,不到半天我就玩腻了。除了三顿饭,我几乎跑遍了楼层所有的角落来打发时间。妈妈每星期来医院看望我一次,每次都带一大袋子苹果,让护士转交给我。苹果令我觉得在医院的日子充满甜蜜。

　　因为妈妈不被允许进我的病房,所以我在二楼病房的窗口,妈妈在医院的楼下,我们隔着一大片的空间说话。为了能听清楚对方说的是什么,我跟妈妈不得不大声地喊,其间还做出各种手势加以补充。妈妈第三个星期来看我的时候,四姐也跟着来了。跟上次一样,妈妈穿着那件灰色的立领上衣。妈妈一直笑着,看上去非常美丽。妈妈说:"上次带来的苹果都吃完了吗?"我说:"都吃完了。"四姐穿什么衣服我忘记了。四姐说:"下一次再来的时候,就可以接你回家了。"我说:"那就快一点来啊。"四姐说:"不行,日子是医生定的。"我问四姐:"定在几号?"四姐说:"下个星期五。"然后四姐大声地说妈妈的嘴边起了好多泡泡,还问我是否能够看到。我说看不到。我问妈妈为什么嘴边会起泡泡,妈妈笑着说:"没有关系,过一阵子自然就会好起来。"但是四姐说起那些泡泡是因为妈妈"上火"了。"上火"是东北话,意思就是受累了,有担忧和压力了。妈妈是一个豁达的女人,能够令妈妈嘴边起泡泡的压力一定跟我的住院有关。为了我的住院费,为了给我买苹果,也许妈妈又跟对门的四叔借钱了。说到借钱,我经常去对门跟四叔四婶借。"我爸爸二十二号拿工资,二十二号一定还钱。"我这样说。而妈妈每次都是有借有还。但是这一次不同,虽然我不敢跟妈妈说糖的事,但糖的事情足以证明我的病是大发传染给我的,大发是祸首。至于大发是不是刻意的,我也无法下结论。我总是控制不住地想起那颗糖,那天大发的笑容令我觉得窝囊而不是悔恨。我常常感到有一种冲动,心里骂:"这个浑蛋。"渐渐地,那颗糖开始令我难受,因为它不断加重我的心痛,我开始想忘记它。

星期五,出院的那一天,还是在那间四面都是白灰墙壁的房子里,我换上妈妈带来的那件接有黑边的、红色的灯心绒衣服。医生对妈妈说:"她的病已经完全好了。明天就可以去学校上学了。但是不要太贪玩,要静养一段时间。"妈妈一个劲儿地点头,说:"好的,知道了,会的。"医生对我说:"再见,其实我真的不想在这里再见到你。"轮到我说话,我就摇摇手说:"再见,我要跟妈妈回家了。"

阳光明媚得令我觉得晃眼。一只小鸟从树梢飞向碧蓝的天空。自由真好。自由就是可以呼吸阳光下和大树下的空气。黄疸型肝炎病剥夺了我一个月的自由。在医院的日子,明天跟今天和昨天重复,每一天都是同一个样子。

真正令我惊讶的是,我看到妈妈的嘴边不是泡泡,是黑色的痂,有好几块。我问妈妈:"那些泡泡,痛吗?"妈妈说:"不痛。"我说:"刚起泡泡的时候,痛过吗?"妈妈说:"我忘记痛不痛了。"

我保证妈妈说她"忘记痛不痛了"这句话是假话。这时候我差不多明白了,有时候人说假话其实就是一种间接的、肯定的答复。这就说明妈妈一定是痛过的。我很想对妈妈说一声"对不起",或者说一声"谢谢"。但不知为什么,就是说不出口。上了电车以后,周围是一张张陌生的面孔,很多人说话的声音很大。我瞅着自己的脚尖,觉得身边的这些人是那么令我闹心。我又忍不住偷偷地看一眼妈妈。也许妈妈累了,坐在电车的座位上时,她一直闭着美丽的双眼,我的心又痛了,又想哭,但只是一种愿望,因为心里生出的一点点的悲哀有点孤独。在这个夏天来临之前,除了吃和玩,我对其他的一切都浑然不觉。而这个夏天,我经历了一些也许根本就是微不足道的小事,为此我心痛、失意、后悔,并体会到所谓的爱与被爱。事到如今,我已经可以一个人默默地承受一份孤独的、小小的悲哀了。我觉得我长大了。是的,我长大了。从我学会了感受的那一刻开始,心痛、失意、后悔和爱与被爱,就成了促成我长大的一部分养分。在我生存的这个世界上,有什么是绝对的好,有什么是绝对的不好吗?

秋天

十月末,家附近的商店一下子被白菜、大葱、萝卜和土豆填满了,层层叠叠的。妈妈一大早把几个孩子从被窝儿里揪出来。妈妈说:"今天要挖地窖,还要买秋菜,各就各位。"妈妈去厨房准备早饭后,哥哥说:"地窖由我跟小兰挖,秋你就去捡白菜叶吧。"小兰是四姐的名字。大姐结婚了,不住在家里。二姐和三姐去农村插队了,一个在金县,一个在瓦房店。我问哥哥:"为什么每次都是我捡白菜叶呢?"哥哥两手合十说:"你是小孩子,权当捡菜叶是玩,不需要难为情。看到你捡菜叶的人，也会认为你是在玩。"

　　找跟妈妈去商店。天不冷不热，树叶呈金黄色，风一点点地猛烈起来，而商店前大白菜的滚滚碧浪一直伸展到天边。妈妈告诉我，今年家里少三个孩子，秋菜比往年买少一点，今天先买白菜。妈妈去挑白菜的时候，我去菜堆旁边放着的大塑料箱子那里。不少人把白菜最外边的叶子剥掉，我捡的就是被剥下来丢在塑料箱里的那些菜叶。我倒是真的不在乎别人看我。菜叶是新鲜的，妈妈用我捡来的菜叶或煮或炒。不知道人家为什么要丢掉它们。手里的塑料袋快装满菜叶的时候，妈妈来到我身边，说："今天的白菜便宜，想一下子买半年的。你回去找你哥，让你哥找四叔借一辆推车。"

　　我拎着刚捡的菜叶回到家，哥哥和四姐正在后院挖地窖。哥哥说："你怎么回来了？妈妈呢？"我把妈妈说的话对哥哥重复了一遍。哥哥说："四叔正在盖房子，正好有推车，你等着，我去借借看。"我说："不，我跟你一起去。"这时我才发现四叔家真的在后院盖房子了。很大的石块堆满了四叔家的后院，石块旁有一辆木制的手推车。四叔脖子上系了一条毛巾，一道道汗水从头顶流到脖子。哥哥说："想借一下手推车。"四叔问："干什么用？"哥哥说："我妈妈买了可以吃半年的大白菜。"四叔用手指了指正盖着的房子说："上午搅石灰，不用推车，你拿去用吧。"哥哥去推车的时候，四叔又问："你妈妈一个人吗？"哥哥说："对。"四叔说："这车虽然是木制的，推起来还是挺重的。女人可能推不动。我跟你们一起去吧。"

　　有四叔推车，我们走得很快。去商店的路没有近路可以抄，快走也得走十分钟。哥哥问四叔家什么时候开始准备秋菜，四叔说他们家不买秋菜，因为他在山上种植了一些耐寒的蔬菜，有萝卜、青梗菜、小香葱、芹菜什么的。山上太阳离得近，蔬菜比较容易生长。此外，他还在山上盖了一个塑料大棚。三个人走一会儿，我就会落后一点，于是我会跑几步追上哥哥和四叔。跑了几次，我的脸上也开始流汗。天气挺好，天上的云是白的，马路上的行人都是慢悠悠的。我气喘吁吁地说："四叔，为什么在后院盖房子啊？"其实，我们的后院就是地，一家一块，平均分的。界标是一条线或者一个树枝。四叔家的地盖了房子，我们小孩子玩的时候就会少一块地。四叔说："我们两家的房子是一样的，朝北，不见阳光。在后院盖一个高一点的房子，这样就有阳光了。"我问四叔："高到什么程度？"四叔说："二楼那么高吧。"话说到这里，我们已经到了商店。妈妈买的大白菜单独堆在一角。没想到四叔会来，所以妈妈看上去有点慌乱。妈妈说："你们家盖房子，这么忙的时候还要来帮我们。把车借给我们就够了。"妈妈有点语无伦次。不知为什么，我更喜欢妈妈的这种有点慌乱的样子。因为有推车，妈妈又买了一些萝卜和大葱。

回到家，四叔帮忙把白菜搬到哥哥正挖的地窖旁。四叔要回他们家后院的时候，妈妈说："你们家不渍酸菜，我家里渍好了，一会儿给你们送一些过去。还有，什么时候想吃酸菜了，随时来我家取。"四叔说："好。"我在哥哥旁边小声地说："如果四叔不杀那只狗，真挑不出他有什么缺点。"哥哥偷偷踹了我一脚。

自从出院后，我不放弃任何机会帮妈妈干活儿。白菜下窖前，为了防止发霉，通常要晒一到两天。我自告奋勇求妈妈让我来晒白菜。

用比我还高的大缸渍酸菜时，上面要盖一块又大又重的石头，我主动把石头搬到厨房的水缸前。为了做咸菜萝卜条，我一根一根地把妈妈预备好的萝卜洗得干干净净。妈妈看上去很高兴，问我会不会累，四姐在旁边不怀好意地说："妈妈，你就让她做吧。她是在弥补心灵所受的创伤。"

秋天是妈妈最受累的季节。妈妈让我去街道排队拿煤票，我排了半天的队才拿到手。买煤的队伍永远像长长的蛇。回家的时候，觉得脚指头站得已经麻掉了。四叔家的房子快盖好的时候，妈妈决定再借一次推车。还是哥哥去找四叔，四叔干完夜班的工作刚刚回家，哥哥提出了借车的事，四叔说："车你拿去用。我一夜没睡，今天帮不了你妈妈了。"哥哥说："没关系，有我。"

我们从来不期待爸爸，他一直就是那个样子，干瘦干瘦的。爸爸早上去上班，然后回家，喝酒抽烟，睡觉前咳个不停。爸爸就职的工厂是做火车的。爸爸在铸钢车间，每天打砂轮，结果得了一种叫矽肺病的职业病。原因是爸爸打砂轮的时候，每次都会吸入大量的细沙，从而导致末梢支气管下的肺泡发生病变。几年来，爸爸经常会呼吸短促、发烧、疲倦、无食欲、胸痛、干咳、呼吸衰退。爸爸逢人就说："我的肺布满眼子，几乎跟纱网没有区别。"妈妈呢，从来不劝爸爸戒酒戒烟。对询问为什么的人，妈妈回答说："矽肺病是不治之症，他活着的时候，想怎么活就随他怎么活。"但看得出妈妈非常担心爸爸咯血，爸爸一咳嗽，妈妈就检查是否有血。矽肺这种病，一旦咯血，人就快走了。

这些情形，我们不知不觉都看在眼里。"关于妈妈和对门的四婶,"哥哥有一天说,"真是鲜明的对比。四婶什么都不干,整天坐享清福,而我们的妈妈所受的苦和累,一卡车都装不下。"四姐添油加醋地说:"红颜薄命,怪就怪妈妈长得太好看呢。"哥哥说:"四婶又黑又胖又丑,可是搞得四叔围着她团团转。"四姐说:"鲜花插在牛粪上。"我说:"换了四叔做我们的爸爸就好了。"听到这里,妈妈叫我们住嘴。妈妈说:"你们越说越不像话了。"我们同时住嘴,好长时间没有人说话。这一刻是我们家最安静的时刻。谁也不知道,实际上,我真模模糊糊地盼望过爸爸早一点走人,他跟四叔一样是一个男人,但什么都帮不了妈妈。爸爸每次咳嗽的时候,我都觉得心惊。再说,我不喜欢爸爸,甚至可以说怨恨他。

远远地,妈妈跟哥哥推着煤车回来了。看见两个人全身黑乎乎的样子,我取笑哥哥"跟煤球差不了多少"。哥哥去水池那里一边用香皂洗手,一边愤愤地说:"没想到买煤比买秋菜更折腾人。"

我们都以为妈妈会休息一下,可是刚刚吃过了午饭,妈妈就换了上午买煤时穿的那身衣服,说她要在今天把煤球托出来。我打算帮妈妈的忙,也跟着妈妈去了后院。对门的四叔已经睡好觉,在忙快完工的房子。

妈妈先将煤用大大的铁筛子筛一遍,筛出的煤块再砸成煤粉,反复几次以后,煤堆变成了规则的锥形。然后妈妈把哥哥也叫到后院,让哥哥将黄胶泥用二比八的比例,小心且均匀地掺到煤里。我的任务是和煤,将煤粉搅拌成软硬合适的煤泥。

妈妈准备用托煤板托煤球的时候,四叔突然搬过来一台煤球机。煤球机到四叔的腰间那么高，下面是大口径的钢筒，里面排列有十二支铁棍，也就是蜂窝煤的眼儿。连接把手的，是空心的铁管，里面有铁棍连接着按手与托片。四叔教妈妈做蜂窝煤：将把手轻轻地往下按压，力量通过铁棍传到托片，托片下行，里面的煤就脱下来了。整齐的、圆圆的一块蜂窝煤就诞生了。有了这台煤球机，妈妈不用一直蹲在地上，腰腿的负担几乎没有。

妈妈用了几个小时就把所有的煤都托好了，看妈妈的样子似乎很高兴。哥哥说："幸亏对门的四叔，今年秋天，妈妈少遭了不少的罪。"我感觉哥哥喜欢四叔。但是我总也忘不掉那只狗。晚上吃饭的时候，我忍不住地问妈妈："这么好的四叔，怎么会吃自己养大的狗呢？"说到狗，哥哥打岔："过去的事，不要老是耿耿于怀。其实四叔这个人真的挺好，求他的事，他都会帮忙。"妈妈说："好多人说，现在的人缺乏的不是胸怀，是情怀。要我说，正相反呢。情怀有好多种，对人有人情，对物有爱惜之情，没有大的胸怀，如何装得下众多的情怀呢。对门的四叔虽然样样突出，毕竟跟我们一样，也是个普通人而已。能够帮助人，说明四叔的胸怀够大的了。"

哥哥同意妈妈说的话。对我来说，妈妈的话毫无意义，答非所问，因为我终究没有搞明白，到底是因为什么，四叔会吃了他自己养大的狗。

冬天

对门在后院盖的新房子有两层，一楼是仓库，二楼住人。从我家的北窗看出去,正好可以看见四叔家新房的南窗。那窗特别大,太阳明晃晃地映着坐在窗边的四婶。我趴在窗边看四婶,看了很久很久。妈妈问我:"你一直瞅着外边,看什么呢?"我说:"看四婶。"妈妈说:"四婶有什么好看的呢?"我说:"我看四婶在新房子里看电视呢。妈妈,电视好看吗?"妈妈说:"我也没有看过电视,不知道电视好不好看。"

下午,跟小双在小学校园里玩的时候,我问她:"你家的电视好看吗?"小双说:"刚开始挺新鲜的,觉得什么都好看。"我说:"那么现在就不好看了吗?"小双说:"也不是不好看。早间新闻、午间新闻、晚间新闻,看也看不懂。电视剧《一口菜饼子》《白求恩大夫》就好看。这几天演什么《红楼梦》,哼哼哈哈地一直在唱,我妈喜欢看。"我问小双:"新闻播的都是什么?"小双这样解释:"是发生在全国各地的各种各样的事。"

我想,如果小双叫我去她家的新房玩,我去玩的时候,就可以看到她家里的电视了。但小双说她跟她家里的人约好了,不带任何小朋友去新房子,因为她妈妈说:"带人去新房子看电视,是一件很麻烦的事。"

四婶看电视的时候,我站在她们家新房的围墙外,踮着脚,仰着脖子看楼上的窗。但听不见声音,也看不清楚画面,能看到的是黑色和白色不断交织的、跳跃的影子,偶尔有一个人的模样,大写意似的,一下子就消失了。一动不动地仰着脖子的姿势怪累的,不过我会不断变换我的姿势。有时候,四婶会瞟我一眼,一旦与我的目光相视,立刻又装着没看见我,马上将视线转向电视。

这事很快就被妈妈发现了。妈妈让我保证不再做这种"讨人嫌"的事,因为"会让其他的邻居笑话"。说真的,一听到妈妈说"讨人嫌"这三个字,我立刻就泄了气。

过了不久,刘敬华说我们就读的学校也买了一台电视,放在门卫室。我马上去证实了这件事。有一天,天黑后,我翻过学校的围墙,穿过那些曾经用来防震的大罐子去敲门卫室的木板门。开门的是守门的两个老头子,都矮矮胖胖的,不同的是其中有一位戴了一副黑边眼镜,可能是老花镜。听我说话的时候,他们一直笑嘻嘻的。明白了我的意思以后,他们神情奇特地表示愿意满足我的愿望,只不过天已经黑了,害怕我家里的人会担心我。我对他们撒了谎,说妈妈知道我到学校看电视的事。那天晚上演的正是越剧《红楼梦》。说好了只看一会儿,我却看到最后。跟老头子们说再见的时候,他们大概还没有从剧情中完全走出来,神情与先前完全不同,几乎是两眼发光。没戴眼镜的老头儿问我:"明天还来吗?"我说:"来。我喜欢看电视剧。"他劝告我说:"来之前,别忘了跟你妈妈打声招呼。"我立即答道:"好的。"

学校离家不远,但是我必须再一次翻越学校的围墙,然后到了路灯的下面。那一天,我发现夜晚的天空更像海。我在海边长大,知道海给我的那种感觉。安逸宁静但有时汹涌澎湃,宏大无垠,世界有多远海就有多远。可以说是第一次,我模模糊糊地感受到一种大海般汹涌的冲击。我觉得有一种从未有过的心情,但不知如何表达这种心情。

远远地看见妈妈站在门洞里，没等我走近，妈妈疾步上前，一个巴掌打在我的脸上。妈妈说："这么晚，你去哪里玩儿了？"我告诉妈妈去学校看电视了，妈妈不信。妈妈说："我知道放学后的教室是不允许放人进去的。"我说："我求门卫室的老头子们让我看一眼电视，他们就同意我进去了。"妈妈破坏了我刚才拥有的崭新的心情，让我心痛。但为了让妈妈相信我，我就唱了一段歌给妈妈听。

天上掉下个林妹妹/似一朵轻云刚出岫/只道他腹内草莽人轻浮/却原来骨骼清奇非俗流/娴静犹如花照水/行动好比风扶柳/眉梢眼角藏秀气/声音笑貌露温柔/眼前分明外来客/心底却似旧时友

妈妈显然很惊讶，因为她张口结舌了。过了一会儿，妈妈问我："这歌是你刚才看电视时背下来的吗？"我说："是的，妈妈。"我这才发现自己有一个很特殊的本事，凡是文字，一旦过目，立刻就会全部暗记下来。过目不忘说的正是我这种人。妈妈把我拥到她的怀里，说："不是反对你去学校看电视，看电视并没有什么不好，但是，你去哪里，你在干什么，一定要跟妈妈打一声招呼。"不管怎么说，虽然我打算看电视，但那一天看电视却是我临时决定的，但我不想解释。妈妈说的并没有错。此外，我第一次觉得，漂亮的妈妈以外，还有一种有气质的女人。这个女人是林黛玉，会想到葬花，那么忧郁，那么伤感。认真地想一想，我想去海边散步，想看落日，想找到某种解脱的方式，想释放心中感到的无奈，都是从看完《红楼梦》开始的。我记住了一个名字:王文娟。

后话

以为一辈子都要住在那间不朝阳的房子里,没想到会搬家。第一次感谢爸爸患的是职业病。工厂照顾患有矽肺病的病人和家属,配给他们新的房子,我们家也分到一套。虽然只有两室一厅,但朝阳,还配备有暖气。好极了,妈妈再也不用托煤球了。新房子在工厂小区,离原来的居屋不近。因为是四层公寓房,有隔壁,没有对门。

搬家后,一天接着一天,一年接着一年,时间过得很快。当我开始怀念旧房子的时候,已经是大学生了。

学校放春假,我回家探亲,告诉妈妈想去小时候的居屋看看,想拍几张照片,想看看四叔和四婶。我本来以为怀旧只是老年人的一种通病。妈妈回答说看不到四叔了,因为四叔不久前得了癌,死了。老陈大娘来新家看望妈妈的时候,顺便概述了对门一家的近况。我不再追问什么,死亡是经常发生的事。我刚上大学不久,爸爸就死了。只是,另外有一件令我感到惊讶的事。我叫了一辆出租车,带上妈妈和哥哥,司机载着我们去我小时候的居屋。远远地看见一座小山的时候,哥哥让我一定注意看看写在山坡上的那一行字。车跑过山坡的时候,我就看到那行字了:"李立名是杀人犯。"

为了防止山土滑坡,山根用水泥筑了一道墙壁。字本来是大红色的,写在灰色的石灰墙上,因为经过时间的洗刷,看上去,红色已经变得发紫了。

哥哥说:"你知道李立名是谁吗?"我说不知道。哥哥说:"就是对门的四叔啊。四叔死前就有这行字了。不知是什么人写的。每次路过这里都能看到。"

我不太明白,问:"四叔杀人了吗?"

哥哥说:"这里写的杀人,不是真杀了人。都是听说的,到底也不知道是真是假。好像'文革'的时候,四叔折腾过很多人。也许是什么人跟四叔有仇。反正,再过两年的话,这行字就该消失了。那时四叔才算真从我们眼前死掉吧。"

我一句话也说不出来。四叔不在人世了,但死了的,仅仅是一半。

一江春水

一

有人叫我的名字。

回过头，我看见小根泽夫妇站在院门外。夫妻俩戴着那种自己缝制的口罩，很大，几乎将整个脸遮住，所以我无法看清他们的神态。我能看见的，就是口罩上夏威夷蓝蓝的海。不知道为什么，我的第一个反应竟然是想躲开。站在院子的中心，我远远地注视着小根泽太太手里的那根咖啡色的拐杖。小根泽先生笑嘻嘻地说我们已经有好久没见面了。他说的是真的。自从去年八月斑嘴鸭离开公园我们就没见过，现在已经是二〇二〇年四月了，至少过去了八个月。我也笑着回答说："好久不见了。"

想不到他接着说这是我们在今年里的第一次见面，应该表示庆贺。他对我说："新年好。今年也请多多关照。"四月还说"新年好"，我觉得有点可笑。不过二〇二〇年我们第一次见面这件事,的确又是事实。

我想走得离小根泽夫妇再近一点,但却僵在原地。其实我们之间的距离只隔着不到两米。我尴尬地解释说,现在是特殊时期,"新冠"搞得大家都不敢出门。现在,日本政府天天通过电视呼吁大家要自肃。

看起来,小根泽先生十分理解我的话,甚至跟我解释说:"所以我们也很少去公园散步了。公园里的人比较多。好像今天,打算挑闲静的街道走走,没想到会看见你。其实我太太经常跟我提起你的,我太太一直在担心你是否安康。"

我觉得感动的时候,看见小根泽太太正伸着脖子冲着我点头。我也朝她点了点头说:"谢谢您的关心啊。不过我一向都很健康的。"

但是说真的,我自己也不知道为什么,每次跟小根泽夫妇说话的时候,眼睛只看小根泽先生,仿佛小根泽太太不存在似的。在我的印象中,她一向少言寡语,对小根泽先生总是言听计从,好像小根泽先生的一个部分。但这个部分不是那种身体上的,是附带的某一样东西。打一个比方来说的话,就好像她本人手里永远都挂着的那根拐杖。

这时候,小根泽先生想起什么似的,用手指着公园的方向对我说:"斑嘴鸭今年也来了啊。已经搂了好久的蛋了,过不了几天就会出鸭宝宝了。"我"啊啊"了几声。他于是接着说:"晚上公园里的人比较少。你还是去公园看看斑嘴鸭吧。"我赶紧表示今年不打算去公园了。他却打断我的话说:"你不要说不去公园看斑嘴鸭,斑嘴鸭会寂寞的。"我摇摇头。他问我:"是因为'新冠'吗?"

我走近小根泽夫妇,压低了声音说:"前天去便利店,这么巧碰见了公园管理处的处长。说到斑嘴鸭在池塘孵蛋的事,他表示今年绝对不会提供鸭粮了。想想看,贝尔蒙特公园是人工的,池塘又小又浅,如果管理处不提供鸭粮的话,鸭宝宝肯定会饿死的。我可不想眼睁睁地看着鸭宝宝饿死。我会受不了的。"

小根泽先生说:"这说明不了什么。鸭宝宝出生后,处长肯定会提供鸭粮的。"

我回答说:"但是他对我说了好几遍'绝对'两个字。"过了一会儿,见小根泽先生不说话,我接着对他说:"我只是觉得,无论有什么样的理由,一个放弃眼前生命的人,一定就是不值得我尊敬的人。"我很难为情,因为我觉得自己在背后说人家的坏话。

小根泽先生并没有责备我的意思,笑着说:"无论如何我都相信你一定会去公园的。你越是说不去我越是相信你会去。"

我还是第一次讨厌他的笑声,觉得有一种令我厌恶的虚情假意。因为他刻意躲开了公园管理处处长的这个话题。我反复强调"肯定不去公园"。或许他看出我有点不高兴,开始移动两只脚,一边走一边向我告别:"能够见到你很高兴。疫情严重,请多保重啊。"

看着小根泽夫妇远去的背影,我忽然觉得不自在。时间是傍晚,天空依然很亮。我这才想起来,到院子里来整理仓库的事只进行了一半,但是我已经没有心情整理了。

真是糟糕透了。小根泽先生的预言是正确的。一个星期后,我最终扛不住内心的焦虑,打算去贝尔蒙特公园看看。我一大早就起来了,走出家门的时间是凌晨四点。出门前我对着镜子戴口罩。整个一张脸,看起来就是一个雪白的大口罩。我想因为"新冠"的原因,口罩也许会成为人类面部的一个附属品,永远都摘不下来了。

在公园的池塘边上,一个穿着天蓝色风衣的女人告诉我,鸭宝宝是昨天出生的,一共有十三只。其实我已经数过了。我急着向她指出的,是我内心感到焦虑的那个问题:中心岛上没有放置鸭粮。我费了一番力气做解释,终于让她明白了一件事,就是鸭宝宝出生后,一个星期没东西吃是不会死的,但是过了一个星期的话,就会有生命危险了。

听了我的话,她做出很惊讶的样子,我于是意识到,这么多年来,还是第一次在公园里看见她。她告诉我,如果不是因为"新冠",她现在应该在老人馆,跟一大群人跳舞、唱歌或者打麻将。她还说,因为没处可去才来公园散心,没想到亲眼看见了鸭宝宝跟着妈妈离巢的那个瞬间,现在的心情跟自己就是鸭妈妈似的。

我理解她的心情。我们都不是爱情至上的人,但我们都是女人,看见出生难免会生出母爱。

她问我鸭粮怎么办。我说只能靠大家的努力。她又问应该怎么努力。我告诉她区役所有独自的网页,里面有一个栏目是"区民的声音",就是倾听区民的愿望。她问我:"让管理处预备鸭粮吗?"我说:"应该是为什么让管理处预备鸭粮。"于是她用戴着白手套的手拍了一下池塘的栏杆说:"我明白了。刚好我还认识役所里的几个部署的课长。"她的个子不高,肩上挎着一个白色香奈儿的小包,戴一副墨镜。既然她已经明白了,我就说我要去散步道走几圈,然后头也没回地离开了池塘。

傍晚，除了口罩，我还戴了一顶很大的黑色的帽子。去池塘转圈的时候，我偷偷地看了一眼中心岛，还是没有放置鸭粮。我偷偷地扔了几块面包给鸭宝宝，鸭宝宝不吃，结果都被鸭妈妈吃了。说真的，我很难相信眼前的事实，就是公园管理处处长真的不放置鸭粮。

鸡蛋大的十三只鸭宝宝跟在妈妈身边找草籽的样子令我担心。池塘的栏杆处围着一大群人。头顶的天空一大片红的霞光。从池塘上吹到面颊上的风带着一股熟悉的臭气。

小时候，妈妈对我说过，早霞不出门，晚霞行千里。根据妈妈所说的经验来看的话，明天一定是一个好天儿。

第二天傍晚，我以同样的装束再次去公园的池塘。穿过中心岛，我径直走到那个穿天蓝色风衣的女人跟前。她朝我摆了摆手。我跟她问好，对她说："我看到了中心岛放置的鸭粮。"

她点了点头说："放了。今天早上开始放的。"

我问她："鸭宝宝去吃鸭粮吗？"

她高兴地说："去吃啊。"接着她用手指着中心岛说，"你看，又去吃了。"

我高兴地说："好极了。"

于是她告诉我，她亲自给区长本人打过电话，同时还在"区民的声音"的栏目里留了言。我问她都说了些什么。她兴奋地说："因为'新冠'的原因，我们这些老人哪里都去不了，在压抑的生活中，现在唯一能够治愈我们的就是这些刚出生的鸭宝宝。如果鸭宝宝因为没有粮食吃而死去的话，我们这些老人还能到哪里去找安慰呢？"

她的声音非常沉稳，与她的面孔给我的印象是一致的。我不由得说了一声"谢谢"。

她上下打量了我一会儿说："我叫中村。你叫什么名字？"

就在这个时候，有人喊"黎本"，我转过头发现小林已经站在我的身后，惊讶得倒退了一步。她跟我说找了我好几天了，还说她相信我肯定会来公园。我想知道她找我干什么，她回答说："前天和昨天管理处不放置鸭粮，为此我找公园管理处的处长谈话。但处长说有人对喂野鸟这样的事有意见。我说有意见又怎么样？我们都是缴纳税金的区民。缴纳税金的人说可以喂的话，就应该喂。"

我把中村介绍给小林，顺便把中村给区长打电话，在"区民的声音"上留言的事渲染了一番。她谢了中村后哈哈大笑。在我觉得很开心的时候，她问我愿不愿意跟她一起保护鸭宝宝。我说今年不想参加护卫队了。她显出奇怪的样子，问我为什么。我说一言难尽，总之是出力不讨好，还得罪人。她问我："你知道有一只鸭宝宝死了吗？"

我吓了一跳。

中村接过小林的话说："我亲眼看见的。以为鸭粮旁边的黑影是块石头，原来是一只猫。鸭宝宝刚走上中心岛，就被咬住了脖子。黑猫一个高跳就跳出池塘了，动作特快，等看见的人反应过来，已经来不及解救了。"

肯定是小黑干的。小黑的主人就住在离公园不远的一户建。说是主人，其实是半个主人。房子的围墙下有一个猫可以自由出入的洞口，至于有多少只猫在那里出出入入，恐怕房子的主人自己也不清楚。我想院子里应该放置了猫粮，但是出入的猫太多，肯定吃不饱。我经常看见小黑蹲在池塘边捉鱼,有时也看见它叼着一只小鸟冲进公园南边的草丛里。

小林对我说:"你早班我晚班,我们轮着来保护鸭宝宝。"

我低头看自己的两只脚,一直在想要不要答应小林。但是中村突然从香奈儿的挎包里取出一把碎石头,一边给我看一边说:"我每天早上也来公园。为了打猫,连石头都准备好了。"

我忍不住大笑,对中村说:"你挎的可是香奈儿啊,世界名牌包,非常贵,你却用来装石头。"她没说什么,毫无表情地等着我的回话。我说:"啊,对不起,给我一点时间,我要好好地想一想。"

二

晚上我几乎把这件事给忘记了。早上醒来的时候,已经过了五点,急忙洗脸刷牙。日本到处都买不到口罩,所以昨天戴过的口罩,虽然是一次性的,我却把它用消毒水消了毒,今天再一次使用。饭也没吃我就去了公园,中村和小林站在池塘的栏杆处冲着我笑,我尴尬地说我到底没有忍住,还是来看鸭宝宝了。

但是中村对我说:"剩九只了。"我的心里咯噔一下,一时间不知道说什么好,只是呆呆地盯着池塘。鸭妈妈的身边簇拥着一群毛茸茸的鸭宝宝,水面上泛着一层层涟漪。中村接着说:"这一次,被那只黑猫糟蹋了两只,被乌鸦抓走了一只。黑猫下手的时候我没有看见,是听一个老头儿说的。但乌鸦抓鸭宝宝的时候,我是亲眼看见的。"

我问中村:"既然在眼前,没有吓唬乌鸦吗?"

中村回答说:"当时,池塘边围着五六个人,"她用手指着池塘西边的大树,"乌鸦突然间飞到那棵树下,咬住了鸭宝宝的脖子,我们喊不要啊不要啊,但是根本就没有用。"

我说:"对乌鸦要大声叫,或者使劲儿拍手。反正动作要大,声音要响亮。"正说着,一只乌鸦刚好冲着鸭群飞过去,鸭妈妈感知到危险,用力扇动着翅膀。我挥动着手里的塑料雨伞,一边扑向乌鸦一边大声地呼叫。乌鸦回过头逃掉了。

中村说:"原来要这么大声地叫才行啊。今天若不是黎本你在的话,鸭宝宝就又会死一只了。"

刚才冲到脑门上的血还没有降下来,我喘了一阵粗气。看见小林还站在身边,就问她怎么还不去车站。她说因为"新冠"的原因,一段时间都不用天天去上班了。小林在一家国际旅馆工作,国际航线基本上都停飞了,根本没有客人。但是工资由政府补发,因为是政府号召自肃的。我目不转睛地看着她,她显出奇怪的样子问我看什么。我说:"既然你不用去上班了,那么跟我一起保护鸭宝宝吧。也就一个月而已。"

小林说:"这本来是我拜托你的。"说完后她高兴地大笑。她总是张开嘴高声大笑。她的音量本来就很高。

中村说她也要参加野鸭护卫队。

不久,我看到了大岛。说真的,能够全天待在公园里的人,我想只有大岛一个人了。因为大岛总是脏兮兮的,差不多整天睡在公园的长椅上,所以有人猜测他的身份是流浪汉。平时几乎没有什么人跟他说话。这时候,我走近他,突然向他问好。他看起来一副受宠若惊的样子。

晨练的人走了以后,公园里突然只剩下我跟小林、中村、大岛四个人。中村感叹地说,七点到八点半,是一个"魔"的时间带,公园里真的一个人都没有,这段时间对鸭宝宝来说是最危险的。说到危险,原因是公园的对面有一栋公寓,楼顶上生活着三只乌鸦,是一个家族。小乌鸦也是今年刚出生的,中村说她有一次看到乌鸦妈妈嘴对嘴地喂宝宝食物,看起来也蛮可爱的。八点半,公园里会陆陆续续地来很多人,多半是老年人和带着小孩子的年轻的妈妈。到了八点半,我们就可以回家了。

小林在旅馆里是个小头头儿,她开始下意识地安排我们的工作。她自己监视乌鸦,不让乌鸦靠近公园。我和中村跟着鸭宝宝晃悠,以防黑猫突然间出现。大岛坐在椅子上看着我们做这些事。

我问大岛:"你愿意帮我们的忙吗?"

他很高兴,立刻从椅子上站起来,来到了我的身边。他对我说:"我亲眼看见黑猫把鸭宝宝叼走的。黑猫就坐在中心岛鸭粮的旁边等着鸭宝宝。"

我点了点头,拜托他:"你可以坐到池塘西边那棵树旁边的椅子上吗?那里最危险,乌鸦就是在那里抓走鸭宝宝的。"他二话没说就去了我说的那个椅子。从这时起,他就一直坐在那个椅子上。打算回家的时候,我特地去椅子那里,对他说:"我们要回家了。不知道鸭宝宝是否可以拜托给你?"他点着头说好。我告诉他,公园里人多的时候,黑猫不会出现在池塘里,所以只要跟着鸭宝宝走,看着别让鸭宝宝被乌鸦抓走,别让鸭宝宝跑到池塘的外边就行了。他说好。我跟他说再见。我一边朝公园的大门口走,一边回过头对他说:"我会每隔一段时间就过来看一眼的。"他还是笑着说好。

下午我到公园的时候,小林也在。当着小林的面,我给了大岛一罐茶、两个热乎乎的汉堡包、一个蜻蜓捕捉网。他就着茶,很快吃了一个汉堡包。剩下的汉堡包被他揣到了怀里。小林偷偷地笑话大岛把汉堡包当宝贝,又悄悄地问我为什么要给他买吃的和喝的。我回答说:"想要一辆车跑得动,不给车加油能行吗?"我觉得这话其实说得挺损的。小林说我这是用食在钓鱼。我说差不多就是这个意思吧。

无论如何,有大岛在公园,再回家的时候,我觉得非常放心。晚上,我跟小林和中村三个人,基本上会等鸭宝宝跟鸭妈妈在浮漂上睡觉了才回家。浮漂设置在池水的中央,黑猫上不去。再说夜里的乌鸦早已经归巢了。但小林说她夜里十一点半来过几次,意外的是,那么晚了,鸭妈妈竟然还带着鸭宝宝在水里和塘上找食吃,活动范围很广。后来我知道小林其实天天深夜来公园,会待到下半夜鸭宝宝跟着鸭妈妈再一次上浮,还知道她凌晨三点半就来公园。算一算,小林每天只睡两小时的觉。我知道她担心的是那只黑猫。

接下来的几天一直下雨,一个雨天接着一个雨天。我想是雨天人少的原因,鸭妈妈跟鸭宝宝总是不肯待在池塘里,总是往草坪上跑。我们白天也不敢回家了。四个人轮着班,寸步不离地跟着鸭宝宝在草坪上转悠。脚上的鞋子很快被草间的雨水湿透,能够穿到公园去的鞋子不够用,我去商店买来了雨鞋。这可是我这辈子买的第一双雨鞋。

话说昨天晚上的雨真大,可以说是暴雨,一直持续到早上。四个人跟着鸭宝宝在草坪上转悠。公园的这里那里有几处矮树丛，我们都知道黑猫喜欢藏在矮树丛里，但下了好几天的雨了，尤其昨天夜里下的又是暴雨，所以鸭宝宝接近一处矮树丛时，我就没有阻止。鸭妈妈突然扇动着翅膀大声地叫起来，顺着鸭妈妈的目光，我看到树丛的底部探出一个黑色的小脑袋。我还没认出是什么东西的时候，说时迟那时快，黑猫已经叼起鸭宝宝跑向南边的草丛。我拔腿跑了起来，但跑了没几步忽然觉得身体不听使唤，跟跟跄跄地摔倒在地。我爬起来的时候，黑猫已经不见了。这时候，小林、中村和大岛不敢离开鸭群，我就跑到草丛那里，用手里的雨伞乱打乱抽了一阵。

我的衣服上满是泥浆。小林问我有没有摔坏哪里。我顾不上检查自己的身体，脱下外套系到腰间，看着眼前的矮树丛说："下了一夜的暴雨，怎么能够想象里面还会藏着一只猫啊。"中村也说没想到。中村说话的时候，我发现她的胸膛在轻轻地起伏。反正身上都湿透了，所以我干脆收了伞，说我要去公园的附近找一找。小林说找也没用，肯定是死了。我说即便是尸体我也要找。

我回来的时候，鸭宝宝被他们三个人赶回池塘里。我一声接一声地叹气，一直后悔怎么没有提前检查一下矮树丛。小林说平时她都会做检查的，也是因为下雨才没有检查。中村说这是一次深刻的教训。我想人真的不能自以为是。大岛一副无可奈何的样子，从头到尾没有说一句话。这件事后，无论下不下雨，只要到了公园，我们做的第一件事就是用一把雨伞将所有的矮树丛乱捅一气。

我认为有必要跟黑猫的主人商谈一次。小林问我："你知道猫主人的家在哪里吗？"我说知道。小林要跟我一起去。猫主人的家就在小根泽先生家的附近,出公园的大门一直朝前走,一个弯都不用拐就到了。敲门前我嘱咐小林,说话千万要小声点,尽可能不要让猫主人的邻居们听见。小林说她懂这个道理。开门的是一个矮个子的中年女人。小林小声地说:"突然来打扰是因为您家里的黑猫。这话不适合在外边谈。可以让我们进您家吗?当然我们不会进房间,只要站在门前就可以了。"

地方特别窄,我的身子有一半在大门的外边。小林问女人是否知道公园里生了好多鸭宝宝。女人说不知道。小林将鸭宝宝出生时出生后的情景说了一遍,女人回答说:"那不是我家里的猫。"

小林看我,我就对女人说:"我每天在这附近散步,小黑一出生我就注意到了,胸前有一个白色的半月,小黑熊似的,一直很可爱。"我用手指了指小林,接着说,"她以前义务保护过很多流浪猫。我自己呢,现在也在保护流浪猫。我们都喜欢猫。"

女人说:"胸前有白色半月的话,就是我家的猫了。"

我的话说完了,小林接着对女人说:"鸭宝宝很快就长大了,所以想跟您合作一下,只要将黑猫关在家里两个星期。"

我跟着说了一句:"对。就两个星期。"

女人说:"如果小黑回家的话我就把它关起来。不就是两个星期吗?"

小林说想不到女主人蛮和气的。我说喜欢动物的人应该没什么坏人。我想跟小林交换手机的电话号码,但是被小林拒绝了。她说除了旅馆的同事,从来不会给其他人电话号码,因为几十年的经验告诉她,任何人之间绝对不能过于亲近。她还说我们的关系也一样,保护鸭宝宝的活动结束后,顶多在什么地方见面的话,打一声招呼就可以了。我问她,万一鸭宝宝的事需要联系,而我又联系不上她,那时候应该怎么办。她回答说:"大岛天天都在公园,你可以把话留给大岛。"我想这是她的个性,所以不再勉强要她的电话号码。

三

一个星期过去了,鸭宝宝安然无恙,我们都确信黑猫被主人关在家里了。

小林告诉我,以后她去旅馆工作的日子会逐渐增加,虽然旅馆尚未开工,但作为楼层的负责人,一些杂事需要她的联系和管理。按照她的话来说,她今天上晚班,工作时间是下午五点到夜里十点。她说她下午三点会来公园看看,从公园直接去车站,再回公园的时候应该是夜里的十一点半。一般情况下,大岛是每天早上五点半左右到公园,晚上七点钟左右离开公园。那么,今天晚上的护卫队,就只剩下我跟中村了。

说真的,因为一直下雨的原因,这个星期我们都累得够呛。我腿痛,要求中村跟我去管理处屋檐下的台阶上坐下来休息。中村开始跟我聊天,谈起她认识的某一个中国男人,对他非常夸赞。不知不觉到了晚上八点,但鸭妈妈依然不肯带鸭宝宝去浮漂。中村说她无论如何都要回家。说走她就走了。剩下我一个人呆呆地望着池塘的时候,有一个国内的朋友来电话,说的是一件很重要的事,需要聊很长时间。这时我觉得很为难,因为我的手机没有多少流量了。我急着回家,却又担心鸭宝宝。说起来也是巧,那个每天早晚来公园散步的女人出现了,也许她看出我正在为难,用磕磕巴巴的日语对我说,她愿意帮我照看鸭宝宝。一听她说的日语我就知道她也是中国人了。我用汉语问她:"真的可以拜托你吗?"

女人爽快地挥了挥手说:"你放心吧。快去办你的事情吧。"我谢了她,匆忙跑回家了。

第二天早上,我第一个到公园,接着是中村。想不到她跟我说她拉肚子,今天不能保护鸭宝宝了。我正想慰问她,但她从香奈儿的挎包里取出五小袋鹦鹉吃的那种鸟食交给我。她对我说:"请你帮忙喂给鸭宝宝吃吧。"

我自然是不高兴了。她把鸭粮交给我,就等于告诉我,即使她的肚子好了,以后也不会跟我们一起保护鸭宝宝了。保护鸭宝宝,虽然不是强迫的事,但我就是不喜欢这种半途而废。我想我也不能责备她,毕竟这是她个人的一种选择。我推开鸭粮,告诉她我自己也买了很多,让她自己找时间来喂鸭宝宝。她看起来很尴尬,马上就走了。

我心里闷得慌,一个人瞎转悠的时候小林来了。听我说了中村的事,她对我说:"中村一定是感到累了,保护鸭宝宝是一件很费神的事啊。如果只是到公园散散步、看看花,然后说一句'鸭宝宝好可爱啊',就会轻松很多的。但是她有没有想过我们的心情呢?"她说出了我的感受,我连声说了好几个"对",觉得心里舒服了不少。不久小林接着说:"我这个人,对于一旦开始做的事情,一定会坚持到底。"说这话时她使劲儿盯着我的脸,我赶紧跟她保证,说我基本上也是这样的人,做事轻易不会半途而废。

以为今天会下雨,但是天晴了,朝阳在小林的笑容上熠熠生辉。

接着昨天帮我看鸭子的中国女人也来了。问过好后我们开始聊起来。她叫外泽,是回到日本的残留孤儿的二代。四号公路边上的上海亭饭店就是她开的。我个人非常喜欢上海亭,除了味道好,价格便宜,量也非常大。我想她是一个有良心的生意人。我们的关系一下子亲热起来。说到上海亭的经营状况,她告诉我,因为"新冠"的原因,政府只允许营业到晚上八点,根本就没有客人来,几乎就是零收入。不过她让我不必担心,因为饭店是自己买的房子,不用交房费,而政府会给某种程度的补贴。

小林一直不安地看公园的大门和大门前的时钟。慢慢地,我也有点沉不住气了。外泽问我慌什么。我说大岛还没有来。我解释说:"平时这个时间的话,大岛已经来了。"她诧异地问我,大岛有这么重要吗。我说大岛不来的话,我跟小林整天就不能回家了。我突然想起了一件事,问她饭店里平时有没有员工吃剩下的饭菜。她问我要那些剩饭剩菜干什么。我说有的话希望她可以拿来给大岛吃。她想了想说:"我跟大岛不认识,所以我拿饭菜来并不是为了他。我是看大岛不来的话,你跟这个老太太会这么着急。"她称小林为老太太。我赶紧说谢谢。

公园的门口摇摇晃晃地出现了一个小白点,我的眼睛好,认出那渐渐走近的白点是大岛。我告诉外泽大岛来了,接着对小林大声地喊道:"小林,大岛来了!"从这时起,我的心就放下来了。

令我十分惊讶的是,第二天,外泽用塑料袋提着一个瓷火锅来到公园。她说火锅是她亲自调制的。她把火锅放在公园休息处的方桌上。我跟小林急着看火锅,她就取下塑料袋,原来锅里是面条加牛肉块加鸡蛋,额外还有两个肉包子。小林突然尖声笑起来,然后大声地说:"一大早有火锅吃啊,还是饭店味道,太奢侈了。"

我也吓了一跳,问外泽:"不是说好了要剩饭剩菜的吗?"

外泽回答说:"现在'新冠'这么厉害,万一碰上可就麻烦了。我想还是做新鲜的比较放心。"

我的喉头有点哽,轻轻地拍了一下外泽的肩膀。之后我跑去叫大岛,告诉他上海亭的老板娘送饭来了。他马上坐着吃起来。

小林偷偷地对我说:"大岛也许一辈子都没有吃过这么好吃的东西呢。"

傍晚,大岛说他又看到那只黑猫了。小林说,还不到两个星期怎么就放出来了呢? 我说也许是趁机逃出来的。小林说,黑猫不是一只普通的猫,专门捕捉活着的小动物,简直就是一个神奇杀手。小林说得对,我想今后我们应该格外小心的,就是这只黑猫。

外泽散完步,告诉我明天早上五点半给大岛送饭。我说用不着天天送。她回答说:"搞得我也担心起这些小鸭子来了。干脆就送到鸭子们飞走吧。"

正如我以前跟外泽说过的,大岛不在公园,白天我跟小林就得整日守在池塘,而小林有工作,我要做家务。用外泽的火锅吊住大岛的胃口,也许是留大岛在公园的唯一的方法。我对外泽说:"这样就辛苦你了。我都不好意思了。"

外泽回答说:"这种事都是自愿的,你也用不着谢我。"

我顺手拍了外泽的屁股一下说:"你也不用说得这么绝对啊。"

晚上，大岛准备回家的时候，我跟他说了上海亭的老板娘明天早上五点半来送饭的事，还嘱咐他不要跟今天似的迟到了。他说好。但是他离开公园不到半个小时就回来了。小林问他原因，他回答说，上海亭的老板娘特地送来火锅，万一鸭宝宝又出意外就对不起人家了。我替他解释："是因为看见黑猫了不放心吧。"他说这也是他回来的原因之一。我问他打算几点离开公园。他说不走了，晚上就宿在公园了。我有点喜出望外，小林将嘴巴附在我的耳边，悄悄地说："他一定是怕睡过了头来不及吃火锅。"

我没有回话。说什么都没有意义，事实上我们真的需要大岛。对我来说，只要大岛待在公园，就如愿以偿了。

四

时间过得真快，鸭宝宝长得有鸽子那么大了。大家都认为，因为大岛一直食宿在公园，八只鸭宝宝才能够安然无恙地成长。外泽送来的火锅和肉包，够大岛吃两餐。火锅的内容天天不同。不仅仅是外泽，陆陆续续有其他人也开始给大岛送茶或者盒饭。很明显，大岛的笑容越来越多，话也越来越多。有一次，小林将大岛跟一个女人的对话学给我听，意思就是他非常感谢鸭宝宝，因为鸭宝宝让他省下很多伙食费。

我眼睛里的大岛，是另外一种风景。我觉得大岛是这个特殊时期公园里的英雄，或者说公园里的明星都可以。我觉得这对他是一件好事。可是我不太敢靠近他身边，受不了他身上散发出来的某种酸臭。小林也注意到了,有一次劝他趁我们在公园的时候去一次公共浴室。他没有立刻回答。

第二天,小林告诉我,夜里她看见大岛用毛巾借公园的水擦身体。接着小林滔滔不绝地说起来:"昨天我跟大岛做了一次人生相谈。原来他不是流浪汉。他一边拿年金一边拿生活保护费。鹿滨那里有他租的房子,但因为是五个人合住,他不肯交水电费才没有住在那里。"她停顿了一下,突然问我:"为什么有年金还能拿到生活保护费?为什么不住房子却还要白交租金?我有点糊涂。"

我告诉小林,按照日本的福利制度,年金太少,不够用来生活的人,可以申请生活保护费来进行填补。一般情况下,双月是拿年金,单月则拿生活保护费。但是呢,拿生活保护费必须要有稳定的住所,所以大岛不得不租一个住处。小林说:"原来是这样啊。我们日本有这么好的事。但是他一直睡在外边。因为他只要使用一次水电,就要跟其他的四个人平摊水电费。"我早就猜出大岛在接受生活保护费,但是从来也没有想到他还有年金。小林接着说:"水电费才几个钱啊,每天可以洗洗澡,在有屋檐的房间里睡睡觉多好啊。他现在的样子,又酸又臭,有时令我觉得恶心。"

我想这只是小林对大岛生活方式的一个意见,我个人没有什么想法。大岛怎么活,跟我有什么关系呢?或许大岛要的只是属于他自己的一点点自由。自由总是要付出某些代价的。

管理处准备的鸭粮,还是跟鸭宝宝出生时一样的量,但是鸭宝宝长大了。大家开始担心鸭粮不够吃的。有人向管理处提意见,希望增加鸭粮的量,但是被驳回了,理由是鸭宝宝根本不吃管理处准备的鸭粮。说真的，我只是不敢跟提意见的人解释。我和小林各自买了很多喂小鸟的粮食。我买的鸟食里含有蜂蜜、乳酸菌、钙、植物纤维等，营养丰富。小林基本买成袋的谷子。后来我才知道，小林买的谷子非常贵，五百克一袋的要五百多日元。小林凌晨三点半来公园，将谷子撒在塘边的草丛里。傍晚我来公园撒鸟食。半夜小林回家前再撒一次谷子。结果大家都看到了，鸭宝宝长得滚圆滚圆的。常常有人开玩笑，说鸭宝宝再胖下去就飞不起来了。我也是这样想的，但就是忍不住喂鸭宝宝。反正我认为，只有鸭宝宝长大了才会安全。只有鸭宝宝长大了乌鸦和黑猫才不可怕。再说我喜欢动物胖胖的。小林常常开玩笑，说这些鸭宝宝上的是贵族学校，配有自卫队。

雨季已经结束了，但是今天又开始下雨。早上，我告诉大岛，说外泽的火锅到明天为止就不送了。我解释说，外泽住在女儿家看外孙，为了做火锅，每天早上不得不在四点钟起床，一个月下来，积劳成疾，最近常常出现头痛、肩痛等症状。不过，停止给大岛送火锅，其实是我的意思，之前我征求过外泽的意见，她说她确实开始感到疲劳了。她告诉我，明天的火锅打算多放一些肉丸子，因为我们中国人讲究事情圆圆满满地结束。这时我才感到惊奇，她在日本生活了十几年，骨子里什么都没有变。

我说过雨天鸭妈妈会带着鸭宝宝不断地跑出池塘，所以格外危险。我本来想去公园看看，因为大岛早上吃了一大锅面条加鸡肉加青梗菜加豆腐，中午还有预备的两个白菜肉包，我想他肯定会全力以赴。

我在家里做了一天的家务。晚上七点去公园的时候，我看见大岛在管理处的门前收拾东西。小林买给他的用来睡觉的塑料防水膜被丢进了垃圾箱。池塘边站着两个脸熟的女人,她们是鸭宝宝的"铁粉"。我先是冲着她们点头问好,然后问大岛:"鸭宝宝都好吗?有八只吗?"最近,大家来公园的时候,总是先问鸭宝宝有几只。

大岛不看我,一边收拾东西一边说:"七只。"我的心紧了一下,问他另外那一只哪里去了。他说:"不知道。"

我的心痒起来,我突然大声地说:"怎么会不知道?不是你在看着鸭宝宝吗?"

于是他解释说,有一只鸭宝宝在池塘西边游来游去,他担心鸭宝宝被乌鸦抓走,一心跟着鸭宝宝的时候,想不到鸭妈妈带着其他的鸭宝宝跑出了池塘。他说他发现的时候立刻将鸭群赶回池塘,但是已经少了一只了。我问那个时候是几点。他说下午两点半。我又问他发现鸭妈妈跟鸭宝宝在池塘外边的时候,那个外边是什么地方。他指了指南边说:"在矮树丛的前边。"再问下去已经毫无意义了。

我生气地说:"请你不要撒谎。我知道鸭妈妈绝对不会丢下一只鸭宝宝跑出池塘。鸭妈妈总是等所有的鸭宝宝都聚齐了才会出池塘。请你说实话好吗?"

这时候他的东西已经收拾得差不多了。说是收拾,不如说是扔,他把用来睡觉的东西都丢到垃圾箱里了。他回答我说:"有一个人来公园,跟我在西边的树下说起盒饭的事,没想到鸭妈妈就带着鸭宝宝跑出了池塘。"

我知道自己变了脸,连声音也变了:"每天给你送饭,为的就是让你看着鸭宝宝。你明知道下雨天最危险了,却跟人家聊什么盒饭的事！"

突然间，他将脸冲着我，大声地，一个字一个字地说："我不干了。我要回鹿滨。"他开始挪动双脚。

我赶紧说："就这样走了吗？不担心鸭宝宝吗？"

他说："我已经全力以赴了，但是得到的却是这样的下场。"

我犹豫了一下说："明天早上，上海亭的老板娘会给你送火锅啊。火锅怎么办？"

他回答说："火锅已经无所谓了。"

两个女人不知道什么时候走掉了。大岛突然拿起整理了一半的背包，去管理处后边的长椅那里。这时候，我发现小林从公园的大门口朝我们走来。我想大岛急慌慌地离开是为了躲避小林。小林心直口快，平时对己对人都很严格。举一个例子来说吧，保护斑嘴鸭，明明是自愿的，是义务活动，但是小林在不知不觉中把这场义务活动看成了工作。几点钟必须到公园，鸟食必须撒在东面的草丛，鸭宝宝活动的时候不可以长时间聊天，等等，有时候连我都觉得有压力。

我急忙告诉她死了一只鸭宝宝。她非常非常吃惊。我说原因过后再告诉她，眼下是大岛要回家，先去把他追回来。结果呢，看到小林朝自己走过来，大岛反而往公园的大门口走。我看着小林在后面追，看着两个人说了几句话，看着小林一个人回来。

小林对我说："他坚决不肯回来。到底是怎么回事？"

我把事情的前前后后说了一遍，然后沮丧地说："对不起，都是我感情用事，没有控制住自己的情绪，结果害大岛掉队了。"

小林回答说："我理解你当时的心情。你没有错。"

过了一会儿,我发现大岛还没有离开公园,正坐在公园大门前的长椅上,赶紧叫小林再去挽留一下。我说:"你再去一次,或许还有希望。"

小林说:"解铃还须系铃人,也许你去比较好。"

我说:"这话是事后才有效,现在大岛在气头上啊。"

这一次,小林跟大岛谈了很久,回到我身边的时候说:"老头子非常顽固,说因为自己的原因又被黑猫吃了一只鸭宝宝,没脸再留在公园,还说一生一世都不来贝尔蒙特公园了。"

我说:"到底还是黑猫干的。他终于肯说实话了。不过我不该冲着他发火,真的对不起。"

小林说:"没事,虽然老头子说不来了,但是明天早上肯定会来。你想想看,上海亭老板娘的火锅在等着他啊。"

我说:"早上我跟他说了,火锅再送明天一天就不送了,也提醒他明天还有火锅,但是他说火锅已经无所谓了。"

小林问我:"他真是这么说的吗?"

我说:"真的是这么说的。"

我看了一眼公园里的那个时钟,现在是晚上八点。我想起了另外的一件事,问小林这个时间去打扰人家会不会太失礼。她回答说没关系,不过也要看是什么事。我说我希望她可以再去一次黑猫的主人家。她马上就同意了。

小林回来得很快。我问她是怎么说的。她说猫主人很快开门,还是跟上次一样在大门的里面说话。她告诉猫主人,长得最大最胖的鸭宝宝又被黑猫吃掉了,再有两个星期,鸭宝宝就要展翅飞翔了,所以有可能的话,就将黑猫再关两个星期。我又问猫主人是怎么回答的。她愤愤地说:"说黑猫一直没有回过家。"

我说:"撒谎。黑猫怎么可能不回家呢?"

小林说:"对。今后只能更谨慎地监视了。"

回家后,我给外泽发了一条微信。

凌晨四点我就到公园了,大岛不在,小林跟着鸭宝宝转悠。我对她说:"不知道大岛会不会来。"

小林回答说:"还不到五点半。"

时间过得真慢,好不容易到了五点半,根本不见大岛的影子。倒是外泽准时到了。我对她说:"幸亏我用微信及时通知了你,不然你的火锅就白做了。"

看到外泽,小林过来打招呼,顺便说起了昨天下午发生的那场意外。最后,小林总结说:"一定是说到盒饭就兴奋了,一兴奋就忘了鸭宝宝的事了。我早就觉得他对吃的太执着,哪有把吃的东西宝贝似的揣在怀里的人呢。"

外泽说:"怎么这么巧,刚说火锅只送最后一天就出事了。"

小林说:"可能是失去动力了。"

大岛不来,所有到公园看鸭宝宝的人都觉得少了点什么。之前,我跟小林已经商量好了,不管什么人问起大岛,绝对不提盒饭的事,就说又少了一只鸭宝宝,他悲伤过度。听我们这么解释,很多人感叹地说:"原来大岛这么爱鸭宝宝,他的心一定很悲痛。"但是,其间也有一些不同的猜测。比如,会不会是什么人偷走了那只鸭宝宝。其实,小林始终不相信大岛说的话,她也觉得是人干的。她这样对我说:"都知道大岛喜欢白吃白喝,所以趁着雨天公园里没有人,一个人故意跟大岛聊他最兴奋的盒饭的事,另一个人偷偷地把鸭宝宝偷走。"我问那人偷了鸭宝宝想干什么。她说:"你不知道吗?有一部分日本人喜欢吃鸭火锅,而鸭宝宝被我们喂得滚圆滚圆的。"我想说我们中国人不仅吃鸭子,还吃鹅,但是我没有说出口。这时候,我的心里忽然有了一个不愉快的联想。今天我们竭尽全力保护下来的鸭宝宝,长大后去了大自然,也许有一天会被什么人轻易抓去做成火锅。这么想,我又开始不安起来,也许因为我们的原因,鸭宝宝将来才会信任那些要去伤害它们的人。

至丁到底是猫干的还是人干的,反正谁也没有亲眼看见,所以任何一种猜测都有它的可能性。

五

但是,很快我们就知道自己打的是自己的嘴巴。

上午十点左右,一个女人告诉我们,大岛在车站旁边的扒金库赌钱。我一下子明白了大岛昨天为什么说火锅对他无所谓了,因为今天是六月十五日,是他领年金的日子。小林说大岛可能会去洗一个澡,剪一下头发。

白天保护鸭宝宝成了我跟小林的事。小林说她坚持到十一点,其间我回家休息。然后呢,她下午两点再来替换我。我什么都没想就同意了。

上午十一点,一到公园我就看见小林坐在池塘边一棵大树的下面,脖子上系着一条白色的毛巾,身边有两个空茶罐。小林的脸通红通红的。她说鸭宝宝刚刚睡觉,至少一小时不会乱跑。我想找一个椅子坐坐,这才发现所有的椅子都不在阴凉地。六月中旬的日本热得像一个大烤炉。我觉得坐在树底下的样子不太好看,决定站着。小林走了没多久,外泽就来了,她也是担心大岛不在公园的话,鸭宝宝没有人保护。不远处的一棵树下有一大块草坪,我让她跟着我去那里坐坐。我们望着眼前的池塘,池塘一览无余,泛着金色。我觉得汗水顺着脖子流下来。我们有一搭没一搭地聊了没几句,鸭宝宝竟然开始活动了。

我说:"小林说鸭宝宝会睡一小时,这才睡了几分钟啊。"

我站起来。外泽跟着我站起来。两个人跟着鸭宝宝转悠了一会儿,外泽对我说:"一个人是看,两个人也是看。我只能待一小时,你就利用这点时间休息一下吧。"想想外泽走后,我一个人还要熬两小时,于是回到刚才的地方重新坐下。

外泽回家后,剩下的两小时真叫难熬。正午的公园里,人渐渐地少了。不久,除了我之外,一个人都没有了。鸭宝宝转来转去,我的衣服都湿透了。我知道,炎日当头的夏天的确就是这个样子的。小林回来的时候,我松了一口气。她让我回家休息,而我发现,到了下午两点,池塘边有一个椅子已经有了树的阴影。赶上鸭宝宝在睡觉,我拉小林坐在有阴影的椅子上。不知道为什么我叹了一口气。小林不说话。我坐在她的身边默默地望着天,望了一会儿后说:"没想到天会这么热,我想我可能坚持不下去了。"小林问我鸭宝宝怎么办。我回答说:"这样坚持下去的话,人就毁了,因为我有高血压。至于鸭宝宝,我想以后就看它们的命运吧。"她说,不然中午她在公园,我可以换到下午。我摇摇头说:"你不可能保证天天中午在公园,因为你还要去旅馆。你上班那天,我没有勇气保证自己能够在公园里坚持一整天。说真的,今天中午,我已经觉得自己受不了了。"

小林沉默了一会儿说:"我这个人,从不想那么多,就是努力做好当下。今天的困难今天克服,明天再克服明天的困难。你先不要想明天的事。"

我说:"如果不是亲自体验,绝对不知道这么辛苦。这些日子里,大岛可是一个人在公园里待二十四小时啊。他付出了我们想象不到的努力和辛苦,而我呢,却冲着他发火,并且还责怪了他。"我说不下去,因为眼泪就快流下来了。

小林说:"所以大岛借机退出去了。一定是身体上的疲劳超过了极限。"

回家的路上,我觉得精疲力竭。外泽发微信告诉我晚上不到公园了。她解释说可能中了暑,不仅头痛,还吐了。而我呢,差不多是倒在床上就睡着了。

醒来时已经晚上六点半了,我得去公园替换小林,让她回家休息一下。小林很客气,问我是不是太累了。那两个鸭宝宝的"铁粉"女人也在。其中的一个女人告诉我,她刚才路过车站来这里,看见大岛在自动贩卖机那里买了包香烟,进了扒金库。小林说:"赌了整整一天啊。"我跟小林提出了我的建议,想亲自去扒金库跟大岛道歉,请他回来照看鸭宝宝。两个女人说她们愿意帮忙照看鸭宝宝,让小林跟我一起去。

我还是第一次到扒金库。因为"新冠",想进去的人必须在店门口用消毒水消毒手指,必须戴口罩。没想到店里面这么吵,加上弹子哗啦哗啦的声音,我觉得耳朵快爆炸了。我们一排排地看过去,在靠窗的一排座位上发现了大岛。果然他今天穿了一身比较干净的衣服,剪过头发的脑袋上戴了一顶咖啡色的帽子。我知道衣服和帽子都是外泽送给他的。我左小林右,我们一左一右地把他夹在中间。一开始,他并没有注意到是我们,因为他的全部精神都集中在游戏上。保护鸭宝宝已经一个多月了,我总是看见他走路摇摇晃晃的。久而久之,我印象中的他也总是这样迟缓的,随时都可能打一个趔趄的样子。前天他就摔了一跤,额头上至今还贴着一个大创可贴。这时,我大声地喊他,他只用眼睛扫了我一眼,目光很快回到游戏机上。他的眼睛发着光,怎么说呢,让我联想到老鹰。我不得不大声地喊:"对不起,我错怪了你,现在跟你道歉,希望你回来照顾鸭宝宝。"他回答说不。我说还有七只可爱的鸭宝宝在等着他。他说一生一世都不去贝尔蒙特公园了,因为他没有看好鸭宝宝,让鸭宝宝死了,去公园会让他伤心。我说鸭宝宝死了真是不幸,但我已经明白了责任不在他。我强调说:"那天换了谁都保护不了那只鸭宝宝。那只黑猫跟一般的猫不一样,简直就是一个杀手。"他总是回答我不。小林又跟他说了一些话,但是弹子的声音太吵,我根本听不见。

　　不久店员过来问我们发生了什么事,小林回答说没事。于是店员让我们离开座位,因为其他的客人想坐。我们在座位旁边站了一会儿,大岛根本不看我们,一眼都不看。我有一种喝了酒的感觉,面颊发热。

走出扒金库，小林愤愤地说："这个老头子真是顽固。"

我说："我还是第一次看到这么精神焕发的大岛。"

小林说："看来钱不输光的话，他是不会回来照顾鸭宝宝了。"

我说："九万怎么也能玩一个星期。"

小林沉思地说："啊，一个星期啊。"

我说："大岛胆子够大，如果被役所知道了他在赌博，领取生活保护费的资格就被取消了。生活保护费是让他用来生活的。"

小林说："那就给役所打电话，没有了生活保护费，他自然就回公园了。"我没有马上回话。她接着说："不过，到头来还是做不出这种事。"我说我理解她的心情。

很意外，外泽竟然跟那两个女人站在一起。我问她："你不是中暑了吗？"

外泽说睡了一觉感觉好多了，然后问我："怎么样？大岛肯回来吗？"我摇了摇头。小林告诉外泽，大岛因为痛感责任重大，决定一生一世都不来公园了。外泽说："没想到鸭宝宝的死对他的打击这么大。"

一个女人说："每天二十四小时守护着，难免会日久生情的嘛。"

另一个女人说："我到公园来的时候，多半看到大岛在睡觉啊。有时铺着塑料防水膜，就睡在树荫下。"

我想是她的话，引发了一直憋在小林心中的那口气，她突然对外泽说："以为上海亭的火锅能够留住他，他却说无所谓了。连句感谢的话都没有。"

外泽说："我本来也不是为了他才送火锅的。我也不需要他的感谢。但是我想扔了那个瓷锅。"

小林说："如果他真的爱鸭宝宝的话，怎么会放弃剩下的七只鸭宝宝？"

外泽说："他之所以照看鸭宝宝，也许就是因为有大家给他送饭吃。"

的确如此，我承认小林跟外泽说的都是事实。外泽这个人，佛心佛面，看到鸭宝宝面临危险，看到我跟小林着急的样子，觉得大岛可怜，想尽力帮助我们和鸭宝宝，所以会辛辛苦苦地给大岛送火锅。我想外泽说大岛什么都是问心无愧的。她待他不薄。

但是我看得清清楚楚：大岛不输光年金是不会回来帮忙的。我让小林和外泽想想电视剧里或者身边那些赌博的人，哪一个不是倾家荡产的啊。老婆、孩子、房子都可以不顾，何况几只野鸭子啊。大岛肯义务保护鸭宝宝，说明他还是一个善良的人，至少说明他喜欢小动物。是的，对大岛"还有谢意"是我的烦恼。小林说也许大岛感谢我，是我给他机会放弃鸭宝宝，名正言顺地去扒金库。这一点，我想小林说得也对。

正在这时，来日本看女儿的中国女人来公园了。她叫上官，来自江西，本来只有三个月的签证，但因为"新冠"的原因，先是日本和中国之间的飞机停航，现在则是她买的那个航班停飞。说真的，刚开始看见她的时候，我不大喜欢她，因为她不跟任何人说话，即使主动跟她打招呼她也不回话。后来我们熟了，我跟她说起这件事，她笑着回答说："我不会日语怎么跟人家说话。"她告诉我，真想马上有飞机回国，在国内可以跟朋友们一起跳交际舞，天天开心。而在日本呢，只能等女儿休息日的时候带她去什么地方玩玩。女儿上班的日子,能够让她散心的地方只有楼下的这个公园。因为不会日语,人家说的话完全听不懂,所以她干脆什么人的话都不听。她说她全部的乐趣就是喂公园里的鸽子和鸭子。

大岛不在,晚上没有人监视那只黑猫,小林想用纸盒箱把围住池塘的栏杆下的缝隙塞起来。我跟外泽和上官,都说愿意帮忙。公园的附近有一家菲律宾教会,平常总是堆着一摞摞的纸盒箱,小林来来回回地去了几趟,每次抱几个回来。上官说她女儿住的那个楼,赶上明天是扔资源垃圾的日子,有很多大纸盒箱,于是也来来回回地跑了几趟。我们将纸盒箱撕成块,折几叠,塞满栏杆下的缝隙。有几处看起来很微妙,我们担心黑猫有可能钻进去,外泽去西边的草丛拔了一大捆草来。她给我看她手上的血,说是拔草时被草割的。我担心伤口被细菌感染,让她赶紧去水道那里洗了手。好在她随身带着消毒水。

四个人都是一身大汗。我笑着说:“晚上的公园里,竟然有三个中国人在,好像在国内似的。”这时候,小林说这件事让她喜欢上中国人了。她解释说,自从开始保护鸭宝宝,从头到尾坚持下来的,除了她一个日本人,都是中国人。她用手在我们四个人中间画了一个圈说:“你看看,你们三个人都是中国人。”她好像很感叹,说日本人很会说嘴,什么好听的话都能说出来,但就是不落实在行动上。她还说中国人不说好听的话,但是默默地行动,是行动派。我觉得她说的话很有意思。

因为公园要美观,而纸盒片破坏了美观,所以小林第二天早上会把纸盒从栏杆下掏出来,藏在一处矮树丛里。我跟外泽,跟上官,连着两天晚上在公园里见面,然后一身大汗地用纸盒塞栏杆下的缝隙。夏夜的风在我们的身体和言语间流动,那真是一个快乐的时刻。

六

第三天早上,我到公园的时候,小林给我看她手里拿着的塑料制的透明大饮料瓶。她说每天晚上用纸盒塞栏杆下的那些缝隙,实在是太辛苦了,所以想出了一个一劳永逸的好办法。她把饮料瓶塞到栏杆的缝隙里,我立刻惊喜地叫起来:"大小正合适,又好看。"她大笑,她笑的时候我的心里一跳一跳的。

过了一会儿,外泽来了,小林对她说:"你那里是饭店,应该有很多这样的饮料瓶。"

外泽转身就走了,回来的时候,手里提着两个大垃圾袋,里面至少有五十个大饮料瓶。上官早上不来公园,于是我们三个人开始用饮料瓶塞栏杆下面的缝隙。有一个晨练的女人见我们这么做,也回家拿来了几十个饮料瓶,帮着我们一起干。

望着那些在栏杆下闪闪发光的饮料瓶,想到晚上再也不用那么辛苦了,我忽然想哭。小林甚至高兴得手舞足蹈。就在这时候,管理处姓木村的工人,突然走到我身边,用手指着那些饮料瓶说:"把那些瓶子全撤掉。"我问为什么。他说有伤公园的美观。不等我回话,他已经回管理处了。我问小林怎么打算。她说管理处叫撤的话就只能撤了。

我不死心,跑到管理处,对木村说:"你们没有看电视吗? 只要是有鸭宝宝的地方,大家都在尽力保护。甚至连警察也会让车停下来,保护鸭宝宝过车道。你们不会做事啊,如果保护鸭宝宝的事传出去,应该是一条热乎乎的新闻,对我们这个区,对这个公园,都有很好的宣传意义。"

从管理处出来的时候,池塘边已经围了好几个人。小林正在跟大家说饮料瓶的事,我也跟着说起来。

不久,本来在家休息的管理处处长突然出现了。我想是木村打电话跟他说了饮料瓶的事。他叫我的名字,我知道他要对我说什么,于是不耐烦地让他跟小林说。他去小林的身边。小林执意要我跟她站在一起。处长说:"鸭子是野生的,被乌鸦抓走了,被黑猫叼走了,这种事,对剩下的鸭子来说是一种学习,学习什么是危险,应该怎样防身。"我说命都没有了,学习还有什么意义。他看了我一眼。小林偷偷地笑了一下。他接着说:"公园不仅仅是你们来,其他人也来,所以保持公园的美观非常重要。"我说美观不可能比生命更重要。他又看了我一眼。

我问处长:"如果我们就是不撤那些饮料瓶会有什么结果?"

处长回答说:"我们的员工就把饮料瓶当作垃圾处理掉。"

我让处长等一等,等一等就是让小林给役所的公园管理处打电话。归根结底,公园的管理处不过是一个财团而已,是通过了投标来管理公园的。我想知道役所的公园管理处的意见。

役所的公园管理处处长叫小泽,答应中午十二点的时候,亲自来公园跟我们谈话。我决定上午就不回家了,因为多一个人就多一分力量。

我跟小林看见一个中年男人和一个年轻女人慢慢地走近，围着池塘转了一圈，主要是看栏杆下的那些饮料瓶。我对小林说："那两个人，一定就是役所的职员了。"

小林走上前打招呼。相互做过自我介绍，小林将鸭宝宝出生后所发生的事，滔滔不绝地说了一遍。最后，说到饮料瓶，小林几乎带着哭声说："再有两个星期就不用担心黑猫会糟蹋鸭宝宝了。以我的智商，除了用饮料瓶这个方法，实在是想不出其他的了。"

小泽说："看起来不错啊。再说塑料瓶会发光，正好猫讨厌光。如果只是两个星期的话，应该没有什么问题。我们这就去管理处商谈一下，再听听管理处的意见。"

小林说："好吧，那么我们就在这个地方等您。"

来见我们的竟然是公园管理处处长。他什么都没有解释就冲着我跟小林说："请你们这就把饮料瓶统统回收了，拿回自己的家里吧。"我问他役所的处长跟职员呢。他说已经回役所了。我不敢相信是真的，说好了的，我跟小林在等，那两个人怎么可以不打招呼就回役所了呢？公园管理处处长说他也不知道是怎么回事，他知道的就是已经决定了让我们回收那些饮料瓶。说完他就趾高气扬地回家了。

小林赶紧给小泽打电话，因为小泽现在应该还在回役所的路上。我让小林问问小泽，为什么说好了我们等着他们，他们却连个招呼都不打就回役所了。

小林在电话里把我的话重复了一遍，并且加了一句说："我们连饭都没有吃，一直在公园里等着。"

小林说的是真的。

小泽跟那个女职员很快就返回来了。没想到的是,那两个鸭宝宝的"铁粉"也来了。外泽也来了。一个脸生的女人可能刚好路过公园,也来帮我们说话。小泽说他们没有找到我跟小林才回役所的。这个时候,我不想追究他说的找过我们是真是假,对他说:"公园管理处处长让我们把饮料瓶都回收了。不是说好了可以放两个星期吗?"

小泽把上午公园管理处处长跟小林说的话重复了一遍。小林说:"你说的话,跟公园管理处处长说的话一模一样。"

我在旁边加了一句:"是啊,我们上午刚刚听过一遍的。"

小泽说:"但是,关于鸭宝宝,关于鸭粮,关于保护行为,也有完全相反的意见存在啊。"

我说:"这也是公园管理处处长说过的话。"

就在这个时候,意想不到的事情发生了。坐在旁边椅子上吃盒饭的一个男人突然冲过来,指着小泽说:"你的话有问题,你不正常。"我们都很惊讶。男人接着说:"最早是谁同意喂鸭粮的?"小泽回答说,鸭粮是基于区民的一片热情,由他指示喂的。男人说:"这不就得了。还用我把话全都说出来吗?你还不明白吗?要么就完全听凭自然,人类完全不插手。但是你已经指示放置鸭粮了。这些人跟你的行为是一样的,也是为了保护鸭子。你应该感谢这些人才对。"说完这些话,他拿起饭盒就走了。

小泽变了脸,但他什么话也没有说。小林低声下气地安慰小泽,说那个男人一定是不了解实际情况才胡说八道的。

鸭宝宝的"铁粉"中个子比较高的女人对小泽说:"就两个星期,

拜托了。两个星期后,我们一定把公园收拾得干干净净。"

这时,那个脸生的女人突然哭起来:"赶上'新冠',心情很压抑,每次路过公园,都会得到鸭宝宝的治愈。拜托了,就两个星期啊。"

我本来没想哭,不知为什么眼泪一下子冲出来。我一边流泪一边笑着对小泽说:"你看看,大家都流泪了。"

我想是我们的泪水打动了小泽,他答应我们,可以先放着那些饮料瓶,他回去跟上级再商量一下。我问什么时候回话。他说今天之内肯定回话。

晚上,小林一看见我出现就兴奋地奔过来。她对我说:"小泽回话了,说是拜托装修公司用木板将池塘围起来。明天就动工。"

事情的结局远远地超出了我们的想象。是的,本来我们只要允许放两个星期的饮料瓶就满足了啊。

小林说:"但是,饮料瓶必须撤掉。"

我说反正已经是晚上了,撤掉饮料瓶,一样还是要塞纸盒片。小林认为我说得对。我们决定明天一大早撤去饮料瓶。

装修公司是中午到公园的,一共来了四个人。头头儿是个胖胖的中年男人。我到公园的时候,木板已经围着池塘放了一地,就等着用工具将它们固定起来了。小林说终于可以如愿以偿了。但是我觉得需要一个门,鸭宝宝可以出门到草坪上散步。小林说我的主意好,于是跟那个头头儿商量。头头儿将脸转向我们说:"既然你们有的是时间,就来公园监视猫好了。为什么要在这种地方花税金呢?"

我小声地对小林说:"头头儿的心情看起来不太好。"

小林也小声地说:"刚才,我听见他跟部下说,这个活儿比想象的费工。"

于是我跟小林都不说话了。过了一会儿，那个头头儿对小林说："你想做门的话，跟我说没用。我们是听役所的。役所让我们怎么做，我们就怎么做。"

小林赶紧给小泽打电话。没过二十分钟，小泽再度出现在公园。他让我跟小林指定门的位置，然后让我跟小林在指定的位置上站好，说是要照相留作证据。我本来不想照，但是小泽说不照相的话，万一将来我们说位置不对的话，他会很麻烦。我说照就照吧，但是脸属于个人隐私，只能照后背。于是，小林是正脸，我是后脑勺，小泽用他手里的相机给我们照了两张相。

到底是专业人士，一小时左右就完工了。小林喜欢手舞足蹈，来一个人就在人家面前兴奋一次。我不得不提醒她："小林，保护鸭子这件事，我们赢了。赢的人最好老实点。你要想想公园管理处处长的心情。"

小林承认自己有点得意忘形，说公园管理处处长早上的态度，简直是把公园当成私家后院，现在应该知道公园不是他的东西了。我说："你不要想那么多。"小林很单纯，立刻高兴地说："啊，晚上再也不用塞纸盒片了，想想就高兴啊。"

我说："最主要是不用跟着鸭宝宝跑了。白天也不用来公园了。"

小林说："是啊是啊，我都忘了这些了。"

那个门做得真好。将木板翻个身，把拴在木板上的塑料绳挂到栏杆上固定的钩子就行了。装修公司的人一走，我们立刻打开门让鸭宝宝出来散步。一开始，鸭妈妈不知道有门，小林将谷子撒在门前。鸭子很聪明，一下子就记住这里是出入口了。

公园管理处的处长从此不再跟我和小林打招呼。小林说他的心眼儿小。我想换了是我的话，可能也不会打招呼。过了没几天，有人告诉我，说公园管理处处长跟人说，他的面子被役所彻底抹杀了。说真的，我觉得有点对不起他，但也不同情他。无论如何，他的面子总不会比鲜活的生命更重要。

七

还是那句话：时间过得真快。

进了七月，已经很难辨别哪只鸭子是鸭妈妈了。一早一晚，我们会放鸭子们出来散步。至于白天，基本上我们是自由的，想去公园就去，不想去公园就不去。还得说一下大岛。年金在扒金库赌光了以后，他忘记了自己的誓言，若无其事地回到了公园。一开始，小林说什么都不肯跟他说话，但是三天后，小林已经主动地跟他说话了。只是我发现，已经没有任何人给大岛送茶或者送盒饭了。

每天我跟小林会收到来自很多人的感谢。大家都说因为我们的努力才保证了七只鸭宝宝存活下来。据说附近其他公园里的鸭宝宝全员覆灭，都被流浪猫和乌鸦糟蹋了。那个帮我们塞饮料瓶的女人说："这也许是为了保持生态平衡。不然天底下都是斑嘴鸭了。"

我说："话是这样说，但是眼皮底下的生命，还是该竭尽全力保护的啊。"

她说主要是斑嘴鸭可爱，换了乌鸦，怎么就没有人保护呢。我没有回话。我觉得乌鸦也很可爱,只是乌鸦的天敌比较少,乌鸦妈妈和乌鸦爸爸足够保护乌鸦宝宝了。

这样到了七月五日。早上我去公园的时候,小林说少了一只鸭宝宝。我说:"应该是自立回归自然了。"

小林说小根泽先生曾经也跟她说过,如果哪一天发现少了一只鸭子,不要想鸭子被什么糟蹋了,而是要想鸭子是自立回归自然了。是的,我们都这样想。但是,第二天早上,我跟小林,跟外泽正在放鸭子散步,一个每天晨练的男人走过来说:"昨天这里有没有少一只鸭子?"小林回答说有。男人说他在四号公路的便利店前看到一只被车撞死的鸭子,觉得应该是公园里的鸭子。小林问他为什么不替鸭子收尸,他说他看见的时候,乌鸦已经在吃鸭子的尸体了。我们都不愿意相信被车撞死的鸭子,是贝尔蒙特公园里的鸭子。但是男人说的地方,正是在鸭妈妈每次离开时飞往的方向上。男人走后,小林让大岛带她去男人说的那个便利店。小林回来的时候带了几根鸭毛,鸭毛被小心地包在一条手帕里。我知道说这种话毫无意义,但还是说了。我说:"小林,现在是斑嘴鸭自立回归自然的时期,不见得是我们的鸭子。"

小林说:"一定是鸭子通过男人转告我们它死了的事。是因为感谢我们对它的照顾,它才特地用这种方式转告我们的。"

小林把鸭子说得像人似的。我听见身边传来一阵唏嘘声,原来外泽在哭呢。我觉得面颊痒痒的,用手指抚了一下,手指湿了。

第二天早上,又少了一只鸭子。我骑着自行车将公园附近的公路都转了一遍,没发现所担心的事。但是到了傍晚,好久不来公园散步的小根泽先生突然出现在我身边,他对我说:"我看到这个公园里的鸭子的尸体了。"我问是什么时候,又是在什么地方。他说是今天早上,在东边冰川神社前的商店街。他说鸭子死在一根电线杆下。我问他为什么不给鸭子收尸。他说早上下雨,再说那里是商店街,商店街里的人会按规定安置鸭子的尸体。我有点不高兴,生硬地对他说:"又没有记号,怎么可以肯定是这里的鸭子呢? 现在,到处的斑嘴鸭都在自立回归自然。"

他说我说得对,马上就回家了。

今天是小林去旅馆工作的日子。我在公园等到晚上十点。看见我的时候小林很惊讶。我对她说:"小林,保护鸭宝宝,我们付出了这么多的时间、精力以及爱和金钱,但是我已经不知道努力的意义在哪里了。"

小林问我发生了什么事。我把小根泽先生传达给我的事对她说了一遍。她半天没说一句话。不久,她对我说:"我真的无法原谅小根泽先生。他完全可以去便利店买一个纸盒箱的。"

我说:"是。通过这件事,我对他的看法也改变了。但是,这种事是不能强求的,不是每个人都跟我们似的。"

小林还是不解恨地说:"自己太太的身体那个样子,半身不遂,如果不行善,不积德,以后会更加恶化的。"

晚上,我的心脏一直突突的,一直睡不好,害怕明天早上去公园的时候,发现又少了一只鸭子。明明鸭子回归自然是我们护卫队的理想,而我却害怕鸭子飞走。最令我感到痛苦的是,我跟小林,跟外泽,一直不敢说出有人看见了鸭子尸体的事,所以来公园看鸭子的人,见鸭子一只只地减少,都非常高兴。说真的,这些人的笑容使我难过。

还好,接下来的两天平安无事。九日早上,还是少了一只鸭子,于是我骑着自行车在附近的道路上转了几圈,没有发现我担心的事。一整天下来,也没有什么人传达我害怕听到的话。

接着我发现鸭妈妈已经有两天不来公园了。小林说鸭妈妈一定还会出现,但是后来的事实证明了鸭妈妈一直都没有出现。关于夜里飞走的那几只鸭子,我对小林说:"不可能飞一只死一只,我相信昨天晚上飞走的鸭子是平安的。"

小林说:"对,我们就想那只鸭子是平安的吧。"

十日晚上,小林去旅馆上班,我跟外泽在公园待到八点。大约七点半,两只鸭子一度飞走了,但是几分钟后又回来了。一只降落在池塘里,一只降落在池塘外边的草坪上。我跟外泽将鸭子从草坪赶到池塘中间的石拱桥上,鸭子从桥上跳进池塘。回家前我感觉怪怪的,总觉得不放心。外泽对我说:"鸭子已经飞过一次了,应该不会再飞的。再说了,即便再飞,刚才我们把它们赶到石拱桥上,它们已经知道从桥上可以回池塘了。应该不会有什么意外的,你不要想太多了。"

但是,十一点,我刚刚上床,便收到了小岛的短信。小岛是我的邻居,平时我们经常在一起喝茶。小岛说在公园前的道路上看见了鸭子的尸体,池塘里只剩下三只鸭子了。她还说鸭子的尸体装在一个纸盒箱里,纸盒箱放在管理处的大门前。她嘱咐我找个地方把鸭子埋葬掉。我起来穿好衣服,准备出门的时候收到了她的第二条短信,说看见小林了,已经把纸盒箱交给小林了。

我的头已经昏昏沉沉的了,但这不是我没有去公园的原因。我觉得惊奇的是,我的心情并没有想象的那么混乱。实际上,这儿大找模模糊糊地一直在等着不好的消息来临。从第一只鸭子被车撞死,我开始感到命运的力量不可扭转。怕鸭宝宝被乌鸦和流浪猫糟蹋了,我们拼死将它们保护下来。但是结果怎么样呢? 鸭宝宝长大了,鸭宝宝能飞了,但是回归自然之前,鸭妈妈竟然将鸭宝宝交给了我跟小林。我想鸭宝宝是不知目的地在哪里,才会被车撞死。在公园里出生长大的鸭子,当然不可能知道车也是危险的。是的,对鸭子来说,危险的对象是乌鸦和流浪猫。长大了的鸭宝宝,最终还是没有逃脱死亡的命运。

这时我才感到了这一段时间的努力是多么令我痛苦。如果我跟小林不参与得过深,也许鸭妈妈不会在鸭宝宝长大了之后放弃育儿。这一刻我非常痛苦,我不得不努力克制,我根本没有剩余的精力去公园。从某种意义上来说,我觉得这是对我的一种惩罚。

第二天,我一大早就去了公园。小林朝我摆手,我走到她眼前。她对我说:"小岛说给你发了短信。你没有来,我想你一定是睡觉了。"我想说我一夜未睡,但是我没有说出口。小林说:"还有三只。能活三只也不少了。我们还是不能放弃。"

我说:"亲眼确认的死亡只有这一只,我还是相信其他的鸭子都平安无事。"说完了我真想抽自己的嘴巴。小林说她昨天晚上把纸盒箱放在家里,夜里一直开着空调。小林说现在纸盒箱就藏在南边的矮树丛里。小林说她想在夜里去那棵夏橘的树下挖坑。我的眼睛里都是泪。小林让我跟鸭宝宝见最后一面。我说好。小林去矮树丛取纸盒箱的时候，我去花坛摘了几朵小黄花和一片玫瑰的红色花瓣。我将小黄花和玫瑰花瓣放进睡在纸盒箱里的鸭宝宝的身边。小林把在四号公路上捡来的鸭毛也放在鸭宝宝的身边，她对我说："让它们兄弟姐妹有个陪伴。"她用手摸了摸鸭宝宝说："看不到一点外伤，感觉在睡觉。"

我也用手摸了摸鸭宝宝，硬邦邦的。我对鸭宝宝说："南无妙法莲华经。"

小林问我信佛吗。我说我什么都不信，但在这个时候，我能够想到的，只有这一句话。

有一只鸭宝宝就睡在夏橘树的下面。早上再来公园，我会去夏橘树下，对着小林放的那块铅色的小石头说"你好啊"，或者说"南无妙法莲华经"。说完，我觉得心中有一种悲伤像安慰。

十二日夜里又飞走了一只鸭子。十三日夜里跟着飞走了一只鸭子。池塘里只剩下一只鸭子了。小林说她白天去附近有斑嘴鸭的地方巡视一下，也许能找到贝尔蒙特出生的鸭宝宝。

傍晚我跟外泽在公园里聊天。我对她说："这只鸭子是最小的鸭子，喜欢独来独往，估计一时半会儿不会飞走。"

正说着的时候，小林一瘸一拐地来到我们跟前。我问她的脚怎么了。她说巡视了三个公园，走了三万多步，脚痛得不得了。我让她回家休息，她说本来想回家的，就是因为脚痛，所以到公园休息一下。她从随身携带的包里取出一个小纸盒说："这是蚯蚓，我想喂给鸭宝宝吃，这样鸭宝宝就会长得更结实些，飞的时候也更安全。"

我想起一句老话：可怜天下父母心。

在鸭宝宝散步用的木头门口,我招呼小林,告诉她现在喂鸭宝宝蚯蚓正合适。没想到小林连泥带蚯蚓一起丢到了鸭宝宝的眼前。鸭宝宝吓了一跳,跟着跳进了池水中。然后呢,我们只有等着鸭宝宝自己去吃蚯蚓。有几次,鸭宝宝小心地凑到蚯蚓前,但很快就离开了,每次离开我们都会发出一声悲鸣。不久,鸭宝宝去了浮漂。

外泽说:"蚯蚓白买了。"

我也说:"真是白买了。"

小林说:"不白买,反正放蚯蚓也是放生。"

小林的一念之转真快,她买蚯蚓可是用来喂鸭宝宝的啊。

天黑了,我身不由己地心慌起来。不久,我紧张地看到鸭宝宝开始上下点头,意识到最后的这只鸭宝宝也要飞走了。小林也一动不动地盯着鸭宝宝。随着小林"啊"的一声,鸭宝宝展翅飞向西方的天空。我看见鸭宝宝转了一个圈又飞回池塘的上空,于是大声地喊:"鸭宝宝回来了,就在头上。"

小林仰着脖子大声地喊道:"快回来啊!快回来啊!"

但是鸭宝宝朝北飞去,这一次我看见它又转了一个圈便朝东飞去了。看不见鸭宝宝的踪影了。小林和外泽在公园里等着,我回家,骑上自行车去了东边的公路。我转了一大圈,什么异常都没有发现。回到公园的时候,外泽说小林去北边的公路巡视了。

我问外泽:"鸭宝宝回来了吗?"

外泽回答说:"没有。"

小林过了很久才回到公园。我安慰她说:"你跟我都没发现有意外,这说明鸭宝宝是平安自立了。这几年,斑嘴鸭回归自然的时候都是朝东飞的。"

小林突然说:"说起来,今年我们还是第一次看见鸭宝宝回归自然呢。"

小林说的是真的。最后飞走的斑嘴鸭是我跟小林、跟外泽看见的唯一的一次回归。

没有人能想象鸭宝宝到底去了哪里,是否安全。

几天后,我跟上官去了一趟荒川。一条大河宽又长,我们没有看见斑嘴鸭的影子。

八

几个月后,上官终于买到了从大连转机去南昌的机票。

我偶尔会去公园走一圈,碰巧的话会见到外泽。外泽至今认为没有一只鸭宝宝存活下来。提起大岛,提起手指流过的血,提起鸭宝宝,心里面都是痛。

小林喜欢半夜到公园,所以我们一直没有再见。

大岛天天在公园的长椅上睡觉,如果有几天看不见他的影子,那他一定是在扒金库。后来我才知道那家扒金库的名字叫"宇宙"。

听说装修公司特地安装的木板围不久将会被拆掉。

不知道明年小林还会不会保护斑嘴鸭,我想我是不会参与了,外泽说她也绝对不会参与了。

疫情不知道什么时候才会结束,而我迫不及待地想去上海亭,想吃我喜欢的酸菜火锅。我是东北人,喜欢酸菜。

酒会

一

李昂来电话,约我明天一起喝酒。我问有哪些人去,他说没有"圈子"里的人,就两个做生意的老板,年商都是几十个亿。我"哦"了一声,又问地点在什么地方。他说在北赤羽。北赤羽离我家不太远,但要换三次电车。早上看天气预报,说东京可能会有十四号台风上陆。我想我还是不去了。

李昂说:"我跟你有一年没见面了。去喝酒的那家饭店,在这个特殊时期,本来是不营业的,为了招待我们才开店。再说台风已经转向了,到了明天下午,雨就停了。"

李昂跟我的每一次见面都是喝酒。每次都是他请我。自从"新冠"暴发,我一次电车没坐过,一个朋友没见过。不得不承认,这是全人类历史上非常黑暗的一段时光,而且还没有完。

感觉到我在犹豫，李昂说："我都跟老板娘和朋友们吹牛了，说会带一个作家去。"

我想了想，说："这样吧，明天下午两点，你在北赤羽站等我吧。别忘了戴口罩。"

二

我给李昂发微信，告诉他我把时间算错了，提前半个小时到北赤羽了。他马上回信，说还在代代木，两点整才能到北赤羽，让我从浮间口出去，去附近的那家中国物产店转转。

果然有一家中国物产店，走两步就到了。店也就六个榻榻米那么大，沿墙摆满了货架，站在中间，连喘气都觉得费事。不到三秒钟我就出来了。

紧挨着物产店的是一家便利店，我突然想起早上刚刚收到的那笔奖金。但我用卡取了两次都不出钱，出来的纸上印刷着"取款额超过限度，请跟办卡公司咨询"。

说真的，有稿费拿是一件高兴的事，但为了拿到手，又是一件非常麻烦的事。出版社和刊物要求提供国内的银行卡，但我早已经归化日本，没有国内的身份证，当然就办不了国内的银行卡。去年，我拜托侄女和李昂的前妻帮忙，于是手里有了两张他人名下的银行卡。我用中国的银行卡在日本的便利店取日元，汇率是取钱当天的汇率。因为涉及税，为了不给代理人添麻烦，每次拿稿费，我必须向出版社或者刊物提供委托书和被委托人的身份证照片（正反两面）、住址以及电话号码。

我给李昂的前妻发微信,说她给我办的卡取不出钱,但里面肯定有五十万日元。她很快回话了。

我站在便利店的门前,等李昂的前妻去银行咨询的结果。不久,她发微信语音,说卡本身没有任何问题,之所以取不出钱来,有可能是因为她年初来日本的时候,用超了外币。我问她怎么办。她让我再试试其他的机器,因为还有另外一种可能,就是我取钱的那个机器里没有钱了。我又找了一个机器,但结果一样,还是出来一张纸,说取款额超过了限度。我把结果告诉她。她问我有什么办法。我把侄女给我办的卡拍了一张照片给她,让她把钱转一下账。我本来想把她帮我办的卡寄给她,但她回复不让我寄卡,说去银行挂失就行了。

三

下午两点,李昂准时到了,我跟着他去了饭店。饭店就在便利店的对面,地点真好。显然他说的那两个老板还没有来,只有老板娘一个人在靠角落的饭桌那里包饺子。相互介绍后,老板娘让我叫她"阿玲"。

阿玲对李昂说:"我打电话约人的时候,说的是一点,但现在已经过了两点,连你们两个人都迟到了一个小时。"

李昂说:"是一点吗?我怎么记得是两点呢?我跟龙哥他们说这件事的时候,告诉他们是两点。快来了吧。"

阿玲招呼我跟李昂坐,但李昂脱了外套后去帮她擀饺子皮,我不好袖手旁观,就帮她包饺子。我还是第一次看见翡翠似的饺子皮。

我问阿玲:"为什么饺子皮是绿色的？"

阿玲说:"和面的时候,我加了点菠菜汁。"

李昂擀皮慢。但只有一个擀面杖。

阿玲对我说:"你就别包饺子了,李昂擀皮的速度供不上我们两个人。"

我退出来去洗手的时候,来了一个矮个子的男人,穿一件墨绿色的风衣、黑裤和亮铮铮的皮鞋。

李昂惊讶地看着男人说:"你怎么也来了呢？我都不知道你今天也来。"然后指着我对男人说:"这是作家尘白。"又指着男人对我说:"这是才哥。"

才哥摘下戴在脸上的口罩,对我说:"我们见过面。"过了五十岁,我经常会想不起一部分人和一部分人的名字。看到我歪脑袋,他提醒我说:"小百合当年跟你去北京,是我跟我弟弟一起去车站接你的。"

我说:"啊。"

李昂说:"原来你们早就认识啊。"

我看了李昂一眼,把想说的话咽回肚子里。

才哥说:"真没想到还会见到你。我以为今生今世见不到你了。"

李昂说:"山不转水转。"

我说:"有二十八年了吧。"

才哥说:"刚才,李昂要是不说出你的名字,我绝对认不出是你。那时候,你可是个大美女,是我心中的女神。"

这些年，我听这话太多，已经有点无所谓了。有一段时间，不看镜子，我会觉得自己是二十八岁，看到镜子会想起真实的年龄，很崩溃。但现在不看镜子我也知道自己的真实年龄。不过，时间过得真快，弹指一挥，二十八年就过去了。

我说："那时候我不到三十岁。现在我已经快六十岁了。我的头发已经全白了。"

才哥说："当然了，我们都会老。你看我，我的头发也没剩下几根了。"

他对自己的形容有点过分。对他这个年龄的人来说，头发算是薄了一点而已。他肯定使用了头油，头发油光锃亮，很整齐地拢在头顶，看起来蛮清洁的。只是，这个年龄，头发还这么黑，大概是染的。

我问："你弟弟还在日本吗？"

才哥有点兴奋："当然在啊。我弟弟现在可好了，有两栋四层楼的房子，其中的一栋拿出来做民宿。"

我又问："知道小百合的现状吗？她现在生活得好吗？"

才哥怔了一下，说："你知道她跟我弟弟离婚了啊。"

刚才，当着李昂的面我欲言又止的话，他自己说出来了。李昂在旁边提醒我们不要站着说话，最好坐到桌子那边。桌子离包饺子的地方比较远，说起话来也方便。我跟才哥去桌子那边坐下。

我说："小百合跟你弟弟离婚时，赶上我在东京找到了工作，顺便将家也搬到了东京，跟她就失去了联系。到东京前，有人跟我说孩子跟了你弟弟。那种情形，你弟弟如果想留在日本的话，也只有获得了孩子的亲权才有可能。"

才哥点头说:"对。孩子跟了我弟弟。"

我问:"你是什么时候来日本的？是你弟弟把你办过来的吗？"

才哥倾着头想了一会儿,说:"我来日本有二十二年了,是我弟弟把我办过来的。"

我说:"没想到小百合会跟你弟弟离婚。我陪她私奔去北京见你弟弟的时候,两个人爱得死去活来的。没想到你也会来日本。"

当年,小百合有老公和孩子,但为了才哥的弟弟,毅然决然地私奔了。孩子很小,只有五岁。说起来,小百合跟才哥的弟弟是高中同学,曾经追求过才哥的弟弟,但是被拒绝了。后来,小百合随父母到了日本。一次,回国探亲的时候,小百合在大街上遇到了才哥的弟弟。那时候,才哥的弟弟已经是当地的医生了。至于两个人是怎么爱上的,小百合没有跟我说,我也没有问。不过,那时候我挺羡慕小百合的。二十世纪九十年代初,国内的房子几乎没有浴室,不去公共浴室的日子,晚上烧壶水,水盆里加点热水,再加点凉水,先洗洗脸,再洗洗脚就上床了。

小百合跟才哥的弟弟在我北京的房子里住了一夜。房子是单位分配给我的,在中关村,一室,带一个厨房。我还没有住就去日本了,所有的东西就是一张大床和一套被褥。一年到头没有人住的房子,没换过气,床垫和被褥是潮的,所以我每次回国,从来不住自己的房子,而是住旅馆。

那时候,小百合跟我说了很多有关才哥弟弟的事。比如:晚上用温水给她洗脚,洗完后把她抱到床上;早上为她刷牙。这些我都没有体验过。但这些事我不敢说,怕才哥听了不舒服。我一直有一个困惑,就是才哥的弟弟曾经拒绝了小百合,怎么突然间会爱到这个份儿上呢? 我一直有一个可笑的见解,至少要跟对方一起下几次馆子,一起吞几碗面,才有可能爱上对方。

才哥问我:"你知道小百合把我弟弟搞得很惨吗?"看见我摇头,接着说:"她跟我弟弟结婚的时候,跟在日本的老公还没有离婚呢。"

可能是我跟才哥说着说着声音就大起来了,李昂老远地插了一嘴:"这是重婚啊。"

我大声地对李昂说:"小百合在日本跟当时的老公登记结婚,但在中国是单身。她跟才哥的弟弟在中国登记结婚,不影响她在日本是已婚。"

李昂说:"法律怎么这么多的空子可以钻呢?"

才哥对我说:"她骗我弟弟,说已经离了婚了,我弟弟才赶紧离婚跟她举办了婚礼。"

其实才哥的弟弟知道小百合没有离婚,不然他写给小百合的信就不用寄到我家,小百合私奔去北京见他的时候也不用我作陪打掩护。

我说:"那时候,我每天都会接到你弟弟从国内寄给小百合的信。"

才哥说:"那些信……"

我打断才哥的话:"那些信我当然没看,后来都还给了小百合。"

实际上,小百合给我看过一封他弟弟写的信。一字一句的写得很工整:"百合妹,我每天都在想你啊,真想天天陪伴在你的身边。"其他的话我想不起来了。

才哥说:"小百合跟我弟弟离婚,使用的手段很不道德,用的是那种假离婚的方法。"

我说:"啊?"

才哥说:"这个女人,你想不到有多坏,她竟然趁着我跟我弟弟回国的机会,擅自用我弟弟的印章在离婚证明书和一些材料上盖印,把我弟弟的财产都转到她弟弟的名下。但是日本是法制社会,我跟我弟弟上告,把财产都夺回来了。那时候她还在饭店工作,裁判所为了取证,用摄像机去饭店拍她工作时的样子。说真的,也够她受的,但一切都是她自找的。"

有时候,人们会决定一辈子都不原谅某一个人。对于才哥和他弟弟来说,也许小百合就是这么一个人。

我吓得缩了一下脖子,说:"没想到小百合跟你弟弟之间还发生了这么多事。不过,小百合跟你弟弟都有孩子了,真不希望两个人离婚。你知道,为了跟你弟弟在一起,她已经放弃一个孩子了。"

才哥点头说:"小百合是不该跟我弟弟离婚。但是,那个时候,她绝对没有想到我们哥儿俩能混得这么好。"我也没想到他跟他弟弟都混得这么好。说到孩子的事,他告诉我:"小百合又结婚了,那人跟她的第一个老公一样,也是个厨子,他们又生了个孩子。"

那时候,小百合经常带儿子到我家玩。小孩子长得真好看,瓜子脸、大眼睛、小嘴,第一次见面的时候,穿着背带裤、绿色的衬衫、白色的球鞋,就是不怎么说话,很少笑。我经常对小百合说:"怎么像个女孩子似的?"小百合说孩子不喜欢爸爸,但跟她的感情还不错。

我说:"这么说,小百合先后生了三个孩子,但两次离婚都把孩子留给了爸爸。"

才哥说:"小百合只生孩子,但是不照顾孩子。"

李昂在远处大声地笑。我现在也做母亲,所以没有办法理解小百合的选择和舍弃。其实,在日本,很多合不来的夫妻并不离婚,孩子成人之前做假面夫妻,等孩子自立后再离婚,如果不想离婚的话就做"毕婚"夫妻,在同一个屋檐下住,但各自有自己的生活,互相不干涉。

有一段时间,我跟才哥都不说话,默默地坐着不动。才哥看地板,我看窗外。虽然台风没有登陆,但雨并没有停,很大,一直在下。

回首往事,好像看人家在台子上唱戏,一目了然。

四

龙哥来的时候已经下午两点半了。他还带来了一瓶名为洋州大曲的白酒和一箱易拉罐啤酒。

相互介绍后,李昂对龙哥说:"才哥跟尘白,早在二十八年前就认识了。"

才哥对龙哥说:"那时候,尘白可是个大美女。可惜你没有见过,真漂亮。"

龙哥对才哥说:"你怎么这么不会说话啊?尘白现在也漂亮啊。难怪尘白到现在都不敢摘口罩。"

我笑着摘下口罩说:"没事。才哥说的是事实。我也是没老到好处,修养好的人,越老越有气质,不会像我似的,又胖又脏。不怕告诉你们,我已经有十几年早上不洗脸了,也不化妆,素面朝天。"

李昂说:"脸不洗咋整啊?"

李昂一说话,就会暴露出他的出身是沈阳。他总是把"怎么"说成"咋",把"我妈"说成"咱妈"。我出生在大连,他的乡音让我听着舒服。沈阳的"苣荬菜"味和大连的"海蛎子"味,都是那种熏过的感觉,懒洋洋的。

我对李昂说:"我说的是早上不洗脸,但是晚上洗澡的时候会洗脸。"

这时候,饺子包好了,阿玲去厨房煮饺子,李昂坐到我跟才哥的身边。

阿玲进厨房之前说:"文哥跟美姐姐怎么还不来啊? 都快三点了。"

真的是说曹操,曹操就到。美姐姐来了。

龙哥上下打量着美姐姐,对她说:"你瘦了很多,或者是你穿的衣服显瘦?"

美姐姐嘿嘿地笑着说:"是瘦了,但没瘦多少。不过呢,去年穿不下的这条裤子今年能穿了。"

龙哥笑着说:"那就是瘦了很多。今天你一定要再喝醉,我会第一个抢着抱你去房间。"

我看李昂,李昂赶紧跟我解释说:"我们这几个人定期聚会。有一次,在龙哥开的旅馆附近喝酒,美姐姐喝醉了,回不了家,只好抬她去龙哥的旅馆,美姐姐那时候胖,抬不动,死沉死沉的。"

美姐姐大笑了一阵,说她从早上到现在没吃一口东西,快饿死了。幸亏我吃了早饭和午饭。阿玲端了一盘刚煮好的饺子给美姐姐。美姐姐吃饺子的时候，文哥来了。文哥让我们等了他一个小时，但是没有人介意这件事。

阿玲说："总算人都来齐了。"

李昂跟文哥介绍我的时候，才哥在旁边说："尘白当年可是个大美女，是我心目中的女神。"

龙哥上下打量我，问："当年，你到底有多美啊？怎么才哥到现在都无法释怀。我进来没几分钟，他已经夸你好几次了。"

我尴尬地说："没才哥说得那么好看，才哥是忽悠我。不过是瘦一点，皮肤不像现在这么多褶子和老人斑罢了，是青春美。"

龙哥说："那你赶紧减减肥，兴许能把青春瘦回来。"

才哥对龙哥说："不过，以尘白现在的年龄来说的话，还是比同龄人看起来有范儿。"

我问："什么是范儿？"

龙哥抢着回答："就是气质好的意思。"

才哥说："刚才李昂说你平时不跟圈子里的人打交道，不合群、不同流，也是一种范儿。"

不是我不跟圈子里的人打交道，是我进不了圈子。我这个人，一直搞不懂人情世故。还有，每个人都有自己觉得最舒适的状态，对于我来说，就是一个人待着，待在家里，或者待在公园里。

我笑着问才哥："既然你觉得我美，当年为什么没有追求我呢？那时我是独身啊。"

才哥举着双手说："那时你是北京户口，人在日本，又出了几本书,而我生活在东北的一个小城里,怎么敢追你啊? 我都说你是我心目中的女神了。"

五

排座位的时候,龙哥让我们注意"三密"。自流行"新冠",政府一直号召个人加强防护,避免"三密"。"三密"就是密闭空间、人员密集和人与人之间的密切对话。

龙哥开玩笑地说:"要不要把口罩从中间剪个窟窿,我们戴着口罩聊天吃饭?"

李昂说:"如果有人带菌,怎么防都会被感染。"

龙哥去窗前把窗户开了一条缝。阿玲打开了换气扇。一共是七个人,两个大长桌拼在一起。我跟龙哥坐一排,靠西。李昂跟文哥和美姐姐坐一排,靠东。才哥一个人坐在两排人连接的地方,靠北。为了这次酒会,阿玲准备了很丰盛的菜。饭桌上摆了二十几个盘子,有大虾、生鱼片、海蜇皮、炸鸡块等。阿玲还在厨房烤羊肉串。

下雨的原因,天气突然降温,风从窗缝吹进来,我的大腿开始有凉飕飕的感觉。我有个毛病,一冷就出荨麻疹,我去厨房问阿玲有没有小毛毯,她让我等一等,很快从什么地方找了一块给我。我把毛毯盖在大腿上。

文哥突然从包里取出一个小本子让我在上面签字。

李昂问我:"你带书来了吗?"

我说:"没带。没想到要给人签字。"

文哥说:"这个小本子是我用来做工作记录的,就签在扉页上吧。"

李昂开玩笑:"一个大老板,这么小的本子,谁会相信是工作记录用的啊。"

我在文哥的小本子上写下我的名字和电话号码。

文哥笑嘻嘻地说:"谢谢老师。"

我苦笑着说:"我不是大作家,你不要叫我老师。刚才我也不是签字,是留了个电话号码。"

六

龙哥问文哥:"今年,很多人的日子都不好过。你那里怎么样?"

文哥说:"现在是十月,已经做了三十个亿了。估计年底会做到四十个亿吧。"

我说:"你们真厉害。我来日本也快三十年了,但是几乎没有存款,连房子的贷款都是去年咬牙跺脚还清的。"

才哥瞪圆了眼睛问我:"你说的是真的还是假的?"

我说:"是真的。"

才哥问我:"稿费收入怎么样?"

李昂在旁边忽悠说:"尘白的稿费可是一个字一分钱。"

我摇头说:"各家刊物有不同的稿费标准,我不是名家,没那么高。"

龙哥哈哈大笑了几声,对我说:"李昂说你得了个什么奖,我想问一下,你拿了多少奖金啊?"

我一个劲儿地点头,很尴尬。

李昂看了我一眼,抬高声音说:"人家文哥,刚买了一辆特大的奔驰,为了停车,把门前的道路都扒了。"

龙哥"嘿"了一声。阿玲端着两盘烤好的羊肉串从厨房出来。我身边的空位本来就是留给阿玲的,她在我身边坐下。

开始干杯。到日本后,我偶尔喝过几口白酒,但过后肯定会吐。后来我知道自己是不能几种酒混着喝的。我只喝啤酒。阿玲为了减肥,只喝威士忌。才哥跟龙哥喝白酒。美姐姐跟文哥厉害,白酒和啤酒同时喝。烤羊肉串摆在离我很近的地方,孜然的香气勾起了我的食欲。我拿起一串吃起来。

龙哥问我:"你跟才哥是怎么认识的?"

我说:"我认识才哥的弟弟。当年他弟弟的老婆是我朋友。"

龙哥说:"啊,是小百合吧?"

才哥不说话。

我对才哥说:"如果当年我不帮小百合,也许你不会来日本。你来日本,还有我一臂之力呢。"

才哥说:"但是,如果不来日本,我们兄弟俩也不会经历那么多坎坷。那时候,谁都没想到中国会发展得这么快。"

我转动着手里的酒杯说:"有时我也会这么想,但是我不后悔。三十年前来日本,交通、电信以及居住条件,都令我惊讶。现在国内的房子几乎都带浴室,但我们来日本的时候国内还没有啊。刚来日本的时候,我天天都有住在高级宾馆的错觉。提前享受了啊。说得再好听点,来日本是我们自己选择的路啊。"

文哥坐在我的对面一直点头,笑眯眯的,但不说话。我觉得自己的话大概多了一些,就住嘴了。

七

喝着酒,李昂聊起那次在池袋跟龙哥、文哥、才哥交臂而过的事。

那天,李昂跟几个朋友在池袋的一家店里喝酒,店老板突然进来求他,说老大来了,得把包间让出来。

我问:"老大是谁?"

李昂说:"龙哥、才哥、文哥,是池袋和新宿的老大,号称三兄弟,没人敢不赏脸。"

美姐姐对我说:"他们是三剑客,龙哥老大,才哥老二,文哥老三。"

龙哥说:"是按岁数排的。我七十多岁,才哥六十多岁,文哥五十多岁。"

我说:"哦哦,是这样啊。"但心里想,难怪个个儿都称"哥"呢,原来是"道上"的称呼。我不知道他们姓什么,也不知道他们完整的名字叫什么。

龙哥说:"我们当时不知道在包间里的是李昂,如果知道是李昂的话,那么让包间的就是我们哥儿仨了。怨就怨那个吴老板没有跟我们说清楚。"

我笑了几声。

龙哥又说:"说真的,我很佩服李昂。天文、地理、历史、时事,没有不知道的。李昂跟我们说的话,基本上八九不离十。"

我说:"他摄影也好,可惜忙着生活,没时间到处拍照。"

龙哥说:"跟李昂认识这么久了,他从来没让我们帮他什么忙。这个人,是个好人。"

李昂知道的东西确实不少,而且经他的嘴说出来,深入浅出,精彩动人。我跟李昂的前妻花猫是朋友,在一起的时候会谈起李昂。她说李昂心眼儿好、义气,就是充满幻想,天真得像一个少年,永远也长不大,还说李昂是"现实生活中的一个小说人物"。

就在今天早上,他在微信朋友圈发了两段话:

——四面八方都是水,鱼游不动了,也不想再游了。

——一九八九年,年仅二十五岁的海子在山海关卧轨自杀,死前他写了最后一首诗:"春天,十个海子全都复活。"三十个春天过去了,一个海子也没有复活。你这么长久地沉睡到底是为了什么?站在未来的我依然如一条无阻的鱼,这虚伪的狗屁世界根本不值得诗人悲伤。

不食人间烟火似的。

即使在李昂最为艰难的日子里,也没有开口跟我求助。他的骇俗是骨子里的,惊世,也足以令我认为他可以成为我终生的朋友。想起他,我总会变得忧心忡忡,虽然表面上他有一大堆朋友,三天两头花天酒地,但我觉得,他,实在太孤独。他的孤独不可言说。

美姐姐有一个弟弟,跟李昂有千丝万缕的关系。去年,李昂主编了一份摄影期刊,出资的老板就是美姐姐的弟弟。杂志办了四期就停刊了。从一开始,我就断定刊物办不了几期。没有发行元,就是没有刊号,不能在全国流通,但杂志的印刷和装订都过于讲究,太精美了。很可惜杂志三分之一的内容都是广告,不然停刊还真是很遗憾的一件事。

之后,李昂忙着办国际学校,但没有得到营业许可。我想起我还忘了问他为什么没有拿到营业执照。

我说:"李昂要理想不稀罕钱。前妻那么有钱,他就是不复婚。"

美姐姐说:"我弟弟就是这样。我现在不干涉他的事了。据说去年一年就损失了一亿。什么时代了,还办什么摄影杂志,搞什么国际教育。"

李昂说:"如果那家国际学校的地点不选错的话,也许不会失败。"

我问李昂:"国际学校的老板也是美姐姐的弟弟啊?"

李昂说:"是。美姐姐的弟弟选择的地点,附近已经有两家国际学校了。"

八

李昂说:"我前妻说她能满足我当摄影家的理想,但你想想看,我也是一个男人,如果让一个女人用钱帮我实现理想的话,我不是就被女人用钱绑住了吗?用爱情绑我还差不多。"

龙哥说:"说到爱,你前妻真爱你的话,即使你不跟她复婚,她也会给你钱帮你实现你的理想。"

我说:"话也不能这么说。"

龙哥说:"爱,就是付出。就说我对我儿子吧,现在他可是东大的医学博士。"我吓了一跳。大家都不吭声了。龙哥接着说:"我儿子在美国读的大学,在上海复旦大学读的硕士研究生,光读书就快走遍全世界了。"

我说:"你儿子太厉害了,能进东大医学部。"

龙哥说:"我就不说我为他进东大都做了怎样的努力了。一步一步,都是我亲自铺垫的。"

我说:"你儿子有你这样的父亲真幸运。"

龙哥说:"幸运?他妈的,说起来我就来气,算了,不提我儿子的事了。"

才哥对我说:"龙哥的儿子都三十岁了,还是龙哥在养着。"

进东大医学部是一件值得骄傲的事,但龙哥的样子令我不敢再提这件事。

龙哥举起酒杯说:"还是喝酒干杯吧。"

我换了个话题,对龙哥说:"你刚才说吴老板,那天你们去的店是老虎滩吧。"

龙哥问我:"你也认识吴老板?"

李昂对龙哥说:"吴老板那里那些在日本的文化人,基本上都是我介绍给他的。"

龙哥说:"世界真的是太小了。"

我说:"吴老板是个好人,学佛,每个月都去荒川放生。放的王八和泥螺,都是在上野的横町花钱买的。不容易。"

龙哥跟才哥同时哈哈大笑起来。

龙哥说:"吴老板这头放生,那头就抓回来杀。"

我挺直了身体说:"这怎么可能呢?"

才哥说:"是真的,我们每次去吴老板的饭店,他都会杀王八给我们吃。"

吴老板在微信上设了一个群,群里的人多是学佛的,我不学佛,不知为什么他把我也拉了进去。每个月一次,都是吴老板号召的,志愿者去上野的横町集合,买了王八和泥螺后去荒川放生。我一次都没有去。首先,上野横町的海鲜很多是从中国输入日本的,我怕放生的王八和泥螺是外来种,破坏了日本原有的生态平衡。其次,即使王八不是外来种,差不多也是人工饲育的,放到自然环境里,根本无法适应,要么被反复捕捉,要么被细菌感染致死。这其实等于另外一种谋杀。

放生,放而不生。

九

文哥一直不怎么说话,我觉得他的性格比较拘谨,连笑的时候都像在"陪笑"。

我问文哥:"来日本多久了? 也是留学过来的吗?"

文哥说:"我来日本二十多年了。我不是留学。我妈妈是残留孤儿。"

李昂说:"文哥一家刚来日本的时候,靠吃低保生活,但现在的文哥,手下有几百个工人。一想到文哥指挥着上百个日本人,我就兴奋。"

我问:"是什么样的工作啊?"

文哥说:"解体楼房。"

我说:"那你妈妈一定很自豪。你这么出息。"

"我妈妈……"文哥笑着说,但没说下去。

残留孤儿是指日本侵华战争失败后,失去父母,被中国家庭收养,在中国养父母照顾下长大的日本人。中日恢复邦交后,这些人大多数选择了回日本,但是,这批人的年龄已大,不会说日语,很难找到工作,很多人只能跟文哥的妈妈一样,生活在日本政府安排的公房里,靠领取生活补助金度日。他们的生活大多既贫苦又缺乏社会尊严,能混到文哥这个份儿上的,可以说是凤毛麟角。

文哥说:"你才叫出息,写了好几本书。我只能说是喜欢文学。我还认识一个搞中国文学翻译的日本人。"

我说:"是吗?"

李昂举起酒杯说:"对了, 为了祝贺尘白刚刚获了个文学奖,我们干杯。"

所有的人都举起酒杯:"干杯。"

龙哥又问我:"到底拿了多少奖金啊?"

不等我回答,才哥说龙哥:"你怎么就认识钱呢?"

人是喜欢钱的,这一点放在谁身上都千真万确。我嘿嘿地笑,还是不说拿了多少奖金。我拿的那几万,在这哥儿仨的眼里,顶多是根牛毛。再说,我觉得那点奖金不仅仅是钱,更是对我的一种鼓励。前两天我觉得写不出小说了,不想写了,这次获了奖,又觉得可以写了。

龙哥说:"我不仅喜欢钱,还喜欢女人呢。"

阿玲说:"我看到了,刚才美姐姐给你和文哥的药。你们活的状态真好,这么大年纪了,还吃那种壮阳药。"

龙哥和文哥大笑。我看着美姐姐笑。

才哥说:"美姐姐只给他们俩,没给我。我也想要。为什么不给我呢?"

美姐姐说:"李昂只说龙哥跟文哥来,没说才哥来。"

李昂说:"我也不知道才哥会来。"

我问文哥:"美姐姐给了你两瓶,你不能分一瓶给才哥吗?"

才哥看文哥。

文哥说:"让我好好想一想。"

想一想就是不给。才哥也明白这个道理,一脸的不甘心。不知道为什么,龙哥又提起我出书的事。我说卖得不好,觉得对不起出版社,给出版社添麻烦了。

龙哥对文哥说:"你不是喜欢文学吗? 赶上今天拿到了作家本人的签字,干脆把没卖出去的书都买了,让出版社再版。"

我张大了嘴巴,心里期待文哥买几百本我的书。我一直想找机会报答出版社,所以真的有点兴奋。

文哥看着我说:"书啊,我会买的。"然后他用手指着龙哥和才哥说:"一家一本。"

才哥问:"一家一百? 还是一家一本? "

文哥还是看着我说:"我不会买一百本。一家一本。"

我对才哥说:"是一家一本,不是一家一百。是两本。"我努力克制住内心的失望,笑着对文哥说:"不麻烦文哥了。"

李昂单纯地说:"文哥挺抠门儿的。"

龙哥说:"文哥在女人的身上可不抠门儿。想想看,换了是凤霞,文哥会抠门儿吗? "

龙哥这么说,我就知道凤霞是文哥意中的女人了。再看文哥的样子,想笑但又使劲儿忍着,蛮可爱的。我的好奇心被叫凤霞的女人勾了起来。

我问李昂:"凤霞好看吗? "

龙哥、才哥、李昂,异口同声地说:"好看。"

十

说起凤霞,桌子上的话一下子多起来,话题也杂了。对我来说,除了李昂,其他的人都是第一次见面。他们说的话左一句右一句,我跟不上趟儿,大部分时间就是默默地听着。其间阿玲提醒我吃生鱼片,还给我添酒。一盘子生鱼片被我一个人吃了,谁都没有注意到。

美姐姐一直跟龙哥说话,才哥看上去恍恍惚惚地在想着什么。我接了一个电话,去门口说了一会儿话,回来后看见才哥还是沉浸在他的恍惚里,仿佛你看他,他也不觉得。不知道他的心思在哪里。

平时跟李昂单独喝酒,这种易拉罐啤酒能喝十几罐,今天只喝了四罐,却觉得喝不动了。刚想走神的时候,听见李昂说他离了几年婚都没有离成。才哥接着李昂的话,说他也是离了好多年婚都没有离成。我稍微惊讶地看了才哥一眼,他的样子倒是蛮平静的。我想,这么大年龄了还闹离婚,人活得真挺累。

龙哥突然对文哥说:"人家凤霞跟我说了,那天你买了花篮,散场后竟然追到人家家里去。"

文哥抿着嘴笑。除了有钱,我想他最大的魅力是安静和微笑。他穿了一件白衬衫,外面是藏青色的西装。他刚进来的时候,说穿西装是因为见大作家。男人有了钱,有了地位,身边肯定会有一大堆女人。至少观念上会这么想。

阿玲问李昂:"凤霞竟然会拒绝文哥?"

李昂说:"也不是拒绝。依我看,文哥跟凤霞的关系不过是暧昧罢了。人家凤霞那么漂亮,比文哥年轻那么多,做生意又赚了那么多钱。文哥送花篮,其实是老套的圈套,人家凤霞不上圈套。"

文哥对我说:"你别认真,李昂是在开玩笑。"

我问:"如果李昂说的是真的,只怕你老婆跟你过不去。"

龙哥对我说:"他老婆死了他才敢这么风流。"

我心里吃了一惊,不由得说:"啊。"

阿玲忙了大半天,又陪了一下午,偶尔说几句话,大部分时间都安安静静地坐在我身边。美姐姐的座位离我最远,她一直跟龙哥他们干杯,说了些什么话我都没听到。我跟李昂一直跑厕所。文哥把一盘炸鸡块吃光了,洋州大曲只剩下三分之一了,易拉罐啤酒倒是还有好几罐。

我看了看时间,快晚上八点了。一个小时一个小时地闲聊,合起来有五个小时了。时间过得真快。美姐姐提到下一次聚会,李昂说他有个朋友叫"北京姐姐",在镰仓开饭店,下次可以去那里。

文哥摇着头说:"不去镰仓,镰仓太远了。"

我说:"北京姐姐那里我去过。北京姐姐也是单身,长得也很漂亮。"

文哥说:"北京姐姐漂亮啊?好啊,那我得去镰仓。"

李昂说:"一说到美女,文哥就不嫌远了。"

我说:"眼前的阿玲就漂亮啊。"

阿玲赶紧说:"我太胖了。"

我说:"你这种类型,胖才好看。"

文哥哧哧地笑着说:"还是作家会说话。"

我看阿玲,笑着说:"阿玲是男人的罗曼。好像在沙漠上、在古道上,突然遇到了一家小店,老板是个女的,长得好看又性感。"

李昂接着说:"然后旅途中就生出很多新鲜的故事。"

美姐姐朝我跟阿玲这边看,我赶紧补充说:"美姐姐是男人的治愈。每天在身边,随便你坑人还是坑己,她都会安慰你。"

美姐姐说:"我的人生就是一部小说。但是我写的话,人家会说我写的是我自己的生活,别人写的话,人家不会想到写的是我的生活。"

我说:"好吧,告诉我你的故事,包括所有的细节,让我来写你吧。"

十一

我的心开始发慌。平时这个时间，我都开始洗澡，准备上床睡觉
了。从北赤羽回家，怎么也要一个小时，即使现在就走，到家也得晚
上十点了。我不断地看时间，赶上李昂看我，我就对他使眼色。

李昂说："今天不知咋整的，喝不动酒，可能是因为天气突然降
温了。"

我说："我也喝不动了，觉得快醉了。"

李昂说："九点了，尘白想回家了。"

没有人反应，美姐姐跟龙哥互相听着对方说话，看起来很有兴
趣的样子。我沉默了一会儿，问阿玲用不用我们帮她收拾饭桌。她说
不用。我又跑了一趟厕所，回来后干脆站着，借口说冷，连外套也穿
上了。李昂又催促了一次，还是没有人反应。我走到窗前，外边的雨
还在下，道路湿漉漉的，两三个人影在动。不久我走回饭桌。

美姐姐说起"国际补助旅游活动"的事，说她刚刚调查过，饭店
附近的酒店，只要花一千日元就能住一个晚上。

阿玲说："哪天我们组队找一家舒服的酒店，可以喝到天明。"

美姐姐看阿玲，半天没说一句话。我松了一口气，心里偷偷地感
激阿玲。也许美姐姐本来的意思是鼓励我们住旅馆。

阿玲忽然拿出两件唐服给李昂。一件红的，一件黑的，里子上有
一条升腾的金龙。

我对李昂说："有好几次我看见你穿这样的衣服，原来是阿玲给
你的。"

李昂说:"不是阿玲给我的。以前穿的都是龙哥给我的。"

李昂把那件红色的唐服还给了阿玲,说:"我不能穿红衣服。"

阿玲把红色的唐服递给文哥,说:"不然你穿吧。"

文哥试穿了一下,尺寸不合适,扣不上扣子。换才哥试,才哥跑去厕所那里照镜子,回来的时候,我们都说好看。

但才哥把唐服递给龙哥,说:"龙哥身材好,穿了一定好看。"

一开始,龙哥说什么都不肯穿,我就说:"年龄越大,穿红的越好看。"

龙哥问我:"真的吗?"

我说:"你可以穿一下试试看啊。"

穿了红衣服的龙哥也跑到厕所照镜子。回来的时候,我们都恭维他,说"好看"。

龙哥说:"好吧。我要了。"

我问阿玲:"你从哪里搞到这样的衣服?"

阿玲说:"十几年前,我跟我老公去中国,他喜欢有中国特色的东西,买的很多东西里,就有这两件衣服。"

我说:"那你老公是日本人。"

阿玲说:"对。"

我看了一下时间,晚上九点半了。回到家要十点半了,于是又对李昂使眼色。

李昂把那件黑色的唐服穿到身上,说:"尘白连外套都穿好了。我们开始撒吧。"

才哥走到我身边说:"我们交换一下微信吧。"

我说:"好啊好啊。"

我亮出手机的微信二维码,才哥用他的手机扫了,跟着发了信息过来:大美女,你好。我回了一句话:你好。

我脑子一直在转,想找个不动声色的方法结束酒会。我跟阿玲要了一个大垃圾袋,要李昂帮我收拾桌子上的空啤酒罐。龙哥和美姐姐、才哥、文哥都开始帮着收。李昂想收拾盘子,阿玲说明天早上她一个人慢慢地收拾。

龙哥说:"现在这种特殊的时期,我们能在一起瞎热闹,都要感谢老板娘。"

我们都对阿玲说"谢谢"。

阿玲说:"谢什么啊? 要不是这样的时期,平时也很难请到你们啊。以后,有机会的话,一定常来啊。"

我们都说"好"。

龙哥问李昂:"你就穿着唐服回家啊?"

李昂说:"要不是阿玲送我这件衣服,今年冬天我还没有过冬的衣服呢。"

十二

我走得快,第一个到了车站。李昂跟过来。

我说:"美姐姐跟龙哥他们又在那里站着说起来了,不知要说多久,不然我们先走吧。"

李昂说:"不会说多久,马上就来了,大家都是顺路。"

过了一会儿,我又说:"我们还是先走吧,不然我一个人走。我们在这里等着,那边的人反而会介意。让他们慢慢聊吧。"

李昂让我等着,说他过去招呼一下。我担心他也不回来了。但我的担心是多余的,他很快带着一群人过来。文哥不在,我想起他是坐出租车来的。

月台在二楼。刚上二楼,电车就来了,我们一拥而上。我们几个中国人个个儿都是大嗓门儿,说话跟吵架似的。有几个年轻的日本人皱着眉头看我们。我故意站到门口,才哥跟过来,说跟我在同一个站下车。因为在赤羽换车,就坐一站,马上就到了。我跟才哥、龙哥他们说再见,一起下了车。

我跟才哥都坐京滨东北线,但是方向正好相反。才哥那边的车先来了,我让他上车,他不肯,说要等我上了电车再回去。

我说:"说真的,今天看见你,想起你弟弟,想起小百合,心情很复杂。人生啊,会发生太多意想不到的事,太多脆弱,太多无奈,太多想不通的事。总之,太多的感叹。我真的想不出是什么原因让小百合做出这样的事。"

我找不到语言表达内心的感受,千言万语不知从什么地方说起。说真的,我本来想问他有关小百合的事,却决定不问了。他挺直了身体站在我眼前,即便是隔着夜色,我还是看到他身后的背景并不华丽。再往远,已经是完全笼罩在夜色里了。

才哥用慎重的语调对我说:"小百合是一只猫,盯着老鼠似的盯着我跟我弟弟的财产。"我不吭声。他接着说:"这个月,我要去四个地方旅游,下个月就会有时间了。如果你、我以及我弟弟都方便的话,找个时间见一次面。"

我说:"好啊好啊。跟你弟弟见面的话,就我们三个人好了。"

才哥说:"好。"

我问:"你弟弟再婚了吗?"

才哥说:"没有。我弟弟有那么多的财产,不会结婚的。"

我很纳闷,不懂他弟弟为什么因为财产多而不结婚。

才哥问我:"你怎么样?"

我说:"挺好的,儿子都快上大学了。"

我们都想再聊一会儿,但是车来了,已经来不及聊什么了。我跳上车,从车厢里向才哥摆手。看他的表情,意思是让我坐到椅子上。我坐到椅子上。电车出发的时候,我站起来看窗外,才哥还等在门前。我跟他又摆了一次手。然后看不见才哥了。

这一年,今天晚上的这顿酒喝得最热闹。

电车上,我一直在想,我们年复一年日复一日地做着几乎是相同的事,上班下班,吃饭睡觉,但怎么有那么多的转折呢?

十三

到家快晚上十一点了。头很痛,我没洗澡就上床了。

第二天,我给花猫打电话,让她猜我昨天晚上跟谁一起喝酒了。她说:"是李昂吧。"

我说:"昨天我听大家对他的评价,觉得他真的很单纯、很诚实、很可爱的。只是你以后跟他聊天,不要谈钱,要谈爱情。"

花猫淡淡地说:"他是个好人,就是不现实,活在恍惚里。他就是这样一个天真而充满幻想的人,很可爱的。"

原来,除了阿玲,其他的人花猫全认识。

花猫对我说:"我去日本玩的时候,李昂把他们介绍给我了。那些人很可爱。他们的世界很神奇。龙哥就是一个很神奇的人,在国内的时候也是医生,像他那种人,到哪里都会成功的。是金子,在哪里都会发光的。他们有很多很多钱,但是特别憧憬文化,喜欢文化人。你跟他们交往,一定会很开心。"她打了一个比喻:"会把你当盘好菜。"

我说:"神奇。"

花猫说:"美姐姐的人生也很神奇。她现在是单身,但有四个孩子。她来日本后,她的大学同学为了来日本,跟她结婚,跟她生了四个孩子,到了日本后就跑掉了。你别看她嘻嘻哈哈的,她的经历也很神奇,她也是经历了大风大雨,很不容易,很坚强的。"

我说:"啊。"美姐姐给我的感觉是又能说,又能喝,我没有办法对她生出怜爱之情。我想起了一件事,说:"才哥跟我在二十八年前见过一面,关键是我参加酒会的前一天,刚好完成了一部长篇小说,而长篇小说里写的就是他弟弟和当年跟他弟弟私奔的那个女人。你喜欢说神奇,够神奇了吧,我写完他弟弟的第二天就碰上了他。我跟他都以为永远不会再见的。"

花猫说:"这次再见是给你的长篇画上圆满的句号。你的运气来了,所以你现在所经历的一切都很神奇。你要好好写啊。"

我说:"好。"然后想起打电话的本来目的,接着说:"早上我去便利店了。也够神奇的了,我侄女办的卡这就能取出钱来了。估计还是你来日本的时候花外币花超了。不过,谢谢你费了那么多心。"

　　花猫说:"跟我,你客气什么啊。"

　　挂了电话,我耸了一下肩膀,不由得嘟囔了一句:"神奇。"

海豚的鼻子

一

今天,二〇二一年一月十六日,是一太郎参加日本全国统一高考的日子。昨天晚上,我问他要不要我陪他去考场,他想都没想就拒绝了我。上午十点钟开始考试,但他要去的考场在新宿,从家里坐电车去的话,至少也要花一个小时。早晨六点半,我听到他房间里的闹钟在响。其实我早就起床了。说真的,平时我不大准备早餐,吃得非常简单,差不多天天都是面包和咖啡,不过今天的考试一定会酷使一太郎的脑子,而我听说大米中的糖类物质被分解成葡萄糖后,会全部供给脑细胞,成为脑活动的能源,所以一大早就焖了米饭,还煎了鸡蛋和香肠,还煮了酱汤。

一太郎一边看英文参考书,一边匆匆地吃了一口饭。我体谅地说:"不吃饭脑子会变得迟钝。"他看了我一眼,吃了一个鸡蛋。我又说："用不着紧张。"他回答说："吃得太饱会犯困，肚子饿的时候注意力比较容易集中。"

他的想法很奇怪，以我自己的经验来说，肚子饿的时候，抓心挠肝、心神不定。

上午八点四十分，一太郎说他要走了。平时我只在客厅里跟他说"早点回来"，今天无声地跟着他下楼，跟着他出门。他走了百米左右就左拐弯了。也许他看出了我的心思，拐弯时回头看我，跟我摆了一下手。明知道百米外他看不到我的表情，我还是微笑着冲他摆了一下手。然后，拐角处看不到他的身影了。

回到房间，我突然感到一阵心酸，眼泪控制不住地流下来。虽然是一大早，但朝阳洒在沙发上，房间很亮。我坐到沙发上，无声地哭了很长时间。为一太郎的成长流泪，这已经不是第一次了，我已经记不清有多少次了，但我清清楚楚地记着最早的那一次，是在他考上私立小学后，幼儿园举办的毕业典礼上。我记得我哭得特别厉害，抽抽搭搭的，几乎喘不上气来。最使我无法理解的是，之后的小学入学典礼，我竟然一滴泪水都没有流。还记得我很难为情，因为身边的妈妈们都在哭，我不该一滴眼泪都没有。

我有一个让自己平静下来的方法，就是大扫除，尤其今天阳光灿烂，春天般温暖，所以用吸尘器吸完地后，我就把家里的被褥全部搬到阳台上暴晒。但其间一直不断地看手机，怕一太郎突然有事会联系我。

昨天夜里我做了一个梦，梦见带一太郎到一个古代遗迹去玩，传说那里藏着很多宝，而宝藏至今也没有被人找到。只是梦中的一太郎很幼小,也就四五岁的样子。醒来时觉得不可思议,因为一太郎已经十八岁了,从他出生到现在,他出现在我的梦里,这还是第一次。

早上,一太郎出门的时候,我真想拥抱他一下,但是没敢抱,知道他肯定会拒绝的。十八岁的男孩子,实在不小了。中午,我觉得没有食欲,想凑合着喝点牛奶算了,冰箱里却没有牛奶了,但我也不想去超市买。房间里暖洋洋的,我躺在沙发上迷糊了一会儿。

二

有一句话说,入乡随俗,日本女人生完孩子根本不坐月子,该干吗干吗。还没等一太郎满月,只给他打了几项免疫针,我就带着他去公园了。

想不到在梅岛住了两年多,我竟然是第一次来以梅岛命名的这个公园。想不到又遇到了她。我跟她熟了以后,知道她嫁给了一个美国人,所以姓罗伯特。她儿子一看就是个混血儿,并且有一个特别好记的、听起来像中国人的名字,叫"健"。

那天天气不错,天空中有好多蜻蜓飞来飞去,我特别喜欢其中的几只红蜻蜓和蓝蜻蜓。蜻蜓的习性,只会向前飞,不会后退,正所谓勇往直前,于是被日本人视为"勇气"和"胜利"的象征。日本有一首童谣,由额贺诚志作词,平井康三郎作曲,名字叫《蜻蜓的眼镜》。

歌词如下:

"蜻蜓的眼镜是浅蓝色的眼镜,因为向蓝天飞走了飞走了。蜻蜓的眼镜是闪闪发光的眼镜,因为对太阳公公看着看着。蜻蜓的眼镜是红色的眼镜,因为往彩霞晚云飞走了飞走了。"

平时,当我感到颓废的时候,就唱这首歌。不过,并不是歌本身令我振作,而是我的想象令我振作。唱歌的时候,我会把自己想象成在天空中飞啊飞啊飞走了的某一只蜻蜓。

我生性胆怯,从来不敢主动跟陌生人打招呼。尤其我生一太郎的时候已经四十岁了,所以有人或许会把我看作一太郎的奶奶或者姥姥,不喜欢跟我做"妈友"吧。

除了蜻蜓,公园里还有好多跑来跑去的小孩子。小孩子的妈妈,或者爷爷奶奶在旁边跟着小孩子跑。推着婴儿车的只有我跟她两个人,不过,她的年龄不见得比我小多少。我偷偷地看她,碰巧她也在看我,目光相遇,她笑起来,亲热地问我孩子几个月了。我赶紧说三个星期。她高兴地说她儿子也是三个星期。我惊讶地感叹说:"啊,这么巧。"然后她问我姓什么,孩子叫什么名字,是男孩还是女孩,是否就住在附近。我一五一十地照实回答了。她说她也住在梅岛公园的附近,跟我算是邻居,以后肯定会经常见面,请多关照。

她说话的时候,一直是笑嘻嘻的,我的心情渐渐轻松起来。没聊多久,她再叫我的时候,不叫田口,叫"香奈儿",给我的感觉虽然亲切,但也令我觉得有点不太自在。这是真的。我在日本待了这么多年,她是第一个叫我"香奈儿"的人。虽然我觉得不习惯,但同时我忍不住想做她的"妈友"了。我也不叫她罗伯特,叫她"健的妈妈"。

以后的日子里,只要不刮风,不下雨,没有要紧事情外出的话,我肯定带着一太郎去公园玩。健的妈妈有工作,虽然不能天天来公园,但一周差不多也会来两三次。只要见了面,我们立刻就会凑到一起聊天。

三

转眼间,一太郎和健会走路了。一天,一个老妇人来公园,老远就冲着健的妈妈摆手,走到眼前后跟我也打了个招呼。老妇人的手里拿着几张粉红色的纸,随手给了我一张。健的妈妈跟我介绍老妇人,说她是"公文"教室的老师,到公园来是想发展几个新的学生。有一阵,我有一个可笑的印象,觉得老妇人找错了对象,心里希望她去小学的门口发宣传纸。我不敢直接对老妇人说,就对健的妈妈嘟囔了一句:"公园里的孩子们都是幼儿。"健的妈妈说:"公文教室更注重幼儿教育。"我看了好几遍宣传单,好几次欲言又止。不久,老妇人开始东张西望,然后说了句"想去秋千架那边转一转",就离开了。

健的妈妈问我要不要去幼儿教室体验一下。她说体验入学是免费的,还说现在的幼儿班只有健一个孩子。不过,我不理解这么小的孩子有什么必要去教室学习。我觉得自然是幼儿最好的教材,在自然中游戏,幼儿会用自己的眼睛去观察,用自己的耳朵去倾听,用自己的脑子去思考。举一个最近的例子,一太郎昨天就问我:"为什么那棵树的树叶有很多变黄了?"

我很为难,想拒绝,但不知道怎么说,恍惚了大半天,支支吾吾说出来的是:"可是,一太郎刚学会走路。"她打断我的话:"智力开发可是越早越好。"她说得也没错,我就是听信这句话,在怀一太郎的时候搞什么胎教，看名画，听经典音乐。怀孕的十个月，我把一辈子的音乐都听完了。她接着说："幼儿虽然不识字，但是用手抓，或者捏，以及东西的色彩和形状，都会带来身体和认知上的反射。"我苦笑着问："健有去教室吗？"她说："健从生下来的第二个月开始就去公文教室了。"我愣了一下，只说了一个字："啊。"

其实，这一次对话后的不久，她邀请我带儿子去她家玩了一次，到现在我也忘记不了当时所受到的冲击。我给儿子买的玩具是各种类型的车、刀剑和怪兽，而健的房间里几乎全是拼图、木琴和英语录像带等智能玩具。我问她为什么不给健买玩具车，还说男人的大脑在活动的时候，跟车轮的旋转很相似，几乎百分之百的男人都会喜欢车。她说她给健买过玩具车，但是健不喜欢玩。我吃惊地看健，健正在全神贯注地看电视，电视里放的是迪士尼系列动画，对话全部是英语。我问她健是否听得懂英语。她点头说听得懂，还说健的爸爸只用英语跟健对话。她想起我是中国人，建议我平时最好也用汉语跟一太郎对话。用她的话来说，家里有一个会说英语和汉语的人，是孩子们的"近水楼台"。我其实也尝试过用汉语跟一太郎说话，但他根本不搭理我。让一太郎学习汉语这件事，连老公也劝我不要勉强。他有一个根深蒂固的观念，认为只有将母语学好了，才有可能学好外语。事实上，后来我发现好多中国人的孩子都会说汉语，没有用汉语跟一太郎对话，一太郎不会说汉语这件事，已经成了我的一块心病，想起来就后悔得不得了。

我让她给我点时间考虑一下。回家后，我上网搜了一下幼儿去教室学习的意义，大致得出的结论是：人的大脑，从出生到四岁，属于急速成长期。五岁的时候，大脑的发展差不多会完成百分之八十五。而海马位于控制学习和记忆活动的中枢，主要负责形成和储存长期记忆，如果从一岁就开始锻炼的话，会刺激记忆力、思考力和判断力，使脑子成为聪明脑。

晚上，我跟老公说了"公文"教室和老妇人的事，转达了健的妈妈的意思。他说"公文"口碑很不错，反正也不花钱，不妨带一太郎去体验一下。

四

宣传纸上有教室的电话号码，我照号码打过去，老妇人听说我想带一太郎体验入学，高兴地约我们下午去教室。她告诉我教室就在梅岛公园侧门的对面。我想起忘记问她姓什么了，便赶忙问她，她说姓"渡边"。

我几乎没费什么事就找到渡边家了。住在我们这个区里的人，差不多都知道姓"渡边"和"牛入"这两家是坐地户，拥有很多土地，是所谓的大地主。但我还是感到非常意外，渡边家的房子实在太大了。渡边家的院墙上贴着的"公文"大海报，十分醒目。

老妇人，应该称渡边老师吧，带我跟一太郎进了她家的院子。原来不仅房子大，院子也大。院子里停了两辆奔驰牌轿车。一棵大树的下面盖了一栋简易平房，门上挂着"公文教室"的木牌，原来平房就是教室。

不出我的意料，走进教室的时候，我看到健的妈妈和健也在。

教室的东边有十张长桌。北边堆着很多智能玩具，比如塑料球、积木、有声挂图卡、英语视频机等等。健正坐在玩具堆里玩拼图。健的妈妈一看见我就微笑着说："你好啊。欢迎欢迎。"然后指着身边的地方让我坐。我一边让一太郎跟我一起坐下，一边小声地对她说："你好，谢谢你啊。没想到渡边老师家的房子这么大。"她抿着嘴笑。

今天的体验是音乐体操。渡边老师说一会儿要放幼儿体操曲《大象的哈欠》，嘱咐我跟健的妈妈要引导小孩子跟着她一起动手动脚。我跟一太郎看电视里的儿童节目时，经常听这个体操曲，歌词很简单，一开始重复唱十五次"手"，跟着重复唱十六次"脚"，再接着重复唱十一次"手脚"。

音乐叮叮咣咣地响起来，我、一太郎、健的妈妈和健，全都站了起来。平时我很少穿西装，所以觉得全身拘谨。随着音乐，渡边老师一边比画着手脚，一边对两个小孩子说："这是左手，这是右手，这是左脚，这是右脚，要跟着老师举手抬脚啊。"我不相信地看着健的妈妈，她只是冲着我笑，给我的感觉很暧昧。我想问她：渡边老师是否将左右搞相反了？但她的笑容令我欲言又止。

五

幼儿的注意力，能集中的时间真的比较短，因为一太郎对那些玩具更感兴趣，手脚动了不到两分钟，就跑去玩具箱那里，把装在里面的五颜六色的塑料球抛了一地。我觉得困惑的时候，健也跑过去凑热闹，教室里变得乱七八糟了。渡边老师先是自己跟一太郎和健商量,让他们回去做体操,两个小孩子也很听话,但是体操做了不到两分钟,又是一太郎先离开,跑去玩具箱那边玩,健马上跟着凑热闹。我不得不连连跟渡边老师道歉,她问我:"你能让一太郎安静下来吗？"

"玩具回家再玩,现在要跟着老师做体操。"我大声地对一太郎说,想镇住他,让他老实下来。他做出听话的样子,只老实了一分钟。我开始感到焦躁,因为一太郎的原因,健也不肯好好做体操,把时间糟蹋掉了。而健是正式学员,是要按小时交费的。说真的,我四十岁才有了一太郎,宝贝得不得了,所以大声吼他对我来说已经是很严厉的说教了。我打算换一种方式,就是哄一太郎。我自己也去玩具箱那里坐下,想跟一太郎玩积木。一太郎有一点好处,就是喜欢跟我一起玩。一旦我跟他玩积木的话,他应该马上安静下来。

没想到,渡边老师在这个时候走近我,用手指着教室门,说是让我带一太郎去外边反省一会儿。我再一次不敢相信地看着健的妈妈,她还是冲着我笑。

我带着一太郎朝门口走,感觉身体开始冒汗。这样的幼儿教室太缺少柔软性了,我想带一太郎回家。在教室的门口,我转过身子,微笑着对渡边老师跟健的妈妈说:"今天实在是对不起了,给老师和健添麻烦了。我想今天的体验就到此为止吧。谢谢了。"我以为我这么做会使渡边老师不高兴,但是她鞠了一个躬,笑着对我说:"好啊好啊,请慢慢走。再联系啊。"我也鞠了好几次躬,回答说:"好的,再联系,再联系。"

我忽然觉得自己很失礼。渡边老师让我带一太郎到外边反省一会儿,并没有恶意,或许也是一种有效的方法。不过今天毕竟是体验入学,知道一太郎不适合渡边老师的"公文"教室,也算了结了一件心事。在十字路口的红绿灯下,我用手指轻轻地戳了一下一太郎的头说:"你啊,真是个小混账。"

话说回来,如果不是因为健的妈妈,我根本不会想到什么幼儿教室。我是二十世纪六十年代出生的,不知道是不是因为家里穷的原因,别说幼儿教室了,连玩具都没有得到过。对我来说,弹弓、玻璃球、皮筋、粉笔就是玩具。我到现在还记得那些玩法,用粉笔在马路上画一些方格,几个人包子剪子锤子,赢者先跳进方格,赢得多的人先跳完那些格子。然后是跳皮筋、捉迷藏,还有翻墙爬树。那时候也不知道有电视这种东西,不去外边玩的日子,我会趴在床沿上画铅笔画。

也许因为体验不花钱,容易上瘾,很意外我开始自觉不自觉地留心家附近有没有其他的幼儿教室,还真发现车站附近一家教室叫"英才教育"。我马上就打电话预约了。

星期一,我带一太郎去体验入学。跟"公文"不同,"英才教育"的原则是不让父母跟孩子一起上课。自一太郎出生,我跟他一直都是形影不离的,所以回家后一直魂不守舍,干脆提早去教室的候客室等他。我不断地站起来去教室的窗前偷偷地窥视。我暗地里感到吃惊,原来我不在身边的话,一太郎看上去很乖,一点都没有捣乱的迹象,很听老师的话,跟其他的小朋友相处得也很和谐。

我领着一太郎慢慢地走在回家的路上,问他今天在教室"玩"得开不开心。他高兴地说"开心"。我又问他还想不想再去教室"玩"了。

我也不知道为什么,会认为一太郎去幼儿教室,不过就是"玩"。他使劲儿地点着头说"想"。我就什么都不再问了。这一次我也觉得心满意足,动了真心。

第二天上午,我去教室正式办理了入学手续。刚开始那几次,一太郎去教室的时候,我一个人在家里瞎转悠,照旧是魂不守舍,后来发现有一个年轻的妈妈,每次都在候客室等她女儿,于是学她在候客室等一太郎下课。刚开始交谈的时候,为了不弄错,我特地告诉她我是一太郎的妈妈。她姓西川,住在同一个区的舍人。舍人离教室挺远,她每次都是开车接送女儿。她长得很漂亮,大眼睛、细身。她女儿也很漂亮,也是大眼睛。她们母女总是穿得衣冠楚楚。对了,她女儿的名字很好听,叫结衣。因为名字是父母赠送给孩子的第一个礼物,日本人很重视给孩子起什么名字,甚至年年都会调查出排行榜,以新闻的形式在电视里报道。二〇二〇年日本女孩名字的排行榜,第一名是杨葵,接下去是凛、诗、结菜、结爱、莉子、结月、柚、澪、结衣。结衣排在第十名。

过了没多久,有一天,西川突然对我说:"这个星期,是我跟结衣来这个教室的最后一个星期了。"我很惊讶,想知道她为什么要辞掉这家教室。她对我解释说:"你知道,英才教育只是一般的智能教室。"看见我不理解的样子,她进一步解释说:"我打算让结衣考私立小学,那就必须去专门的升学考试塾,但升学考试塾的要求很严格,所以让结衣先来幼儿教室适应一下。"

也许没有人会相信,我还是第一次知道日本的小学有公立和私立之分。我来日本之前,从来没听说国内有私立学校。来日本后,在生一太郎之前，我从来没有关心过日本小学的事情。不得不承认，"私立"对我来说，完全是"新事物"。

我没有什么话可说，西川就滔滔不绝地说起来。她公公婆婆开公司，特别有钱，愿意拿出学费供结衣读私立小学。我一度打断她的话，问私立小学跟公立小学有什么区别。可能她没有料到我会问这样的问题，费了半天的时间才决定从哪些方面跟我解释。虽然她说了很多，但我还是回家后重新整理自己的记忆，加上网上检索，才搞明白了一个大致。简单地说，公立小学属义务教育，免学费，只交教材费和午餐费。私立小学不属于义务教育，学费由各校自己决定，此外还要交考试费和学校赞助费。公立小学的老师是公务员，而私立小学的老师是采用制。按照西川的说法，她之所以肯花钱让结衣上私立小学，是因为公立小学的学业水平不高，学风也令人担忧。她举了两个例子，比如欺负人，比如旷课。再说日本是九年义务教育，初中毕业时面临高中入试，而私立学校通常是小、中、高一贯制，不用中途换初中，也可以免去高中入试的干扰。尤其像庆应、学习院等大学附属小学，因为可以直升大学，真可以说是一次小学入学考试就将终生都定下了。

最引起我注意的，是"欺凌"和"公立的学业水平不高"这两个问题，还有就是私立学校的孩子们，在学期间可以把相当多的一部分精力，放在自己的兴趣上。但我没有时间做更多的考虑，因为西川已经开始说起升学考试塾的事情了。她告诉我，东京最有名的小学升学考试塾是"佳库"。在"佳库"众多的分校中，御茶水分校的实绩最突出。最后，她遗憾地表示，可惜她决定报名的时候，御茶水分校已经满员了,离她家比较近的分校,只剩下川口分校还有两三个空缺。

我立刻焦虑起来,心跳开始加速。我想知道川口分校的电话号码。西川给了我电话号码后,嘱咐我说:"如果你也想给一太郎报名的话,最好抓紧时间,估计这两天就会满员了。"

六

去川口要换两次车,所需时间为五十分钟。我让老公陪我跟一太郎一起去,他没有拒绝。不过,他的样子看起来并不是特别热心,昨晚让他给塾打电话预约体验入学的时候,他对我说:"跟家庭的经济条件无关,跟天赋无关,孩子们接受无差别的教育,这种特性并没有什么不好。"我没有理会他。我想他作为父亲,更应该考虑一太郎的未来。尤其他是日本人,好多我不懂的事他应该懂,关于私立小学,应该是他先告诉我才对。

找路花了点时间,我们到塾的时候,教室里已经坐着十五个小孩子了。我吓了一跳,因为在小孩子们的后边,妈妈们排成一列坐在幼儿用的小椅子上。妈妈们都穿着藏青色或者黑色的衣服。我一眼就看见了穿着黑色毛衣的西川。而我穿了一件粉红色的毛衣,显得格格不入,真想有一个地缝可以钻进去躲一下。

第一节课是让孩子们轮流唱童谣《伊吕波歌金平糖》。说起金平糖,其实是从葡萄牙传到日本的小颗粒砂糖,本来是舶来品,现在却成为日本传统的和果子之一。《千与千寻》中,小玲撒给煤屎的食物,就是金平糖。最近成为社会现象的《鬼灭之刃》中,灶门祢豆子喜欢吃的食物,也是金平糖。五颜六色的金平糖,表面一闪一闪的,像小小的烟花,也像小星星,让看到它的人感到不可思议。很多人是因为金平糖好看才想要吃它。在日本,几乎所有的小孩子都知道金平糖。

伊吕波歌,第一个登场的就是金平糖,所以孩子们从金平糖开始接龙。

第一个唱歌的是最先举手的小男孩,他戴着一副深度近视眼镜。他两眼看着老师唱:"伊吕波金平糖,金平糖是甜的,甜的是砂糖,砂糖是白色的,白色的是兔子,兔子是蹦蹦跳跳的,蹦蹦跳跳的是青蛙,青蛙是绿色的,绿色的是妖怪,妖怪是消失的,消失的是电灯,电灯是发光的,发光的是爸爸的秃头。"

之后的孩子们,有的由兔子联想到跳蚤,有的联想到小鹿,或者袋鼠。轮到一太郎了,他大概是紧张,沉默了好半天也不开口。老师引导他:"伊吕波金平糖。"他结结巴巴地跟上来:"金平糖是彩色的,彩色的是彩虹,彩虹是天空,天空是蓝色的,蓝色的是大海,大海……"他打住了,看起来有点难为情。

老师使劲儿鼓掌,说大家唱的都是原歌词,但一太郎却脱离了原歌词,唱出了自己的想象,简直就是想象力丰富的艺术家。一太郎的表情柔和起来。我很兴奋。

休息的时候,我偷偷地对老公说:"孩子们唱的都是原歌词,但一太郎唱的却是他自己的想象,我怎么没有发现一太郎有这种天分呢?"他立即回答说:"因为你从来没有教一太郎唱过儿歌,一太郎没有唱过《伊吕波歌金平糖》,怎么会知道原歌词呢?"我觉得他是在埋怨我,不高兴地找碴儿说:"我是中国人,不知道有金平糖儿歌,你是日本人,你为什么不教啊?"他看了我一眼,犹豫了一下说:"一会儿回家的时候,我们去书店买一些儿童CD,不用我们教,放CD给一太郎听就好了。"我生硬地回答说好。

真难相信,当我跟一太郎在公园里追赶蜻蜓的时候,另外一些孩子却在教室里开发智商。同样使我惊奇的是,一太郎叫我"妈妈",但其他的孩子则称"母亲"。虽然这种一本正经的母子关系令我觉得滑稽,但我就是笑不出来,因为孩子们的言行中,没有丝毫令人觉得勉强的地方。塾里有一种特殊的气氛,跟孩子们叫"母亲"很协调。让我举几个例子来说吧:孩子们穿的衣服一律是白色或者藏青色的;孩子们上课时的神情都是聚精会神的;妈妈们说话时都轻声细语的;下课的时候,孩子们一律站在妈妈身边,鞠九十度的躬跟老师说再见,然后静悄悄地离去,没有一个人乱跑或者吵闹。幼儿们通常都有的喧嚣,这些孩子的行为里却统统没有。是的,从妈妈到孩子,都是仪态不凡的。

七

塾长很和气,问一太郎是不是紧张了,还说再来几次就不紧张了。入塾手续很简单,不过是填写几张表格而已。问题是塾长要我跟老公决定选几个科目。一共有五个科目,分别是解答、制作、体操、听力向上、集体行动。看出我的犹豫,塾长盯着我的眼睛说:"今天来上课的小朋友们,比如那个戴眼镜的洋平君,还有个子最矮的晃一君等,都是一年前就来这里学习了,从开始到现在,他们一直是选五个科目。考私立小学要做出很大的努力，因为，学校在选择学生的时候，不光是看答卷的分数，还看集体行动时的表现以及制作时的想象力等。"

老公问我选几个科目。他当着老师的面这样问我，无疑是在为难我，但我掩饰住内心的不快对老师说："请给我时间让我考虑一下。"

塾长说："本教室只剩下最后一个名额了，最好在明天能给一个明确的答复。"

我想解释我所说的"考虑"，是考虑选几个科目的问题，入塾这事已经决定了，不需要考虑了。但是我只回答说好。

今天我们体验了所有的科目。关于时间上的安排，上午两个，下午三个，每个科目是一个小时。科目跟科目之间有十五分钟的休息时间。午休的时间比较长，有将近一个半小时，其间我们一家人在塾附近的拉面店吃了午饭。离开塾的时候，天已经完全黑了。我看了看手机，时间是晚上八点十五分。跟老公和一太郎走在路灯下，看着地面上不断晃动着的影子，一时间，我竟感到困惑起来了。让一太郎入塾，会不会是我的一时冲动呢？一太郎有必要从小学就上私立吗？昨天跟朋友说起这件事，想听听他人的意见，但朋友立刻就表示反对，按朋友的解释来说，就是将来走上社会后，通常被问的"是哪所大学毕业的"，不可能被问"是哪所小学毕业的"。我觉得朋友不理解我，我在乎的不是学历。但是，私立小学真的就不存在一点问题吗？

停车场很近，走三分钟就到了，坐到车椅子上，疲劳感突然怒涛般袭来，年龄过了四十岁，动不动就觉得疲劳。我不想说话。老公问一太郎饿不饿,因为一太郎回答说"饿了",他就把车子开得飞快。我对他说:"已经这么晚了,不差你赶出来的几分钟,安全第一,绝对不可以超速啊。"这时我突然想起了一个上海女人,她女儿就是从小学开始上私立的,于是给她打电话,她马上就接了。我说我也在考虑让一太郎上私立小学,希望她告诉我私立小学给她的感受。她回答得很干脆:"非常安心。有很高的哲学理念。教育多元化。孩子不仅仅学到知识,还学会如何做人。"

我觉得腰痛,想埋怨塾里为妈妈们准备的椅子太小,又怕话说得太多影响老公集中精神开车。心思转到选科目的事,我不由得再次纠结起来。我当然也想选五个科目,但一个科目是三万日元,五个科目就是十五万日元。在日本,大学生毕业后,第一年的工资差不多是十八万日元,但扣掉各种税金和保险,拿到手的钱也不过就是十五万日元左右。还有,以我现在的年龄和体力,一周要陪一太郎去两天塾,一天要坐八九个小时,身体受得了吗?

晚上,儿子睡觉后,我跟老公坐在客厅的饭桌那里,手里都捧着一杯咖啡,他瞅着我,我瞅着他。我说想听听他的意见,他却让我做决定。他永远都是这个样子,跟家有关的事,无论里外,无论大小,他从来不会做出任何决定,永远是这句话:"你来做决定吧。"我喝了一口咖啡,沉默了一阵后问他:"加上幼儿园的费用,每个月,光是教育费就需要二十万日元,我没有工作,靠你一个人赚钱,你觉得有没有问题?"他说没问题,还表示会努力赚钱。我了解他这个人,他只看眼前,从来不看过去,也不会展望未来,所以我也不太把他的话当回事,但我遇到问题的时候,一直都会征求他的看法。他有没有看法不重要,重要的是两个人的意见一致,我可以义无反顾地做决定。

仔细地研究了家里的存款和花销,以及老公的现有收入,在睡觉前,我对老公说了我的决定:"我们可以自己买一些画纸什么的,在家里教一太郎制作或者画画,再说幼儿园也教孩子们制作,所以制作就不选了。还有集体行动,一太郎上幼儿园这么久了,从来没有惹是生非,幼儿园本身就是集体,所以集体行动也不选了。"他想都没想就说"好"。我拜托他明天给塾长打电话,他突然对我说:"你知道塾长是中国人吗?"我怔了一下,问他是怎么知道的,他说是塾长自己说的。我没有听到塾长说这样的话,一定是交谈的时候,我一心只想科目的事,忽略了。不过塾长的日语说得那么好,丝毫感觉不到是外国人,我想她一定是华侨二代吧。在日本出生并长大的孩子们,即使身上有中国血统,差不多也可以说是地地道道的日本人。一太郎还是个小孩子,但我跟他说话也有类似的感觉了。打一个比喻来说的话,跟一太郎对话好像打乒乓球,我打直球,他打挡球。怎么说呢?他在表示意思的时候,总是要拐好几个弯。就说上个月他想去北海道滑雪这件事吧,直接告诉我想去滑雪就行了呗,却拐弯抹角地问我:"记不记得去年去北海道滑雪时培训老师说的那句话?明年再来练习一次的话,就可以拿到段位了。"

八

老公给塾长打电话说:"因为一太郎是第一次入塾,所以呢,如果一下子就选五个科目的话,他妈妈担心突来的压力会导致他厌恶学习。他妈妈想让他先适应一下,也就是说,一开始,先选三个科目,至于制作和集体行动,想他适应了以后再考虑。"

我在旁边冲着他点头,意思就是他说得好。扬声器里传出塾长的尖嗓门儿:"啊,我当然很理解做妈妈的心情,但是,以我多年的经验来说,虽然父母担心孩子的承受力,但孩子们的承受力其实是很有弹性的。"老公犹豫了一下,用眼睛看我,我将右手的食指竖在嘴上,于是他"嗯"了一声。塾长一直说下去:"就以绘画来说吧,学校招生的时候,看的不是画得好坏,而是看画里有没有好奇心、想象力和表现力。再说集体行动,不要以为集体行动只是看孩子有没有协调性,学校要的是在集体中会闪闪发光的孩子,有号召力和领导力的孩子。"

老公一直说:"是这个样子啊。是啊。"

我的心觉得痒痒的时候,塾长说:"再说了,别的孩子选的都是五个科目,只有一太郎选三个科目,这样一太郎会比其他的孩子提早两个小时回家。您知道,一太郎提前离开教室,我们做老师的,会觉得寂寞。"

我以为老公会"啊啊"下去,谁知道他突然说:"啊啊,我知道老师的心情了,好吧,我跟一太郎的妈妈商量一下,基本上就定下五个科目吧。"他跟我做鬼脸,我想话已经说到这个份儿上,也不好意思再推辞了,就朝他点了点头。他马上对塾长说:"啊啊,不需要商量了,就在这里决定了吧,选五个科目。"放下电话,他兴奋地对我说:"塾长说一太郎提早回家的话,老师们会觉得寂寞。"

我一点也笑不出来,也懒得跟他解释什么,但科目已定,心中的纠结消失了也是事实。仔细想想，虽然多选两个科目要多花很多钱，但只要在其他方面节省一下，这笔钱也不是拿不出来。找立刻想到冬季去北海道滑雪的事，大概要令一太郎失望了。反正，无论选择哪一方，钱最终都是花在一太郎的身上。

对于一太郎来说，新的生活开始了。平常的日子去幼儿园，周六和周日就去川口教室。正式上课的第一个周末，我坐在最靠边的位置上，本来想读一本日本作家写的小说，但文字翻译得太差。有时候，翻译不好的话，真的会将原作糟蹋得一塌糊涂。书读不下去，我开始看老师给孩子们上课。老师在挨个儿问孩子们早上吃的是什么东西。洋平第一个举手，说早上吃了面包，还喝了橘子水。晃一的回答跟洋平一模一样。接下去是一个名字叫夏月的小女孩，长得又瘦又小，看上去黄不拉叽的。今天她妈妈给她扎了两条小辫子，给我一种楚楚可怜的感觉。说真的，不知道为什么她妈妈却长得很漂亮，面颊粉红粉红的，经常笑嘻嘻的，充满了朝气。夏月说她早上吃的是面包，喝的是茶。没想到大家的早餐都这么简单，我暗自希望一太郎能够举手，但他到最后也没举手，是老师主动叫了他的名字。他说他早上吃的是面包，喝的是橙汁。我感到一阵冲动，虽然他说得没错，他早上吃了面包，也喝了橙汁，但是他没有说他还喝了酸奶，吃了迷你西红柿和荷包蛋。我叹了一口气，再一次意识到，一太郎生活的大环境是日本，他在骨子里是一个完完全全的日本人，这么小的年龄，已经知道迎合团队，避免标新立异了。日本人不喜欢自己跟他人不一样。

老师说："从明天开始，早餐最好加点蛋和酸奶什么的。"

我看其他的妈妈,每个人的脸上都没有表情。也许其他的孩子跟一太郎一样,因为洋平说了面包和橘子水,都跟着说了面包和橘子水。

九

日子一天天过去,很快到了幼儿园的夏休时期。夏休很长,从七月中下旬开始,到八月末,算算有四十多天。七月初,塾长给家长们发资料,是关于夏休期间开设的几个集中讲座。我让老公看资料,问他怎么想。偶尔他也会表示一下态度,说如果我不想参加的话就不参加。我说入塾时少两个科目塾长都说寂寞了,虽然不能参加所有的讲座,但怎么也得意思一下。他让我做决定。我说:"这个夏休,我打算去夏威夷旅行,冬天就不去北海道了。"我让他给塾长打电话说这件事,他歪了一会儿脖子,表情怪怪地说:"这种事,还是女人出面比较好。你又不是不会说日语。如果你说了而塾长坚持要一太郎参加所有讲座的话,那时候我再出面交涉。"

周末,最后一节课结束后我去塾长那里,告诉她这一次夏期讲座只能参加七月中下旬的那一个。不等她问我为什么,我马上说已经跟旅行社预订了去夏威夷的机票。我说的是真的。老公在出版社工作,出版集团在夏威夷有一个疗养所,离威基基海滩很近。我跟老公第一次去海滩游玩的时候,成群结队的、不断跃出海面的海豚,给我留下了深刻的印象。我觉得,能够在威基基海滩观赏海豚,是一生中值得体验的经典项目之一,无论如何都得让一太郎感受一次。对大多数的日本人来说,夏威夷是首屈一指的度假胜地,是一生中一定要去一次的地方。不知道是否跟这一点有关,塾长听到"夏威夷"三个字,立刻笑盈盈地对我说:"去夏威夷啊,太羡慕了,尽情地去玩吧。"我一声不响地看着她,不知道为什么有点泄气。为了这次对话,我可是准备了好多腹稿啊,但完全没有用武之地了。

我带一太郎打算离开的时候,塾长突然叫住我:"夏休结束了,不仅孩子要努力,做妈妈的更要努力了。"

参加考试的是一太郎而不是我,我觉得困惑,不知道"做妈妈的努力"是指什么,但今天我的心情很好,至于夏休以后的事,夏休后再说吧。

从夏威夷回日本不久,塾召开家长会,我让老公陪我参加。塾长的开场白很长,说私立小学很多,但家长对孩子的未来抱有什么样的期待,决定一个家庭的教育理念,选择学校的时候,无疑最重视的就是教育理念。反过来也一样,学校也选择跟自己的教育理念相同的家庭。从这个意义上说,报考愿望写得好坏,直接关系到孩子是否能够被学校录取。

塾长让我们抓紧时间写报考愿望,并要求我们写好后交给她审阅,她通过了才可以用来报考。埼玉县的私立小学,比东京的私立小学早一个月开始考试,所以志愿书必须在一个星期之内写好。我对一太郎的未来没有太大的期待,只要他健健康康、快快乐乐,并且不愁吃穿就满意了。让我想什么教育理念,真是觉得头都变得大起来了。

感到坐立不安的时候,塾长说到了参加学校说明会的重要性,她举的一个例子让我挺直了身子。一个妈妈在入学后的庆典上跟校长问好，校长说知道她，因为她带孩子参加学校说明会时其乐融融的样子，给学校的老师们留下了深刻的印象。据塾长看，孩子被学校录取这个事实，肯定跟母子参加学校说明会时的样子有关。我反复在脑子里想象母子其乐融融的情形，莫名其妙地感到一丝空虚。

塾长还说到了志愿书用的照片和面试服装。看过日本电影《如父如子》的人，可能知道里面有一个面试的片段。所谓面试，就是学校想通过表达和礼仪，了解一下父母的修养以及孩子的情商。面接的那天，为了给学校统一感，一家三口一定要穿正装。私立小学的正装色调是藏青色。小孩子的定番是白衬衫、白袜子、藏青色的毛背心、藏青色的短裤、黑皮鞋。青白两色给人的感觉非常洁净清爽，别有一番气质。

好多事我都跟不上趟儿，比如照片的事，我以为随便去一家照相馆给一太郎拍一张就可以了，但西川告诉我，报名用的照片除了本人的单独照，还要家族合影，不能去普通的照相馆，要去伊势丹照相馆。我想知道为什么。她说伊势丹照相馆专门拍私立小学入试用的照片，很讲究背景，甚至连每个人站的角度和位置都有设定。她感叹地说："所以收费相当高，是普通照相馆的几倍。"

家长会后我觉得很累，回家的路上一句话都不想说。觉得能喘上气来的时候，我对老公说："当初只想英才教育，不知不觉上了考私立小学的这条船，现在的感觉，好像是齿轮上的一个零件，身不由己，只能跟着齿轮转动，脱不了身。"他只是从方向盘上面的小镜子里看了我一眼，没有回话。我想他是不知道怎么跟我说这件事，但有一件事我想我应该跟他说一声。

我说："已经花了一百多万日元了。"

"这个时候不能想钱的事。"

我说："嗯，不是钱的事。现在想钱的事反而不划算。"

"也不是划不划算的事。"

"花了这么多的钱和精力，万一考不上的话……"我有点尴尬，说不下去了。

"学习是一码事。考上考不上是另外一码事。一太郎的身上，还是发生了很多明显的变化。"

"嗯。我也感觉到了。"

我想起前几天发生的一件事。幼儿园带孩子们去合宿，晚上睡觉的时候，每个人的钱包按房间由旅馆统一保管，第二天出发前再由旅馆还给各个房间。听一太郎说，六个人的钱包放在一个盒子里，他是最后一个取钱包的，其间刷牙、洗脸、上卫生间等，用钱的时候发现我给他的零花钱少了一千日元。我想打电话给老师说这件事，但被他拦住了。他对我说："六个人一个房间，拿走我钱的人只有一个人，如果跟老师说了，会给另外五个没有拿钱的人添麻烦。"我说："可是，老师应该知道发生了这样的事。"他回答说："反正我记住了一点，并非所有的人都是我的好朋友。"我没说话，因为非常感动，觉得他小小的年纪竟有很大的胸怀。丢钱的事就那么算了。

老公突然问我家里有多少存款。我看着车窗外，告诉他有两千多万日元。他做出吃惊的样子对我说："两千多万日元，连一太郎上大学的学费都够了，不知道还担心什么。"

我说:"但是,房子的贷款还没有还完,也不知道老后能不能拿到年金,手里总要有一定程度的存款吧。"

老公打断我的话:"你想得太远了。"

日本少子化和高龄化的问题越来越严重,想象一个年轻人要负担两个老人,连我也对老后的生活充满了不安。话说回来了,结婚这么多年,他还是第一次问我家里有多少存款,所以呢,他也不是什么都没有考虑。快到家的时候,我突然冒出了一句话:"老了我可不想给一太郎添麻烦,觉得自己是累赘了,我就去养老院。可是,养老院没有钱也进不去啊。"

"你又在胡思乱想了。"

我点了点头。为什么最近我在花钱的时候,总是会想到老了以后呢?

十

给西川介绍的伊势丹照相馆打电话,被告知是预约制,我将日子定在了一个星期以后。面试时需要的藏青色系列,比如套装、木屐以及手提包等,我想去伊势丹照相的那天就在伊势丹服装店里买。我决定先写报考志愿书。

我在电脑前坐了好几个小时,脑子里虽然有一些想法,就是一个字也打不出来。我去阳台站了一会儿。站在阳台上能够看到世界最高的电波塔——晴空塔,但不知道是什么原因,从阳台上看晴空塔,根本感觉不到它其实非常非常高,竟然有六百三十四米。也许是因为我家的阳台离晴空塔比较远,中间被一些楼房遮住,能看见的,只是一部分塔尖而已吧。

街对面有一个仓库,天气好的时候,有两只流浪猫在库顶晒太阳,几乎天天都能看见它们,但今天却没有来。没有那两只流浪猫的仓库真不好看。

我认识一个叫明艳的南京女人,有一个比一太郎大九岁的儿子,跟老公离婚后,她带着儿子去上海生活了一段时间,后来投奔在美国的弟弟,再后来因为跟一个日本男人结了婚,前不久带儿子又回到了日本。她儿子今年考高中,也许她知道志愿书怎么写。打电话问她,她亲切地对我说,虽然志愿书是她儿子写的,但是她知道主题是什么。她说她儿子写的主题是爱,这使她非常感动。我大约猜得出她感动的原因。她现在的老公虽然一直跟她很相爱,但曾经就是不肯跟她结婚,没想到假期去美国看望她时,跟她一起去教会听宣讲,当场醒悟所谓的幸福即是"爱",而"爱"需要有"家",于是当机立断决定跟她结婚,并在回日本前举办了婚礼。

我谢了明艳,心里觉得她所说的"爱"的主题不太适合自己的想法,于是决定自己在网上查一下。网上也许有什么好的例子可以参照呢。令我惊讶的是,例子虽然没有找到,但却了解了一个事实。原来私立小学并非交得起学费就可以入学,除了家庭要看学校的教育理念,学校也要看家庭的背景,具体说,就是现有的生活方式和价值观。

吃过午饭,我对自己能写出报考志愿书的事感到绝望,干脆伸直了两腿坐到沙发上看窗外。无论我多烦恼,天空的颜色依然很蓝,云也依然慢悠悠地游动着。我喜欢蓝天,遇到不开心的事,会躺在公园的草坪上看天,感觉心思慢慢地舒展,自己成了蓝天的一部分。

不知不觉中,我的心一点点地静了下来,于是给老公打电话,把整理好的三个理由说给他听:一是对学校教育理念的理解;二是小中高一贯可以减轻孩子考初中和高中的压力,有精力做自己喜欢的事;三是我不信任地区的公立学校,觉得那里不仅学力低下,甚至会有欺凌等问题。他问我是不是在跟他开玩笑。我说我没有开玩笑,是真的想不出其他理由了。于是他建议我二和三都不要写,只把教育理念那一点写具体就好了。我让他举例说明怎么个具体法。他沉默了一会儿说:"我家注重的是孩子的身心健康、礼仪,以及持续不断的努力。在参加贵校的说明会时,校长的独立自尊的办学理念,给我们留下了深刻的印象和感铭。我们从心底深处希望孩子能够在贵校接受教育。"我说:"啊,你说得真好! 至于独立自尊,这是哪所学校的教育方针啊? "他没有回答我,还在接着说:"关于一太郎,最好举一两个例子。比如幼儿园举办跳绳大会时,一太郎天天练习,一开始只能连续跳十次,但最后竟能够连续跳上百次了。这种挑战精神可以表现一太郎的长处。"我问他说得这么具体,是不是已经决定让一太郎考哪所小学了。他否认,说只是随便举了一个例子而已。说到给一太郎报考哪所学校,他认为关键在于一太郎高中毕业的时候,我是希望一太郎考自己想去的大学,还是希望一太郎直接升到我们为他安排的大学。我问他有什么区别吗。他回答说:"区别太大了。希望前者的话,我们可以选择有考试实力的学校。希望后者的话,我们可以考虑大学的附属校。"

实际上,男人跟女人在思考问题的时候,出发点真的有所不同。我工作的时候,感到最痛苦的就是早晚的满员电车,跟冲锋陷阵差不多。我对老公说:"早晚的电车那么挤,一个小学生站在大人的腰间,恐怕连喘气都会费力。我希望一太郎去学校的时间能保证在一个小时以内。"他说如果仅仅是考虑学校跟家的距离,根本用不着苦恼选什么学校了,因为从我们家出发,一个小时以内能到的小学,只有埼玉县的创知和北区的国际圣迦小学了。说到国际圣迦小学,我高兴地喊起来:"明艳的儿子也考国际圣迦高等学校呢。"

我打算就照着老公刚才说的样子写报考志愿书。放下电话,我轻轻地吐了一口气,觉得完成了一件很大的事。

十一

明艳来电话,说她决定让儿子同时考学艺大学的附属高等学校。她解释说,学艺大附属是国家出钱办的实验学校,属于国家的教育大学的附属机构。从小学到初学,到高中,各种先进的教育方法和教学内容,会先在国立学校做实验,成功后再向全国的公立学校推广。国立学校出来的孩子,最大的特征就是自主性。她说了一大堆,我一直很认真地听。不过,刚开始我只在意"国家""实验""自主性"等名词了,后来,她突然对我说:"不用花自己的钱,有日本政府出钱让孩子就读最好的学校,世上没有比这更好更便宜的事情啊。"

明艳让我好好考虑一下,最好给一太郎也报考国立小学。我说好。不过,有一个事实,虽然我知道日本有国立大学,我自己就在日本的国立大学学了三年的硕士课程,但竟然没在意日本还有国立小学。另外,我也希望不花钱就可以让一太郎就读最好的学校。人的欲望真的是无止境的。

我谢了明艳,赶紧挂了电话,接着兴奋地给老公打电话,问他怎么不告诉我除了私立之外,一太郎还可以选择国立小学。想不到他长长地"啊"了好几声,听起来有些激动地说,国立小学很难进,因为是抽签加考试制,拼的是运气和实力两个方面。也就是说,运气好的孩子才能抽中签,才有机会参加入学考试。他还说国立小学对孩子的要求跟私立不同,要在日常生活中有超常的自理能力。他举了好几个例子,比如会自己系解衣服扣子,会自己打领带,会自己叠衣服,等等。他还说,明艳的儿子如果能够考进国立高中,头脑一定相当聪明。最后,他补充说,即使一太郎运气好进了国立小学,如果跟不上趟儿的话,高中时照样会被学校甩出去。

好多事情都来不及整理,我的脑子里一片混乱,但无论如何我都想让一太郎试一试国立小学,说不定一太郎的运气好呢。我问老公:"学艺大学附属小学的抽签还来得及吗?"他说来得及。我让他马上去抽签,他说他可以照办,但是竞争非常厉害,而且入学后的竞争也非常厉害。我对他说:"那也要先试试看。"

周末去川口教室,午饭的时候,我带着一太郎跟西川母子一起去路口的意面店。一边吃一边聊天,我说起了国立小学抽签的事,想不到西川这样对我说:"我们家从头到尾都没有考虑过国立小学。"看到我很惊讶,她接着说:"我们家考虑的是私立大学的附属小学,比如圣心女子学院,再比如国际圣迦小学,都是教会学校。国际圣迦小学的口号是'好好学习,好好玩,好好祈祷',能够想象出孩子们在学校里舒展自由的情形。而且孩子不用考高中和大学的话,就可以将部分时间和精力放在自己的兴趣上。"说到国立小学,她的想法跟我老公差不多,也说即使运气好考上了,在学期间还是离不开课外补习班,因为高中考试没有抽签制,而且那些从小学就入学的在校生也要参加考试,能够留下来的孩子和新考进去的孩子,拼的都是自己的实力。她以一太郎为例,说即使一太郎考上了国立小学,但为了将来竞争很激烈的高中考试,还是要坚持不断地上课外补习班,而且不保证肯定能留在国立高等学校。虽然国立小学的学费相当便宜,但课外补习班的学费,跟私立小学的学费也差不到哪里去。

说真的,西川的话多少打动了我。一太郎性情温和,可能真的不适合那么激烈的竞争。我现在的心情是:可能的话,我希望老公能够抽中签,但即使抽不中,似乎也无所谓了。

回教室的路上,一太郎跟西川的女儿保持着微妙的距离。西川的女儿很文静,与我的目光相遇时会笑,很可爱。我莫名其妙地跟着她妈妈,从"英才教育"跑到"佳库"的川口教室,在国立和私立纠结不清的时候,又是她妈妈把我的混乱思绪归了档,想必我跟她妈妈之间有着所谓的"缘分"吧,至少我对她们母女的亲近感又增加了很多。

十二

照相时间约在正午十二点,但我跟老公和一太郎,十点钟就到了伊势丹百货大楼。照相馆在十楼,我们先去三楼,三楼有很多女性服装专柜。从左到右,我们一个不落地看遍了所有的柜台。老公问我:"决定买哪一套了吗?"我不说话。他又说:"已经十一点了,如果不马上决定买哪一套的话,一会儿照相的时候就没有合适的服装了。"

我带他回到一家叫"Aquascutum"的店,指着一套藏青色的西服套裙让他看。他说:"这套套裙很不错,里面是连衣裙,赶上天气高温的话,外边的上衣可以脱下来搭在手臂上。"我本来的意思是让他看衣服的价格,等着他说"太贵了"。这时候,年轻的店员微笑着走过来,向我们介绍这套套裙,说套裙注重的是传统格调,给人的印象是"凛而不失温柔"。我看上这套套裙的理由被她用简单的一句话就概括出来了。

看见我用手帕擦额头上的汗,老公问我:"这么好的衣服,你还在犹豫什么啊?"

我小声地说:"十万多日元,太贵了吧。"

"Aquascutum 是名牌啊。"

我说:"对,但是……"

"但是什么啊,如果你再犹豫下去的话,考试用的照片就拍不成了。"

有一瞬,我想干脆买一套普通的、便宜的藏青色西装算了。但是,我很快又想到,在考私立小学这件事上,我已经投资好多钱了啊。一想到这一点,我又不甘心在衣服上凑合了。

老公催问我:"怎么样?"

我一时语塞,过了几秒钟,默默地拿出信用卡交给了店员。出店门的时候,店员大声地喊"谢谢",但我根本没有心情跟她客气,生硬地对老公说:"一套十几万的衣服,也许只能穿两三次,顶多加上今天拍一次照片而已吧。"

老公说:"你能不能不要老是考虑钱的问题,一太郎能顺利考上私立小学才是大事。"我"嗯"了一声,一声不响地跟在他的身后。对于我来说,最初满脑子想的是一太郎的学习环境,结果没料到会有这么多的地方需要花钱,需要花这么多钱。今天,为了买这套衣服,我费了多大的力气啊。他又说:"私立学校的代名词就是花钱。我同事有三个孩子,三个孩子都上私立。同事住在埼玉县,那天我跟他谈起一太郎考私立的事,他说他在三个孩子身上花的教育费可以在东京买一栋豪宅了。考私立需要相当的觉悟,不能因为花钱就妥协的。"

说真的,老公的话,听起来容易做起来难。有一件事我一直难以启齿,有时候,我会后悔选择了让一太郎考私立小学,但又不能跟任何人说,说了等于在作弄一太郎。我有点讨厌我自己了。

进照相馆的时候,还差五分钟就十二点了。我去化妆间换好刚买的套裙,顺便补了补脸上的妆。我自然是想到了,口红不能太艳,要接近于自然。

先拍一太郎的单人照。一太郎的样子很紧张,也难怪他紧张,置身于灯光下,突然间被不认识的人盯着,告诉他身体要这么站,表情再明快一点。

拍家族合影的时候,照相的男人让我跟老公一左一右地坐在椅子上,让一太郎站在中间。各就各位后,男人让我微笑,还特地解释说不用露牙齿,抿嘴角就好了。

照相的男人让我们一起浏览电脑里的照片。一太郎的单人照拍得很好,我跟老公都挺满意的,但是店员问我:"要不要将孩子的两个嘴角往上挑一挑?"我惊异地问:"能挑吗?"他动了几下鼠标,一太郎的嘴角一下子变成上挑的了。他说:"看起来明快了很多吧,不笑但却能够感觉到笑意。"从某种意义上说,我觉得在看一场制作,锦上添花,很有趣。老公说:"的确,一太郎的表情变了,给人的感觉既明快又可爱。"

浏览家族照的时候,我觉得脸上的肉看起来多了点,也许照相的男人也意识到了这一点,轻轻地动了几下鼠标,照片上的我的两只眼睛,就摆在一张很匀称的鸭蛋形脸上了,看起来比真实的我年轻好几岁。老公面颊上的皱纹引起了我的注意,但他和照相馆的男人似乎并不在乎,我想也就算了。

付钱的时候,我的心又痒痒了一阵。单人照加上家族照,加上CD盘,一共花了三万多日元。钱像水一样哗哗地流去。不过,衣服有品,照片里的人好看,货真价实,从这个意义上来说的话,钱也没有白花。

十三

进入十月,日本开始流行病毒性感冒。这种感冒极具传染性,所以患者在得到医院的康复证明书之前,按照规定是不可以上班上学的。西川早早给女儿打了疫苗,还找借口跟幼儿园请了一个月的假。我学西川的样子做,赶紧给一太郎也打了疫苗,但觉得一下子请一个月的假太张扬,于是三天两头地给幼儿园打电话,一点点地延长假期。

塾长安排了一系列的讲座,我都报了名。因为决定报考创知小学和国际圣迦小学,所以连这两所小学的专门讲座都选了。塾长当然很高兴。说真的,专门讲座费比一般讲座贵很多,虽然我平时在花钱上有所计较,但离考试只剩下一个月了,已经到了下血本的时候了。交完讲座费的那天晚上,一太郎睡觉后,我对老公说:"已经花了两百多万日元了,就快接近三百万日元了。"他没说什么。我想起了一件事,就说给他听。教室里突然来了两个新学生,一个男孩一个女孩,选的都是国际圣迦小学的专门讲座。听西川说,女孩的两个哥哥,一个在国际圣迦初中,一个在国际圣迦高中,妈妈是一家大企业的社长,很忙,所以每次都由妈妈的姐姐带女孩来教室。男孩的情况不太了解,只知道他爸爸开了一家大医院,他妈妈小巧玲珑,看起来更像大学生。白天上课的时候,我就坐在男孩的身后。老师让画一张家族像,他便用绿色的蜡笔涂了好多线条。算算数的时候,他一个问题也回答不出来。看得出来,男孩子是刚刚才入塾的。我对老公说:"不知道这两个孩子的家里是怎么想的,这时候才入塾,太晚了吧,怎么可能考得上呢。"他也显出很奇怪的样子,附和我说"是"。

过了几天,家里的信箱里有一封寄给老公的信,是从筑波大学附属小学寄来的。有时候,我真的很蠢,好像让老公去国立小学抽签的事,以为他只抽了学艺大学附属小学,想不到他同时还抽了筑波大学附属小学。竟然让他抽中了。通知他这个消息的时候，他比我还高兴，说一太郎喜欢车和机器人，将来如果能在筑波大学学习，就可以研究机器人了。这个时候，他好像忘记自己说过国立小学竞争激烈的话了。我跟老公都高兴得喘不上气来。我还是第一次听见他在电话里笑得上气不接下气。

周末老公跟我一起去塾，向塾长汇报了我们抽中筑波大学附属小学的事，她坚决反对一太郎去。也许是第一次，我想我真的要明确说出自己的意志了。我说我们好不容易才如愿以偿，但是她进一步加以说明，说她很了解国立附属小学，竞争非常厉害，光脑子好学习优秀没用，还需要有坚强的性格和意志。她突然开始说起一太郎："一太郎到我们教室有一年了，性格很温和，我早就为他想好了合适的学校，就是国际圣迦小学。因为是教会学校，学校在招生的时候，基本上会选一太郎这类性格的孩子。也许你们不相信，以一太郎这样的性格，去了竞争激烈的学校，马上就会被挤压坏的。"老公犹豫了一下，转过头看我。也许塾长说得对，但如果真的把一太郎放到竞争激烈的环境中，说不定他也能变得意志坚强。我变得一声不吭，不愿意我的想法再增加塾长的不快。她沉默了一会儿，开口对我说："我们已经跟国际圣迦小学打过招呼了，再说罗伯特老师也在等一太郎去呢。"

罗伯特老师就是健的爸爸。我经常带一太郎去健的家里玩，有时候会赶上健的爸爸也在。健的爸爸有一双天蓝色的眼睛，个子很高，至少有一米九。他很喜欢小孩子，也知道怎么跟小孩子玩。一太郎很喜欢他。他的一双大手一看就是很有力气的男人的手，有一次，他一边说"高啊高啊",一边用两只大手将一太郎举过头顶。我很惊讶,他手里的一太郎已经抵在天井上了。但他给我的惊讶不仅如此,那次带一太郎去国际圣迦小学参观,去英语教室时,发现英语老师竟然是健的爸爸。去他家玩的时候,我从来没有想过他的职业。还记得我太激动了,跟塾长说国际圣迦小学里有熟人的时候,竟然有点结巴。

塾长提到罗伯特老师,我更加难为情了。不知道我对老公做了一个什么样的表情,他看了后对塾长说:"谢谢您的指点。这样的话,我们的目标更明确了,就是国际圣迦小学了。"塾长立即回答说:"太好了。"我什么都不愿想了。

十四

星期六,一太郎所在的幼儿园召开秋季运动会。本来,为了防止被传染上流感,我已经让一太郎休园两个星期了,他的活动范围,基本上就是家和塾,两点一线。在电车和塾里,基本上都让他戴口罩。但说到运动会,无论如何我都打算让他参加。自一太郎入幼儿园以来,园里举办的所有大型活动,他一个没落地都参加了。我有一种可笑的想法,一太郎很快就长大了,很快就不在我身边了,而那个时候,能看得见他摸得着他的,就是这些运动会或者文艺会的照片和录像了。

昨天晚上我累得不得了,还是坚持着做了炖鸡腿、煎香肠、炸大虾,今天一大早就起来,把它们一一装到便当盒里,又捏了几个饭团子。我跟老公带着一太郎早早出发,想去占据一个最适合拍照片和录像的好位置。天气很好,天空飘着朵朵白色的云。进了幼儿园后,我发现我们还是来晚了,园内的广场上已经到处都是人了。老师们在"喂喂"地试着广播喇叭。这的确是运动会的气氛,我几乎把后天创知小学入学考试的事忘得一干二净。

老师的声音通过喇叭传到每个人的耳朵里,运动会正式开始了。孩子们的身后挤满了看比赛的家长,好多人的手里都拿着手机和摄像机。一太郎出场的项目一共有三个:百米跑、百米接力和团体操。我挨着老公坐在能看见最后冲刺的地方,轮到一太郎出场的时候,就把围成桶状的手对着嘴巴,跟着其他人一起扯着嗓子叫喊。一太郎第一个抵达终点的时候,白色的绳子在他的腰间飞舞,我一边用摄像机拍,一边对老公喊:"一太郎他们班的蒲公英队赢了!"他一边笑一边将手拍得啪啪响。

吃过午饭,一太郎参加的项目只剩下团体操了。团体操是运动会中最亮丽的一道风景,所有的孩子都光着脚,穿统一的体操服,排成整齐多样的队形。和谐一致的动作使孩子们看起来仪态不凡。这时候,家长们没有一个人出声叫喊,我想他们跟我一样,都沉浸在无声的感动里。

下午三点左右,我觉得累的时候,运动会也结束了。人们渐渐走出幼儿园的大门。突然,我发现一太郎走路的样子一拐一拐的,问他怎么了,他说可能是在团体操的时候伤到了大脚趾。我想确认一下伤势,但他让我回家后再看。回家后,我看见他的大脚趾上有一个花生米大的水泡。我对老公说:"虽然是水泡,但是皮肤下的水是黄色的,看起来像脓水,是不是感染了细菌啊?"他说为了不要搞错,最好去医院让医生看一看。时候不早了,我赶紧带着一太郎去家附近的医院。进了皮肤科诊室,我问医生:"是化脓了吗?"他回答是水泡,然后问一太郎痛不痛。一太郎说痛。

"虽然是普通的水泡,但是,"瘦瘦的,戴着眼镜的医生对我说,"因为比较大,如果不切开的话,好得比较慢。"我看一太郎,一太郎不说话。我对医生说:"后天是埼玉县私立小学考试的日子,如果切开水泡的话,不知道伤口会不会影响到考试时的体操运动。"他说他也不敢肯定是否有影响,但是不切开的话,水泡碰到鞋子,脚趾肯定会痛。切开的话,为了保险会再在伤口上涂一些防止化脓的药膏……他没有说下去,等着我做判断。我想反正切不切都是痛,干脆选择好得快的一种,就让他切水泡。

正如西川跟我说的,考试前的一个月,任何险都不能冒,她曾建议我不要参加运动会,我没有听她的话,如今真出事了。好在东京都的考试日期比埼玉县晚半个月,是十一月,到了那时候,一太郎脚上的伤口肯定是好了的。

睡觉前,我默默地喝了一罐啤酒。一太郎去房间睡觉了,家里很安静,窗外传来猫的叫声。我对老公说:"我有一种不太好的预感。你知道的,预感其实就是由因看到果。创知小学的考试是通过体操和制作来观察行动,一太郎在这个节骨眼儿上伤到脚,或许就是天意。搞不好,对一太郎来说,真的只有国际圣迦小学了。"老公站起来,把我喝光的啤酒罐扔到垃圾箱里,很仔细地用抹布擦过饭桌,然后对我说:"担心也没有用,不如开开心心地去考试,总可以碰碰运气吧。"从某种意义上说,他说的是对的,毕竟头脑是越用越灵活的,也许创知小学重视问答卷呢,也许一太郎的运气好呢。再说了,也可以将创知的入学考试当作考国际圣迦小学的临场演习。

十五

好像高考一样,平时喜欢用私家车的人,反而都乘电车去赶考。用私家车的话,万一道路拥挤塞车,恐怕连考试的机会都失去了。但一太郎的脚受了伤,我还是决定用车送他去创知小学参加考试。出发前我问一太郎"脚痛不痛",他回答说"不痛"。

后来我对那天的记忆就是一太郎从考场出来时的样子。他面无表情地走到了我的身边。当着其他人的面不好问,所以上车后我才问他:"今天的考试,感觉怎么样啊?"问完后又觉得后悔。他想了一会儿,一副不知如何是好的样子回答说:"不知道。"从这个时候起,我决定不再跟他提有关创知小学的事。那天也是老公开车,我就跟老公说起塾长告诉我的一件事,其实也是说给一太郎听,让他放心,让他知道真正的目标是国际圣迦小学。国际圣迦小学跟各个塾搞交流会的时候,塾长也参加了。据塾长说,休息的时候,她在楼梯上遇见了女校长,本来关系就很密切,所以特地拽住校长,拜托校长关照一太郎。塾长说校长微笑着点了点头。老公说:"塾长这么说,一太郎去国际圣迦小学应该没什么问题了。"但一太郎是一个五岁的小孩子,似乎分辨不出校长点头有什么意义,就像今天的考试,结果如何,对他的心情来说都没有什么影响。我将头转向一太郎说:"离国际圣迦小学的考试还有两个星期,不如我们好好放松一下,今天去吃好吃的东西怎么样?"他淡淡地回答说:"可以的。"

说起来,我的预感还是挺准的。创知小学公布合格者名单的那一天,我一直没有打开电脑确认一太郎是否被录取了。我没有勇气一个人确认。心慌慌地等到了晚上,老公下了班回家,刚进门,已经忍受了一整天的我,立刻打开电脑,迫不及待地让他跟我一起确认。一长串号码里真的没有那个属于一太郎的号码。我将双手放在老公的肩头,用只有我自己能听得见的声音叹了一口气。

老公沉默了好一阵。不久,我很意外地从他的眼睛里看到了晶莹的泪水,因为不知道应该说什么,只是静静地看着他,同时觉得我们曾经做过的一部分努力,白费了。

过了一会儿,我去沙发那里,一太郎正坐在沙发上看电视。我没有告诉他创知小学的考试结果,而是用力摸了摸他的头。我想,从这个时候起,三个人全力以赴的生活就要开始了。

去塾的时候,塾长悄悄地告诉我,川口教室一共有四个孩子报考了创知小学,除了一太郎,其他的人都被录取了。听到这个结果,我的心又痒痒起来了。但塾长说,即使一太郎被录取了,她本来也会阻止的,因为创知小学前年有一个学生自杀,传说跟欺凌有关,所以创知小学近两年录取的孩子,都是一些看起来比较活跃的孩子。她还说,如果一太郎去了创知,说不定会被"挤压坏"的。我这是第二次听她说"挤压坏"这个词了。

即使创知小学和国际圣迦小学都合格了,最后为一太郎选择的,肯定也是国际圣迦小学。那么,为什么我跟老公还会难受呢?我想说,这种感觉很像在生活中买保险,是的,创知小学比国际圣迦小学先知道结果,如果创知小学合格的话,在心理上就会觉得安心。不怕一万就怕万一嘛。万一国际圣迦小学不合格的话,至少有创知小学兜底啊。

我能感觉到,难受的实质就是不安。

十六

但是,有些事情,刚发生的时候觉得很严重,过了没多久,又觉得没什么大不了的。几天后,创知小学落第的事已经在我内心告了一个段落。塾长让我最好也跟罗伯特老师打声招呼,让他也去国际圣迦小学的校长那里拜托一下。不过我没给罗伯特老师打电话,理由很单纯,因为罗伯特老师是健的爸爸,是“爸友”。我想朋友之间最好不要扯这种事,会让被求的一方为难,搞不好还会翻了友谊的小船。更主要的原因是,虽然塾跟学校之间脱离不了千丝万缕的联系,但如果连个人关系也扯进去,一太郎本人的努力就被这种行为本身否定了。无论结果如何,我想尊重一太郎的努力。

国际圣迦小学位于北区的一块高地,紧挨着的国际圣迦中高等学校,是那种教堂式的建筑,最显眼的是时钟,塔尖般直指蓝天。想到一太郎将来有可能在这么好看的学校里学习,我有了一种可笑的想法,觉得自己快要成为精神贵族了。

一太郎要进考场的时候,我对他说:“去开开心心地玩吧。妈妈在这里等着。”他说“好”,然后就高兴地离开了我。关于考试的内容,我当然是一无所知,但根据以往的考试内容来看的话,应该是跟着音乐做体操、画画、试卷问答吧。等待室坐满了人,跟一太郎一个教室的个子最矮的晃一君的爸爸妈妈也在,最后参加国际圣迦小学专门讲座的女孩的姨妈和男孩的妈妈也在,大家对眼的时候,相互形式化地点头,朝对方笑笑就算打过了招呼。等待室鸦雀无声。好多人在看书,我不懂这个时候怎么还会有心情看书。更多的人是闭着眼睛,挺着笔直的背坐在椅子上。我很难为情,因为我既看不下书,也无法平静地闭着眼睛,心咚咚地跳。我一直在想一件事,从手提包往外拿考试证的时候,一不小心将它掉在了学校的地上。有时候我很迷信。从我的角度说是"掉",从学校的角度说是"接受"。我的感觉在"掉"和"接受"之间晃来晃去。不过,一太郎的考试号码是四十五,光这个号码就令人高兴,读起来跟"高兴"是同样的发音,很吉祥。

不知不觉就到了考试结束的时间。

听到考试结束的广播,所有人都站起来准备迎接自己的孩子。我也站了起来,感觉血液往脑袋上冲。虽然一太郎被拥在一群穿着白衬衫、藏青色背心的孩子中间,但我还是一眼就发现了他。他的眼睛很明亮,发出闪闪的光。他在微笑。他的面颊有点发红。看见我,他的脚步快起来。跟我说话的时候,他的声音听起来是气喘吁吁的。他对我说:"妈妈,这一次我一定会考上。"因为我比他高很多,他用双手围着我的腰跟我说话的时候,我能看到他仰着的脸上的笑容。在他的脸上,我所能看到的,就是一片明快的笑。我觉得松了一口气,血液的流动平缓下来,内心恢复了本来的样子。

结果就是,一太郎、晃一和最后参加专门讲座的两个孩子都考上了国际圣迦小学。去学校交入学金的那天,我在校门口碰上了晃一的妈妈,先是相互祝福,然后说到了川口教室。要知道,国际圣迦小学上有大学院,下有幼儿园,每年考进小学的孩子,有一半就是从幼儿园直接升学的,说是"窄门"一点都不过分。还有一点,五十年前成立小学的时候,国际圣迦小学只招女孩子,是女子校,十年前才改成男女共校,因为是这个原因,招生时三分之二招的都是女孩子,男孩子能考上真的很不容易。所以我说川口教室"很了不起",竟然有四个孩子考上,而且四个孩子中有三个是男孩。她一脸惊讶地问我:"你一点都不知道吗?"看到我迷惑的样子,她解释说,那个男孩的爸爸,以寄附金的名义给了学校两百万日元。而那个女孩的妈妈,几年来一直做PTA(学校和家长联合会)的会长,从长子到次子,都是从国际圣迦小学直升到初中高中,上国际圣迦可以说是女孩家的传统。我真的吓了一大跳。

突然得知的事实使我倍受打击。晚上,老公问我为什么无精打采的,我就把晃一妈妈告诉我的事说给他听。然后,我对他说:"早知道交两百万日元就可以入学的话,我们也交两百万日元就好了,就不用辛苦搭车去教室了,就不用提心吊胆怕考不上了。再说钱,我们花的何止两百万日元,已经超过了三百万日元了啊。"他回答说:"不要纠结这种事,晃一妈妈说的未见得是事实,即便是事实,也未见得就适合我们家。人世间的路,我觉得没有一条是好走的。"我想他说得对,先招惹我的是自己无知的欲望,进去后,我却又不断地纠结现实。话说回来了,既然已经考上了,就没有资格再诉苦了吧。

十七

塾长靠关系借当地文化馆的一间房召开庆贺会,赶上临近圣诞节,连圣诞会也一起开了。衣服的颜色终于可以不受藏青色的限制了,我穿了一件白底带黑色碎花的连衣裙,外边披了一件黑色的毛衣。川口教室的老师们一定早早就准备了,因为房间的门窗上到处都是五颜六色的气球和纸花。被通知参加庆贺会的时候,我就想好了买什么礼物。我本来想买鲜花,但是怕有人对花过敏,所以买了小孩子们喜欢喝的橙汁和金平糖。孩子们忽然也都变成了另外一个人,有的很欢喜地说笑,有的甚至跑来跑去。我忽然发现那个黄不拉叽的夏月不在,问西川,她说川口教室只有夏月没有考上私立小学,不过原因不在夏月本身,是夏月的妈妈只报考了学习院附属小学和庆应附属的幼稚舍。我问为什么。她说夏月的妈妈认为,既然花钱上私立,干脆就去最顶尖的学校。她感叹地说:"各个家庭的想法真的不一样啊。"

学习院附属小学和庆应的幼稚舍,再加上青山学院附属小学,被称为日本私立小学的"御三家",都是我不敢向往的小学。学习院附属小学是江户时代末期以公家子弟的教育为目的而设立的,入学的多是皇室成员和公务员的孩子。明仁上皇、德仁天皇和文仁亲王的兄弟,都是从幼儿园到大学一直在学习院学习。说到庆应的幼稚舍,实际上是日本最古老的私立小学之一,入学的都是侯爵、子爵、男爵以及银行行长或百货商店社长的孩子,最近多了一部分明星的孩子。听说幼稚舍的孩子们多半住在白金和六本木那种寸土寸金的地方。还听说每天去幼稚舍接送孩子的车,几乎全是价值几千万日元的高级外车。实际上,我也不知道这些传说是真是假,信不信就看听话的人怎么判断了。但是,对于我来说,仅仅是听,就已经吓得退避三舍了。夏月虽然又瘦又小,但是很努力,考私立并不是她的意思,非学习院附属小学和庆应的幼稚舍不去,也不是她的意思。我忽然觉得夏月的妈妈是在作弄夏月,夏月很可怜。西川的女儿也报考了三所小学,我问她决定去哪一所学校,她说是"圣心",也是教会小学。从某种意义上来说,也许我跟西川真的是同类。

庆贺会快结束的时候,塾长坐到我旁边。我感谢她对一太郎的关照,但是她对我说,一太郎画的画是这次考试最大的亮点,入学式的时候,也许校长会作为例子向大家介绍。我立刻兴奋起来,想知道一太郎画的是什么内容。她滔滔不绝地说起来:"你知道吗,那天要求画的是夏休期间印象最深刻的一件事。其他的孩子画的都是规范画,看画就知道具体的内容是什么,但是,一太郎却用铅笔画了一个黑色的大三角,整张画纸就是一个黑色的大三角。监考的老师很奇怪,当场问他画的是什么,他说他画的是夏休时跟爸爸妈妈去夏威夷时,在威基基海滩上看到的海豚,是浮游在海面的海豚的鼻子。三角形原来是海豚的鼻子啊,多么可爱的想象。你知道监考老师是谁吗? 是教务主任。后来校长对我说,教务主任当场就决定录取一太郎了。"我一句话也说不出来,一声不响地看着塾长。紧接着我问她:"如果那天教务主任没有问一太郎画的是什么,一太郎会不会不被录取? "她想了想,回答说:"一太郎已经被录取了,还想会不会被录取,已经没有任何意义了。"而我呢,突然觉得一太郎的这次考试,简直像一场意外,很惊险。而夏休时,我下定决心去夏威夷的那一次旅游,那个留在一太郎印象中的海豚的鼻子,简直就是一个奇迹。我对塾长摇了摇头,不知道应该说什么。突然,我的脸颊有一丝凉,她抽了一张纸巾给我,我哭了。擦过泪水,我又笑了。

十八

从一太郎这一届开始,日本采用高考新模式,由过去的"大学入学中心考试",改为"大学入学共通考试"。说真的,我根本不知道两者的区别在哪里,只是感叹怎么这么巧被一太郎赶上了。各学校和塾都摸索了一些对策。

一太郎一个人去新宿参加高考了,而我呢,被汹涌而来的记忆吞没。也许可以这么说吧,对过去的回忆,在我的心中画出了一条熟悉的路线,我看到了很久以前的那个起点。一太郎从那个起点出发,成了世人眼里的大小伙子了。以前我觉得,到了他考大学的时候,我还会倾尽全力帮他考上顶尖的大学,但现在看是不对的,考大学根本就是他一个人的事情。还有,不知从什么时候开始,在我的心里,他上什么大学并不重要,重要的是他在任何时候都能活得开心,没有压力。我仍然希望他是健康的,是快活的。时间的本质是忧伤,因为我们永远永远也回不去了。

四月,一太郎肯定就是一位大学生了,会有另外的崭新的故事在等着他。是的,人生跟人的脸一样,会变。只是人的脸只会变老,而人生变的却是方向,令人无法想象。我只知道我依然爱他,甚至无力用语言来表达这种爱。

考完试,一太郎没有回家,直接去塾学习了。日本高考不是凭全国统考一锤定音,统考主要是基础学科,比如国语、英语、数学、物理、地理等,属于资格考试。统考的成绩出来后,各大学再根据自己的情况进行第二次专门考试,可以形容为"自主招生",时间在二月。从这个意义来说的话,日本高考的基本模式其实是两次高考。因为各大学二次考试的日期有所不同,考生可以选择复数的大学应试。一太郎选择了四所大学,按志愿的顺序来说,就是早稻田、庆应、明治和立教。我曾问他为什么不考东京大学,他说不喜欢印象中的那种气氛。相性的确很重要,一太郎喜欢体育,他选择的四所大学,体育项目都比较活跃。在他的选择中我也没有看出职业性倾向,事实上他也没有操心将来的职业,他曾经对我说,去了大学之后,将会参加篮球队,全力以赴去打篮球。说到篮球,他知道自己不是天才,用他自己的话来说,就是"打篮球是因为喜欢"。他对眼前想做的事都安排得非常精确。

一太郎接近深夜才回家。我问他白天的考试感觉怎么样。他说:"结果不如以往和想象的理想,内容比想象的难。"然后他让我上网搜一下有关今年统考的信息,还说苦情都"炸"开了。我用手机检索"大学入试特集",看到很多报道,但主题基本相同:高考难度倍增;有四十万七千人参加考试;出题倾向出人意料,不仅量大,还重视解读力和思考力。

因为是新模式的开端,类似的问题也许正是摸索的一部分。点点化成水,水集成河,一直向前向前。

时间进入三月,各大学陆陆续续发榜。一太郎报考的四所大学全部合格,他当然选择了早稻田大学。为了二十天后的入学式,我带他去服装店买西装。他试装的时候,店员以为他买西装是为了找工作。不知不觉中,他已经嗖嗖地长得又高又大,还有,我这才发现他相当成熟了,待人接物落落大方。结果西装是按照他自己的喜好挑选的,颜色近于黑的深灰。我端详着试装的一太郎,感慨地说:"还是第一次看你穿正式的西装,整个人的气质都变了,真帅。"他没回话,甚至连表情都没有丝毫变化。

四月三日的入学式我参加了。早上,因为开心,我对着镜子将脸画得很漂亮。大学的礼堂前集聚了很多新入生,都穿着崭新的黑色或者灰色的西装。

"还是你最帅。"我一边给一太郎拍照,一边啧啧地说。

"说这种话最好小声一点。"

"祝贺你。"我又加了一句。

之后,因为盼着去夏威夷,我开始天天数日子,顺利地进入八月,大学开始放四十多天的长假,中旬,我跟老公带着一太郎到了夏威夷。这次旅游的目的很简单,就是到威基基海滩看海豚。有时候,我有一种很荒诞的感觉,似乎一太郎的人生是从海豚的鼻子出发并延伸下来的。我跟老公曾经是他世界的全部,但自从他上了中学,已经很少跟我们说话了,这次到夏威夷,也是我硬拉着他来的。用他自己的话说:"跟父母旅游不如跟朋友在一起开心,还觉得难为情。"孩子到了一定年龄段的时候会有这样的想法,是成长的一个台阶。一太郎也没有例外。

一太郎跟我和老公一样,静静地看了一会儿大海,水面平静,阳光灿烂,空气里混着盐的味道。我戴着一顶白色的大帽子。我喜欢海,因为我生在海边的城市,并在那个城市长大。

不久,我们登上了一艘前往欧胡岛的游艇。游艇出发的时候,身边的人们嘀嘀咕咕地交谈起来,天哪,我竟然听见了中国话。

游艇在不断地前进,天地融为一体的时候,时间好像不动了。

旁边的中年女人用中国话问她的同伴:"看见了吗?"

同时我看见海面上出现了成群的海豚,时间又开始朝前移动了。我大声地对一太郎说:"海豚出现了。"

当海豚在浮游时将鼻子伸出海面,我终于看到了一太郎画过的那个黑色大三角。黑得发亮,大得让人受不了。我开始迷迷糊糊的了。

我问一太郎:"还记得考私立小学时你画的画吗?"

一太郎摇了摇头,好奇地问我:"画的是什么?"

我回答说:"海豚的鼻子。"

一太郎一动不动地凝视着那群海豚。我又问他:"你想起来了吗?"他还是摇了摇头,一声不吭。啊,自从他画了海豚的鼻子,已经过去十五年了。威基基海似乎没有变样,像个亮晶晶的大圆球,可是十五年前的他,也许根本就不记事。

我不知道他在想什么,但对我来说,他凝视的是他的有着神秘力量的过去。这时候,我觉得心口一跳一跳的,有一股忧伤晃晃悠悠的,好像浮在我身体里的另一艘游艇。我心里想:也许,一太郎永远也想不起,他曾经画过一个黑色的大三角了。

太阳太远

一

院里靠墙根摆着两个大泡沫箱，一个是为流浪猫三色毛准备的，另外一个是为流浪猫桃桃子准备的。泡沫箱是我去附近的超市，跟市场里的人要的。每个箱子都有一个小方口，是我用小刀切的，可以说是三色毛和桃桃子出入泡沫箱的门吧。

今年的冬天冷得早，今天格外冷，平时是到了下午六点，我才往泡沫箱里塞暖宝宝，但今天外出买东西的时候，风拂过我的面颊和手，感到钻心的痛，所以还不到五点，我就拿着暖宝宝去院子了。

一般的情况下，三色毛和桃桃子都是在箱子里取暖，但今天只有桃桃子坐在车轮胎旁，见了我也不跑过来。我说："嘿，这么冷，快去箱子里啊。"同时我看见泡沫箱旁边有一团黄乎乎的东西，赶紧走过去，发现是金黄毛。

金黄毛也是流浪猫，去年春天流浪到我家的院子时，我对它金灿灿的毛、修长的身子以及圆圆的眼睛一见钟情。说真的，流浪猫的生存环境非常艰难，尤其冬天，一方面要抵御寒冷，一方面还要在保持体温的情况下寻找食物和水，据说每年冬天都有很多流浪猫，因为无法度过寒冬而死。因为这个原因，流浪猫的寿命一般只有三四年。从这个意义上说，金黄毛应该不到四岁。

那时候，我打算在家里收养金黄毛，每次它来的时候会特地用伊纳宝做诱饵。几乎没有不喜欢伊纳宝的猫，金黄毛也不例外。有几次，我打开家门，故意在家里诱惑它，趁着它进来就赶紧关门，但是它发现门关上了就会用脑袋撞门，为了不让它撞坏脑袋，我不得不赶紧打开门。这样反复了好多次以后，金黄毛突然销声匿迹了。

我家附近有一个很大的超市，从我家过去的话，骑自行车要三分钟，中间必须穿过一条小街，街右边几乎全是一幢幢新盖的一户建，而左边差不多都是老房子，宅院深深，墙头探出一棵棵柿子树。有两次，我骑在自行车上看到了金黄毛，一次是它穿过小街钻进左边的一家院子里，还有一次是它趴在右边新房外设置的狗房的屋顶上。我想这一带大概就是金黄毛的势力范围了。

金黄毛之后，先是一只有三种颜色的猫流浪到院子里，再之后是一只灰白两色的猫流浪到院子里。很明显的是，两只猫并没有血缘关系。虽然这两只猫没有令我产生在家里收养的心思，但我对猫一向都是来者不拒，所以就把它们当院猫收养了。我给它们分别取名字为三色毛和桃桃子，又带它们去医院做了绝育手术。听医生说，三色毛是母的，桃桃子是公的。一母一公，换成人家的小孩，就是一男一女,可以形容为"花生",令我蛮欢喜的。

春天和夏天,我在院里放纸盒箱,秋天和冬天放泡沫箱。夏天加驱虫剂,冬天加羽绒被和暖宝宝。可以这么说吧,三色毛和桃桃子已经成了院子里的一道风景。日本电视台有很多猫节目,只要赶得上,我肯定看。我最喜欢猫节目里常用的一句台词:悠闲的风在吹拂。有时候,我会在房间里,闭着眼睛,想象有三色毛和桃桃子的院子的风景,于是心会慢慢地酥软下来,舒展开来……

大约是一个月前吧,一天,我刚出家门,金黄毛突然从信箱上跳下来,冲着我咪咪地叫。看它的表情,好像跟我并没有分开很久似的。我甚至有些激动,赶紧打开一袋伊纳宝喂它,它吃完后回头就走了。接下来的几天,金黄毛天天都来,实际上,流浪猫为了争势力范围会大打出手,三色毛和桃桃子很要好,从来没有发生过争吵,但金黄毛再一次出现后,三色毛不敢待在院子里,桃桃子则会发出威吓的声音,我不禁烦躁起来。还有,对面的邻居是一对老夫妇很喜欢猫,但后面的邻居异常讨厌猫,有一次对我说流浪猫把他们家院子里的花草都尿死了。在日本,保健所基本上不轻易抓流浪猫并处死,但如果有市民诉苦,事情就麻烦了,不仅我会被保健所叫去谈话,恐怕会连累三色毛和桃桃子无法在院子里居住下去。如果金黄毛跟桃桃子天天在院里打架的话,猫的尖叫声也许会招致后面的邻居去保健所诉苦。另外,我感觉,好像有什么人在照顾金黄毛,因为我每次喂它猫粮,它只吃伊纳宝不吃豆。如果是豆的话,它用鼻子闻闻就走了。我觉得它来找我不是因为肚子饿,而是想吃伊纳宝。我想,反正有人照顾它,干脆顺其自然,用不着像一年前那样尽力用伊纳宝留住它吧。差不多连续三天,金黄毛来了,我只拿豆给它,到了第四天,它再一次销声匿迹。

直到今天,我看见泡沫箱旁边那团黄乎乎的东西,做梦也没有想到,竟然是金黄毛。

<h1 style="text-align:center">二</h1>

更令我感到惊讶的是,我用手抚摸金黄毛的时候,它的身体冰凉冰凉的,一动也不能动,嘴里发出的声音好似呻吟。我赶紧跑回家,对老公说:"那个金黄毛,在车后边,一动也不能动,奄奄一息了。我们该怎么办? 要不要带它去医院? "

老公正在做饭,一边在菜板上切胡萝卜,一边对我说:"那我们带它去医院吧。"

我说:"那可得赶紧。我现在去把金黄毛装纸盒箱里,你做开车的准备。"然后我想起一件事,补充说:"你先给动物医院打电话,简单说明一下金黄毛的情况。"

老公说:"好。"

我找了一条毛巾和一个纸盒箱,急匆匆去金黄毛那里抱它,它发出一声呻吟。这时候,老公拿着车钥匙出来,我托着纸盒箱站在路边,等他把车开出院子。

医院离我家不远,五分钟左右就到了。

看到老公手里的纸盒箱,柜台的女护士问:"是不是刚才来电话的山本先生? "

老公说："是。"

女护士又问："是第一次到医院来吗？"

我抢着回答说："来过两次，两次都是带流浪猫做绝育手术。"

女护士问："带诊察卡了吗？"

我说："事情发生得太突然，忘记带了。"

女护士说："请告诉我家里的电话号码。"

我说了电话号码后，女护士马上查出了以往我带猫来做过手术的档案，让我们随她去最里边的诊察室。男医生已经在等着了，第一句话问的就是："是你们照顾的流浪猫吗？"我不由得怔了一下，但很快回答说："不是。这是第一次看见它在我们家的院子里。"我撒谎也许是我在心底深处不想惹新的麻烦。我以为医生还会问一些问题，没想到他的提问已经结束了。他指示女护士将金黄毛抱到诊察台上，我发现铺在纸盒箱底的毛巾上有血迹，于是"啊"了一声。医生看我，我指着纸盒箱说："怎么会有血迹啊，会不会是交通事故？"

医生用一根很长的棉棒在金黄毛的嘴里涂了两下说："不是交通事故，是牙周炎。"

这时候，我看见金黄毛的嘴里都是血，问医生："牙周炎会这么厉害吗？满嘴都是血啊。"

医生说："流浪猫中这种情形很常见的。"

我心里想，难怪金黄毛不吃豆，它的牙已经咬不了豆了。刚要跟老公说这件事，转念想起刚刚跟医生说第一次见金黄毛，只好将话咽到肚子里，但心里很难受，有无边的茫然。早知道金黄毛有牙周炎，我就不会只给它豆豆而不给它伊纳宝了。我用手摸了一下金黄毛的脑袋,心里面都是悔恨。

医生对我说:"不做血液检查就没办法确诊,但血液检查要花一万多日元。"

我看了一眼老公,他没露出反对的样子,于是对医生说:"好啊,就请做血液检查吧。"

三

检查结果要二十分钟后才能出来,我跟老公抱着纸盒箱回到候诊室。刚才女护士抽金黄毛的血时,因为体温太低,在它的前腿扎了两针都没有抽出来,结果是医生在它的脖子找到了血管,从脖子那里抽的血。一转眼,女护士不知从哪里拿来了一条大毛巾盖在金黄毛身上。我将手放在金黄毛的鼻子前,勉强能感到一丝呼吸,但已经不能说是潮湿的鼻息了。

就在这个时候,以前住过的街区的老邻居,如果我没记错的话,名字应该是石井,领着一只大黑狗走进了医院的大门。见了面,相互都吓了一跳。石井妇人对我说:"啊,好久不见了,一切都好吗?"我说好,然后问她好不好。她说好,同时盯着我手里的纸盒箱。我让她看纸盒箱里的金黄毛,告诉她猫是流浪猫,并把发生的事跟她重复了一遍。她吃惊地"哎哟"了几声说:"好可怜,一定是上帝安排它去你家找你,上帝知道你会救它。"

我无法想象有一个上帝存在,无法相信这个上帝会关照一只流浪猫和我。上帝对我来说一直是个永远也解不开的谜。虽然在院子里奄奄一息的是金黄毛,如果换另外一只猫,我想我一样会带它来医院的。反正对于我来说,猫有个三长两短的话,比死个人都令我难受。我有一个比较荒诞的观点,认为人类会从各个方面保护自己,而流浪猫等小动物,不仅受人类的支配,也很少得到相应的保护。人类觉得它们多余,觉得它们对自己有妨碍的时候,可以根据自己制定的政策将它们处死。如果所有人都采取袖手旁观的态度,流浪猫便很难生存。与其说我喜欢猫,不如说我打心底深处同情这些弱者罢了。

我有意岔开话题,问她怎么又养了一只新狗。她看起来很悲伤地对我说:"以前养的那三只狗,叫布丁的,还有叫乳酪的,都因病去了天国。小女儿专科学的是动物护理,但是她讨厌在动物病院工作,不想每天看到血和死亡,所以在动物美容院工作。这只狗,就是小女儿从动物商店带回家的,怎么说呢,小女儿对它一见钟情。"

我问:"可哥呢?"

石井妇人说:"可哥还活着,不过也老了,不喜欢散步了。"

我说:"有十几岁了吧?"

不等石井妇人回答,女护士招呼我跟老公去刚才的诊察室。医生递给我一张纸,我知道是化验单,但是根本看不懂,于是很认真地听他的说明。按照医生的话来说,金黄毛的情况很糟糕,可以说到了危笃状态,即使是家猫,即使接受最好的治疗,恐怕也难以存活下来。金黄毛不仅有心脏病,还有肾病、低体温症、糖尿病和艾滋病,尤其肾脏的化验指数已经超过了正常范围,无法测试到了。医生这样对我说:"熬不过一两天了,有可能马上就断气。"

医生的话是在告诉我,金黄毛只能等死了。我的心一下子阴郁起来,半天说不出一句话。也许医生看到我在流泪,问我:"虽然活下来的可能性不大,但是,已经特地带它来医院了,为了它可以好受一点,可以给它打两个点滴。只是打点滴的话,又要花几千日元。"

我跟老公的目光碰到了一起,这次是他抢着说:"它的状态已经到了这个地步,剩下的就是希望它能够好受一点,请给它打点滴吧。"

女护士拿来点滴,医生用打针的方式,将液体直接输到金黄毛前腿的血管里,一共用了不到两秒钟。也许是心理作用,我总觉得医生的态度不亲切。我想,因为金黄毛是流浪猫,所以医生的态度和举止,才会从头到尾都这么硬邦邦的。我问医生可不可以让金黄毛在医院住一个晚上,他眼也不抬地回答说:"不行,请你们带它回家过夜,如果有需要,明天再带它过来。"

我板着脸回到候诊室,来不及跟石井妇人说话就被柜台的女孩叫过去。柜台的女孩告诉我要支付一万四千日元。从背包里掏钱包的时候,我看了石井妇人一眼,她也正抻长脖子往这边看。柜台的女孩问我:"明天要预约吗?预约的话几点比较合适呢?"

我正考虑几点比较合适的时候,石井妇人走过来,对我说:"你先不要预约,回家后给一家叫竹家的动物病院打电话,我听说那里有时候会免费为流浪猫治疗。"

其实,医疗费这么高,金黄毛又没有上动物医疗保险,继续治疗下去的话,搞不好真要花个十万二十万日元的。听石井说竹家的动物病院有可能免费为流浪猫治疗,我马上对柜台的女孩说:"我先打电话问一下竹冢的动物病院,如果那里不免费的话,明天早上,我再打电话过来预约时间。"

四

回到家已经快晚上七点了。早先,金黄毛来家里吃伊纳宝的时候,每次都会跑到二楼的客厅转一圈,客厅是它熟悉的地方,所以我决定把它放在客厅里。老公去厨房做饭,我从衣帽间找出一个布制的小盒子,又去浴室找来一条更大的浴巾。我把医院的大毛巾铺在盒子里,毛巾上的血迹比刚才在医院的时候又多了一些。接着我把金黄毛从纸盒箱抱到毛巾上,把大浴巾盖在金黄毛身上。我站在原地喘了口气,这才对老公说:"难怪金黄毛不吃豆,它根本就咬不动啊。"

老公感叹地说:"我觉得惊异的是,猫在临死的时候,会选择没有人的地方,金黄毛却是特地跑来我们家。再说了,它奄奄一息到这个程度,得经过多大的努力,才能来到我们家的院子里啊。金黄毛一定知道自己不行了,所以把最后的力气,都拼在到你身边来这件事上了。仅凭这一点,今天的医疗费,花多少都是值得的。金黄毛真的很聪明,知道这时候只有你会帮助它。而你呢,已经做到了最善,已经尽了最大的努力,剩下的,就看金黄毛的天命了。"

我说:"早知道金黄毛的身体到这种程度,我就不会不喂它伊纳宝了。"

我蹲下来,将手伸到浴巾里,金黄毛的身体还是冰凉冰凉的,但比刚才柔软了。

老公说："你怎么可能想到金黄毛会有病呢？不过你也不要想得太复杂了，你应该想的，就是还能为它做点什么。也许有奇迹，明天早上起来，金黄毛跟普通猫一样了呢。"

我从抽屉里拿出三个暖宝宝放到为金黄毛铺着的毛巾下。老公说得对，我现在想什么都没有意义，因为找不到意义，莫名的虚无感和无力感充填了我的心头。

睡觉前，我不放心，去看金黄毛好点了没有。金黄毛蜷缩在盒子的角落里，一动不动。但我感觉它正在用身体感知我，与我交流，因为它叫了一声，虽然叫声非常短，只有一个音节，风吹过似的一下子就消失了。我把椅子上的坐垫拿到它的鼻子前面，它曾经好多次用鼻子闻过这个坐垫，于是它的身体有了反应，开始叫，但叫与叫的间隔时间越来越长，叫声也越来越微弱。我意识到，刺激它等于给它增加负担，于是抚摸了一下它的脊背，就去睡觉了。

第二天早上，我还以为事情出现了转机呢。

起床后，我马上去看盒子里的金黄毛怎么样了。感觉到我的到来，金黄毛稍微抬了一下头，竟然冲着我叫了两声。叫声比昨天晚上大很多。我知道金黄毛又在跟我说话，但是，说真的，我不喜欢金黄毛的叫声，听起来揪心。我用手摸了摸金黄毛的身体，虽然由它体内发出的冰凉依旧，但暖宝宝把小盒子搞得暖和和的。我找来一个小杯子，先是装进去一点热水，接着装进去一点凉水，然后用小手指试了一下水温，不热不凉，正好。我用吸管滴了几滴水在金黄毛的嘴边。

老公已经去公司了,我就给他发短信,告诉他金黄毛能抬头了,能叫了,还告诉他,我用吸管滴了几滴温水在金黄毛的嘴角,金黄毛的喉结动了,好像咽下去了。不久,老公回信说:"既然有好转,说明昨天输的液起作用了,今天上午最好再去医院,再给金黄毛输一次液。"我也是这么想的,但医院上午十点钟才开门,无事可做,我决定打扫一下家里的卫生。

上午八点半,只剩下客厅的地还没有吸尘了,怕吸尘器的声音会吓着金黄毛,我想干脆等它精神一点的时候再说。我又在盒子边蹲下来,想不到金黄毛突然将头抬得很高,冲着我很大声地叫了一下。我感到身体热起来:金黄毛好了,奇迹出现了。但说时迟那时快,金黄毛突然蹬了几下腿,然后身体慢慢地静下来,然后一动也不动了。金黄毛是侧身躺在盒子里的,冲上的那只眼睛是睁着的,所以我觉得它还活着。抚摸金黄毛身体的时候,我的手有点抖。过了五分钟,过了十分钟,金黄毛的一只眼就那么睁着,令我开始感到害怕。再摸金黄毛的身体,说不出是凉是温,说不出是硬是软。我呆呆地坐在金黄毛身边,一直等到十点。

十点钟,我给动物医院打电话,报告了金黄毛的情况后,说我不知道金黄毛是死了还是活着。可能我的声音过于紧张,接电话的女孩子立刻叫来了医生。医生对我说:"你看看它是否还在喘气。"

我说:"我不会看。我看不出它是不是还在喘气,但它的一只眼睛是睁着的。"

医生说:"你用手在那只眼的前面摆一摆,看看它是否眨眼睛。"

我壮着胆将手在金黄毛的眼前挥了挥,对医生说:"它没有眨眼睛。"

医生说:"照你所说的情形来判断的话,它应该是死了。"

我说:"但是,我还是不放心,也许它只是看起来死了,实际上并没有死。万一它还活着的话,我没办法进行下一步。"下一步就是给保健所打电话,通过保健所联系动物火葬所。我把手按在胸口,深呼吸了一下,接着说下去:"我还是想带它去医院,让医生来判断它是否真的死了。"我再次深呼吸了一下,问医生:"如果只是请医生看一下是不是死了,医院还会收费吗?"

大约过了五秒钟,医生不直接回答这个问题,而是说:"我下午有手术,如果你上午能带猫来医院的话,随时都可以。"

我说:"好,我马上带猫过去。谢谢了。"

五

老公不在家,我不能开车,所以打算抱着小盒子走着去医院。出大门口的时候,突然想起家里有以前小狗用过的婴儿推车,于是找出来,把小盒子放到小狗婴儿车上。

明明是万里晴空,但我身体的感觉却是凉飕飕的,吸到嘴里的空气也是冷冷的。有时候,我觉得天气跟一个人的心情有关,好像现在,因为金黄毛可能已经死了,所以我觉得太阳是那么高那么远,太高太远以至于感受不到丝毫的温暖。

挑最近的小路,走七八分钟就到了医院。一路上,我尽可能走比较平坦的地方,所以到医院的时候,小盒子的位置几乎纹丝未动。动物医院在二楼,没有电梯,我只好把小狗婴儿车放在停车场的一角。我深呼吸了一下,然后抱着小盒子走上楼梯。

候诊室里已经坐着好几个人了,昨天的女护士,看见我后,二话不说就把我带到了诊察室。我先跟她道歉,说百忙之中打扰医生真的不好意思。女护士一边说没关系,一边用手将金黄毛的身体摸了个遍,然后,她悲哀地对我说:"医生正在处理一个应急手术,估计来这里还要等一段时间。但是,以我的判断,它应该已经死了。"

女护士让我抚摸金黄毛的身体。金黄毛的身体比早上硬了很多,几乎可以说冰凉冰凉的了。女护士又让我看金黄毛的四条腿。金黄毛的四条腿笔直地伸着。然后,女护士拿起金黄毛的前腿,试着让它弯曲下来,但没有成功。于是,女护士对我说:"已经完全僵硬了。其实,昨天你们带它来的时候,它已经快不行了。"

我学女护士的样子,拿起金黄毛的前腿,动作很轻地试着将它弯曲下来,也没有成功。但我一直重复着这个动作,感觉时间正在逝去,时间是一块块空白,被切割了。

女护士说:"是不是跟昨天的感觉不一样?"

我说:"是。"

女护士说:"昨天它的身体能伸能屈。"

我叹了口气说:"好吧,你是动物医院的护士,你这么说,我就相信它的的确确是死了。这样的话,我想医生就不必特地赶过来了。"

女护士赶紧说:"好啊好啊。"

女护士送我出候诊室,我对她说:"打扰了,谢谢了,也代我谢谢医生。"

女护士说:"哪里哪里,不用谢。"

六

回家的路上,我忽然觉得自己笨手笨脚的,连小狗的婴儿车都推不稳当。

早知道金黄毛这么多病,早知道金黄毛会死,它想吃多少伊纳宝我都会给它吃的。

怕金黄毛跟桃桃子打架?怕家里的大铁门撞坏了金黄毛的脑袋?可以买个猫笼子,可以把金黄毛关在猫笼子里啊。

我一路上都在找责备自己的理由。

每当有风吹过,我就恍惚闻到金黄毛身上那股死亡的气味:野花被烧焦的气味。

回到家,把小盒子放在客厅里,我先是给老公发了一封短信,告诉他金黄毛还是死了,我很难受。他知道我不太喜欢哭,但如果是动物的事,就会哭得惊天动地,所以立刻打电话给我,劝我一定不要纠结金黄毛的死。按照他的话来解释的话,金黄毛活着等于是在受难,死亡也是一种解脱。他还说,死亡其实并不是什么可怕的事。最后,他这样对我说:"金黄毛有它的命,而你呢,已经做到最善了。"

我无法接受老公的定义:"如果我稍微小心一点的话,换一句话说,如果我能多拿出一点爱心的话,也许金黄毛的生命就不会如此简单地溜走了。"

老公说:"你看看我们家的周围,再看看那些公园,到处都是流浪猫。你能全部都照顾吗？"

我说："我早就想好了，至少可以照顾那些跟我有缘的，好像金黄毛。而实际上，我也是这么做的。"

老公认为，这种时候跟我说什么都没有用，因为我根本听不进去。他让我好好安静一下就挂了电话。

我去了家附近的公园。公园里有茁壮生长的万物，角落里有好多种野花不畏严寒地盛开着。说真的，虽然快六十岁了，金黄毛的死还是我第一次亲眼目睹死亡。爸爸死的时候，我因为在外省，所以来不及赶到他的身边。妈妈死的时候，我因为在外国，所以也来不及赶到她的身边。三姐死的时候，我同样因为在外国，没有来得及赶到她的身边。看不见也摸不着的告别，真的可以说是非常糟糕，用语言来形容的话，就是痛苦毫无声响地走在心头，而亲人的脸是天空中的雨，从头淋到脚。怎么说呢？爸爸，加上妈妈，加上三姐，在我的心里挖了三个黑洞，每个洞都大得可以装下一个人。金黄毛死了，我的心里多了一个小黑洞，正好可以藏一只猫。复数的洞好像墓地排列在我的胸口上。关于墓地，我想有了思念才会有它的意义。墓地可以是有形的，也可以是无形的。我内心自然生成的几个看不见也摸不着的黑洞，可以说是无形的吧。当我们选择四处漂泊的人生时，总会不得已失去一些很珍贵的东西。

公园里的花太多了，我绕着围墙走了一圈，结果只挑了一朵小黄花和一朵小红花。关于花的语言，世间也有很多解释，但那些解释跟我无关，我只是想挑最好看的花献给金黄毛。金黄毛是我所见过的流浪猫中最特殊的一只，因为它只属于我一个人，是我一个人的猫。

正午的阳光映着地面上我的影子,很鲜明,像另外一种花,也很好看。

把花送回家,我又去了一趟超市,挑了一个看起来特别干净的纸盒箱带回家。太阳照着客厅和小盒子里的金黄毛,"啊——啊——",金黄毛现在应该暖和过来了吧。我将大浴巾铺在新纸盒箱底,小心翼翼地抱起金黄毛。这时候,从金黄毛的嘴里流出了很多黑色的血,我突然意识到,昨天带它看医生的时候,它嘴里的血根本不是什么牙周炎。是的,金黄毛其实早就吐过血了。我找了一条小毛巾,用温水擦干净金黄毛的脸和身子,然后把它放在大浴巾上,然后又把医院给的大毛巾盖在它的身体上。之后,我用手轻轻地将金黄毛的眼睛合上。金黄毛看起来跟一只健康的猫没有什么两样了,似乎正在安睡。再之后,我把小黄花和小红花放在毛巾上,把一个伊纳宝放在鲜花的旁边。做完这件事,我开始很夸张地哭,不仅流泪,还放出高声,还混着鼻涕。只有我自己知道,我不是为了死亡而哭。不久,有一种东西一泻千里般地在我的心中泛滥起来。我拿出纸和笔,开始给金黄毛写信。

亲爱的金黄毛,在生命的最后一刻,你尝试着来到我这里,或许是想我能够救你。没有救活你,我觉得特别特别悲伤。你知道,我给你起了一个名字叫金黄毛,所以,金黄毛啊,如果真的有来生,我愿你是家猫或者人类,愿你幸福。今天,你去了天国,愿你在天国不寂寞不孤单,请带上我的信,让我的愿望一直陪伴着你!

我把信放在伊纳宝和鲜花的旁边。突然,我觉得从脚底升起了一股暖流。或许,金黄毛离开这个世界的时候,是它一生中感到的唯一安宁的时刻,因为身边有我的陪伴。是的,金黄毛最后看到的是我,最后得到了我精心的照顾。金黄毛病倒在我家里之后,很多次,我尝试着替它跟不知是否存在的上帝祈祷,希望上帝救救它。金黄毛还是死了。对我来说,唯一的安慰,就是金黄毛没有冻死在露天里,而且因为输了液,死得比较舒服。至少,在咽气之前,金黄毛竭尽全力地争取到、体验到了一点极微薄的爱。我拍了拍金黄毛的脑袋,对它说:"金黄毛,谢谢你来找我。"

七

我给保健所打电话。听了我的说明后,保健所告诉我动物火葬所会直接跟我联系。我问:"是当可燃垃圾烧掉吗?"

接电话的女人很肯定地说:"不会,是小猫小狗共同火葬。"

我说:"好的,拜托了。"

十分钟后,动物火葬所来电话通知我二十分钟后到我家接金黄毛。因为金黄毛是流浪猫,动物火葬所希望我在它死的地方做见证人。我说不用了,并解释金黄毛只是昏迷在我家的院子里,我已经带金黄毛去过医院,现在已经装在一个很干净的纸盒箱里,车来的时候就可以接走的。

来电话的男人谢了我，我就问他："是当可燃垃圾烧掉吗？"

男人说："好多客人都问同样的问题。我们这里是小动物共同火葬，火葬前有专门人士为它们唱经念佛，请放心吧。"

我放心地呼了一口气说："太好了，这样我就放心了。"

我一边关纸盒箱的盖，一边对金黄毛说："对不起，我要跟你告别了。"这一次，我觉得野花被烧焦的气味好像消失了。

动物火葬所的车来了，是一辆小卡车。我以为车上会有很多纸盒箱，但是没有。男人接过装着金黄毛的纸盒箱，放到车里。我想说"再见"，但觉得非常不喜欢这样的告别方式。车开走的时候，我只是对着车挥了挥手。

小卡车载着金黄毛走远了，看不见了。

此时正是三色毛跟桃桃子在车顶上晒太阳的时间，虽说是我见惯了的风景，但觉得多了一抹忧伤。金黄毛僵在泡沫箱旁边的样子还清晰地留在我心里。因为金黄毛死在我的眼前，所以连它死前的世界都被我一遍遍地再现。时间因死亡而收缩、而展开了。

回到家，我环视着客厅，忽然觉得不习惯，有一种空空荡荡的感觉。我静静地坐在沙发上，闭上眼睛，再睁开眼睛的时候，泪水已经控制不住了。

傍晚，桃桃子说什么都不肯进泡沫箱，我觉得奇怪，打开箱盖看到铺在里面的小羽绒被上都是血迹。说真的，我的心里一下子轻松了很多，至少，金黄毛挣扎着来见我的时候，是等在一个相对温暖的地方啊。

我把沾满金黄毛血迹的小羽绒被装到塑胶袋里，然后骑自行车去那家叫堂吉诃德的店买新的。不知道什么时候起的风,路过金黄毛经常出现的那条小街时，我看到一个塑胶袋被风吹得到处飘舞，最后消失在路口的拐弯处。我意识到,在这条小街上,再也看不见金黄毛的身影了。意识到这一点,我觉得有一种悲凉,从头到脚地覆盖了我。好长一段时间里,只要路过这条小街,我肯定会想起金黄毛,同时在心里泛起忧伤。我的忧伤有多少,以及会持续多久,我说不清楚,也许只能靠时间来计算了。

写金黄毛的故事时,我的心一直很难受,很痛。痛苦绝对是官能性的。写到最后的感觉是,似乎我在通向死亡的路上走了一趟。潜意识里,我希望找到一个地方,并希望那个地方可以埋藏我的痛苦。此刻,我觉得我已经找到了那个地方,那个地方不在别处,正在我编织的这篇文字里。有时候我们面对的世界很残酷,但还是拼命要去爱它。

祐太和他的新干线

一

幼儿园的夏季休业式从上午九点开始。之前我跟祐太的妈妈约好了,不管是谁,先结束的人,先去幼儿园斜对面的家族饭店占位置。结果是一太郎的蒲公英班先结束了,往外走,路过祐太的紫罗兰班时,我从窗口朝教室窥视了一眼,看见家长和孩子们正全体起立。这说明两三分钟后,紫罗兰班的结业式也马上要结束了。我加快了步伐,并让一太郎跟紧,走了没几步,汗水已经顺着脖子往下流,身上黏糊糊的。东京的夏天越来越像亚热带气候,不仅热,湿气也大。

到家族饭店时,还有一半空着的座位,跟接待的女服务员说"四个人",她就将我跟一太郎带到靠窗的一张大桌前。我让一太郎挨着我坐。我刚擦了汗,还没来得及喘气,就看见店门口一下子拥进来十几个人,都是笔头草幼儿园的母子,都是熟脸。

笔头草幼儿园,其实离我家挺远,好在幼儿园有专用的汽车到家门口接送。幼儿园里一共有黄色、蓝色和粉红色三台汽车,每台的车体都有彩绘,分别是面包超人、细菌小子和红蜻蜓。蓝色的负责接送住在我们梅花岛这一带的孩子,至于其他两台接送哪个地区的孩子,我就不清楚了。园内非常宽敞,对于三四岁、四五岁的小孩子,说是"城",一点也不过分。尤其院内的游戏设备非常多,有又高又大的滑梯,有单杠和沙池,还有秋千等。关键是这些游戏设备的装饰,全部都是《面包超人》里的主人公,有果酱爷爷、奶油妹妹、起士狗、吐司面包超人、饭团超人、炸虾饭超人、蜜瓜超人、螺旋面包超人、奶油面包小弟、咖喱超人、骷髅人、BB超人。所以大家提及笔头草幼儿园的时候,不说"笔头草幼儿园",而是说"面包超人幼儿园"。

　　去幼儿园的日子,一太郎和祐太在便利店对面的一块空地上等汽车来接。天空般蔚蓝的汽车一出道口,两个孩子会不约而同地伸出手指喊起来:"啊,来了来了,超人面包汽车来了!"

　　其实,从我家走三分钟的地方有一家幼儿园,就叫梅花岛幼儿园。我带一太郎去参观过,院内的一切给我的感觉不错,一切都井然有序,但遗憾的是庭院非常小,游戏设备只有一架小小的红色滑梯,看起来孤单单的。我跟一太郎到园的时候,赶上运动时间,一群孩子跟在老师的后边跑了一会儿步,然后是做体操。不久,孩子们又跟着老师去教室。我跟一太郎也随孩子们一起去了教室。没想到教室蛮宽敞的。孩子们各就各位后,老师开始教孩子们英语,她拿着一张苹果的彩色图片对孩子们说:"知道英语的苹果怎么说吗?啊矐矑。""啊"和"矐矑"之间停顿了一秒钟。然后她又拿着一张斑马的彩色照片对孩子们说:"知道英语的斑马怎么说吗?贼不拉。""贼"和"不拉"之间停顿了一秒钟。我差一点绷不住劲儿,在心里嘀咕道:苹果不是"阿宝儿"吗?斑马不是"贼宝儿"吗?二十分钟后,老师又教了孩子们几道算数题。

在公园的"妈友"之间有一个传说,凡是梅花岛幼儿园出来的孩子,小学前三年的学习成绩,肯定在班里名列前茅。凭借这一点优势,选择梅花岛幼儿园的家庭也不在少数。

起初,我以为只有我才会选择离家老远的笔头草幼儿园,但去报名的那天,在长长的队伍中,竟然看见了祐太的妈妈,真是吓了一跳。我家在梅花岛二丁目,祐太家在梅花岛三丁目,中间只隔着一条街,走几分钟就到对方的家里了。带一太郎去家附近的公园玩时,经常会碰到祐太和祐太的弟弟康祐,不知不觉间,我跟祐太的妈妈就成了所谓的"妈友"。

那天报完名,因为是顺路,我跟祐太的妈妈一起回家。她说她选择笔头草幼儿园,是因为祐太和康祐都喜欢面包超人。我说我选择笔头草幼儿园,一大半的理由是为了园里提供的午餐。我们家附近的幼儿园,比如梅花岛幼儿园,不提供午饭,孩子们吃的都是自带盒饭。说到盒饭,日本的妈妈们真不得了,差不多人人都会做那种"卡通式"的盒饭。所谓"卡通式",就是将饭团和菜做成动画中的卡通人物和动物,非常可爱。外出野餐的时候,我也试着做过"卡通式"盒饭,但无论我多么努力,做出来的人物和动物总是不伦不类。话说回来了,好看不等于好吃,再好看的盒饭,因为吃的时候饭菜已凉,肯定也是不好吃的。唯一一家提供午饭的幼儿园就是笔头草,菜单由专门的营养师和专业厨师亲自制订，每天都不重复。我只要每个月多交几千日元，一太郎就天天都可以吃到热乎乎的、营养丰富的午餐。至于剩下的一小半理由，一是笔头草幼儿园不教孩子们识字，而是教孩子们怎么画画和制作。二是笔头草幼儿园每年会带孩子们去乡下住一个晚上，体验跟大都市完全不同的生活。要知道，很少有幼儿园敢这么做的。一太郎出生后，我总是寸步不离开他，怕出意外。但如果有幼儿园的老师们带队，我想我离开他一天也没什么关系。

二

祐太的妈妈带着祐太赶来家族饭店时，好像有点兴奋。她指着门口排队的一群人说："谢谢你早早占位，不然还不知要等多久才能吃上饭呢，孩子们已经饿了吧。"我做了个手势让她和祐太坐到对面，一边问："康祐呢？"她笑着说："今天特地让祐太的爸爸请了一天的假，估计正在家里跟爸爸玩呢。"

她不用急着回家，我想这顿饭可以慢慢地吃了。家族饭店最大的好处就是不怕小孩子吵，而且想待多久都可以。还有一个好处，菜单很丰富，中餐、西餐和日餐齐备，各自可以点自己想吃的东西。祐太的妈妈点了意面。我点了比萨。一太郎点了儿童套餐，是炸鸡块和炸薯条。让我吃惊的是祐太竟然点了荞麦面。我在心里窃笑：荞麦面不是大人才喜欢吃的食物吗？我们都点了无限畅饮。我去取冰咖啡的时候，顺便取了一杯一太郎爱喝的橙汁，回到饭桌，看见祐太的妈妈取了两杯绿茶，忍不住问她："为什么不给祐太喝橙汁？还有可乐和可可啊。"她苦笑,说祐太不大喜欢喝甜饮,平时都是喝茶或者冰水。我想知道祐太是不是天生就不喜欢喝甜饮,她想了想,说差不多就是天生的。

　　吃东西的时候,我看了好几次祐太。在日本,一些成年人维持体形的铁板饮食就是荞麦面配茶,于是我对祐太的妈妈说:"怎么祐太的饮食习惯跟大人似的?"她说这也不全是祐太的原因,她自己就有好多东西不吃不喝。她举了好几个例子,比如不喝咖啡,不吃生鱼片和寿司。她还说祐太和康祐就没有去过寿司店。我使劲儿地摇头,遗憾地告诉她,我最喜欢的两样东西就是生鱼片和寿司,而咖啡则排在第三位。她听了后哈哈大笑。我问她:"你不吃所以也不给孩子们吃吗?"她回答说:"也不是不给孩子们吃,只是觉得孩子们还没有到吃生东西的年龄。"我想知道什么年龄才可以吃生东西,她又回答说:"等祐太上了小学之后吧。"我想不出上小学之前不能吃寿司的理由,没有搭腔。

　　以为小孩子之间会有说不完的话,但祐太好像没兴趣跟一太郎聊天。也许是一太郎觉得无聊,想玩面包超人游戏,跟我要游戏机。我有点担心地看着祐太的妈妈,她赶紧跟我摆手说没关系,还说祐太对游戏根本没有兴趣。我又吃了一惊,问她祐太平时都玩些什么。她说,祐太喜欢车,但是不喜欢小轿车,喜欢新干线等有轨电动火车。说完她抓过背包,从里面掏出一辆玩具车递给祐太。祐太"啊"了一声,看着玩具车说:"新干线的希望号。"看祐太的眼神,我已经知道他真的是特别喜欢电车。祐太捏着"希望号"的两端,在饭桌上一前一后地滑动着。

两个孩子各玩各的,看起来都很起劲儿。

吃饱喝足了,我看了看门口,排队的人似乎更多了,也许我们应该早一点让出座位。这时候,祐太的妈妈突然感叹起来,说时间过得飞快,一转眼,祐太和一太郎都快要上小学了。她还说,今年的暑假是幼儿园时期的最后一个长假,真想祐太可以玩个痛痛快快。她说的是真的,最近我也一直为这么长的假期如何打发而发愁呢。根据以往的经验,一太郎跟我单独出去玩的时候并不是特别开心,他好像更喜欢跟小朋友在一起玩。我叹了一口气,对祐太的妈妈说:"暑假有四十多天呢,我都不知道如何打发。"她看着我说:"不如我们约好了一起玩。"我高兴起来,问她是真的吗。她说当然是真的。有祐太和康祐跟一太郎玩,我想就不用发愁假期怎么打发了,立刻就开始定计划。结果我们在家族饭店又待了一会儿,决定选一些平时不容易去的、比较远的地方。我们打算一天只去一个地方,至于午饭,要么自带盒饭,要么随便在哪一家饭店里吃。我们想到了很多地方,比如迪士尼乐园、安徒生公园、儿童游园等等。但我们决定这个周末去东武博物馆。接下去,我想我们真的该离开饭店了,不然真对不起已经等了很久座位的那些人了。

时间刚过正午,阳光明灿灿的,街道像一个庞大的蒸笼。风每次拂过身体,都会带来一阵热浪,我的身上又全都是汗了。

三

上午十点钟,我跟一太郎准时到了梅花岛车站,祐太的妈妈带着祐太和康祐刚刚好也到了,打过招呼,一行人慢慢地走进车站。不久,电车也来了。

我跟祐太的妈妈坐在椅子上,旁边一太郎跟康祐脸冲着窗外跪在椅子上说话,祐太一个人站在车门口,被出出进进的人撞来撞去。我冲着祐太招手,意思是让他过来到我们身边,但他看了我一眼,并不挪动位置。我看祐太的妈妈,她小声地说了一句"随他去吧"。

我们在北千住换车,一太郎跟康祐并肩走在一起,有说有笑的样子令我突然觉得歉疚。我对祐太的妈妈说:"一太郎跟康祐好像很合得来啊,祐太会不会……"话只说了一半,她马上接过我的话说:"没关系,祐太喜欢一个人待着。即使在家里,哥儿俩也不是总在一起玩的。"我看着康祐,虽说他比祐太小两岁,但个子比祐太高,在一般人的眼里,会以为他是祐太的哥哥。我对祐太的妈妈说:"康祐长得真高啊,都快赶上一太郎了。"她突然将脑袋靠近我的肩头,小声地说:"不是康祐的个子高,而是祐太的个子太矮了。前一阵子,因为我担心祐太有侏儒症,特地带他去医院检查了呢,但检查结果证明他没有得侏儒症。不过呢,虽然医生这么说,我还是坚持让祐太吃了预防得侏儒症的药。"我很惊讶,问她是什么样的药。她回答说:"就是一种药片啊。幼童时期服用的话,即使真的是侏儒症,也不怕长不高的。"我从来没有听说过有什么预防侏儒症的药,说真的,祐太妈妈的话,使我的心里有了一些寒意,还有点不舒服。我强装出笑脸对她说:"医生说没事就是没事的,你不应该让祐太乱吃药。有一些小孩子,一直都很矮,但是到了某个时期,会一下子长高,好像蹿一样地快。"说完这话我很难为情,觉得自己不应该多管闲事,怎么说祐太都是她的孩子啊。她看上去并没有在意我说的话，"嗯"了一声后，对我说："那种药是一次性服用的。"

东武博物馆位于墨田区的东向岛车站，是为了纪念东武铁道成立九十周年，于一九八九年设立的。馆内有十二辆实物车体，包括开业当时的蒸汽机和二十世纪二十年代的木制电车。因为可以通过屏幕模拟电车和汽车的驾驶，深受电车爱好者的青睐。

我们进博物馆的时候是上午十一点，正赶上蒸汽机车的第一场演示，在驾驶员的操纵下，机车发出嘹亮的汽笛声，车轮急速地转动起来。三个孩子撒欢儿似的跑过去，我跟祐太的妈妈笑着跟在后面。

有一点令我觉得安慰的是，跟来博物馆的路上不同，祐太总算掺和在一太郎和康祐的中间，三个孩子玩在一起了。但是好景不长。看完蒸汽机车的演示，三个孩子在车厢里玩了一会儿。下了蒸汽车往前走，是以关东平原为原型的全景秀。橱窗外的说明牌上，介绍大全景模型的横幅为十四米，纵幅为七米，一共有一百七十辆模型电车在计算机的控制下行驶。如果肯交一百日元的话，可以自选模型电车，坐驾驶台实际操作四分钟。祐太说想玩，康祐和一太郎跟着要玩。排队的人很多，一轮下来差不多花了半个多小时。之后一太郎想去其他的地方，但是祐太和康祐还不想离开。兄弟俩站在橱窗外，全神贯注地看人家驾驶的电车。等了几分钟，一太郎开始不耐烦了，坚持要我陪他去巴士那里，我只好跟祐太的妈妈打招呼，她说等祐太和康祐看足了全景秀就去巴士那里找我们。

模拟巴士驾驶的地方也排了很长的队，好不容易轮到一太郎，我陪他到驾驶室，两个人挤在一起，一边看前方的大屏幕，一边操作方向盘,感觉好像真的是自己驾驶的巴士走在道路上,很刺激。

刚下巴士,碰巧康祐一个人来找我跟一太郎。我问他妈妈跟祐太怎么没有一起来,他说祐太还要看电车的全景秀。康祐说他也要模拟驾驶汽车,一太郎就陪着他又玩了一遍。看了看时间,已经中午十二点半了,我觉得肚子饿,想找个地方吃午饭,就带着一太郎和康祐回到全景秀那里。我看见祐太连姿势都没有变,还是两只手搭在橱窗的玻璃上,脸也快贴在玻璃上了,两只眼紧紧地盯着移动的电车。祐太的妈妈站在祐太的身后,我走过去,问她肚子饿不饿。她看了一下手机上的时间,说了一句"已经是这个时间了啊",然后就走近祐太,拍了一下他的肩膀说:"该去吃饭了。"

祐太一动不动,好像没有听见他妈妈让他去吃饭,我只好走近他,用商量的口气说:"祐太,等这辆电车跑完了,我们先去吃午饭吧,吃完了饭再回来。"他看了我一眼,但马上目光又回到电车上。我们默默地等着他,并且认为这辆电车跑完了,他就会跟我们一起去吃午饭了。没想到的是,这辆电车跑完后,他还是不肯离开。祐太的妈妈对他说:"这里的电车会一直跑的,我们吃完了饭还可以再回来看,你还可以再驾驶的。"同样没有想到的是,祐太妈妈说话的工夫,康祐走近祐太,突然从侧面推了他一下说:"快去吃饭啊!"他很生气,转过身冲着康祐嚷道:"讨厌!我不想去吃饭,我不饿!"在这之后,更没有想到的是,一太郎也上前推了他一下。我刚想让一太郎跟他道歉,他已经冲到一太郎身边踢了一太郎一脚。三个孩子打起架来,而且是二对一。我拉住一太郎的胳膊不让他动,祐太的妈妈拉住康祐的胳膊。我轮流看着三个孩子的眼睛说:"好朋友之间不可以打架。"一定是我的样子很吓人,三个孩子一下子安静下来。不久,我绷着脸,一个字一个字地说:"现在我们一起去外边吃饭。"说完我牵着一太郎的手往门外走,康祐跟在我们身后。一开始,祐太站着不动,但他妈妈牵了他的手后他就跟着我们出来了。

午饭是在博物馆旁边的麦当劳吃的。一太郎跟康祐一直喋喋不休,我一直想不出办法让祐太也掺和进去。我一直想知道祐太的妈妈会不会介意,如果没有一太郎,康祐只能跟祐太玩,也许兄弟俩就不会打架了。

下午回博物馆后,几乎是我陪着一太郎和康祐楼上楼下地玩,祐太的妈妈一直陪着祐太看全景秀。

回家的电车上,祐太的妈妈对我说:"今天很抱歉,从头到尾都是你在陪着康祐玩。"我连连摇头说:"哪里哪里,是我不好意思,是一太郎抢走了祐太的弟弟康祐。不过,从另一个角度来看的话,祐太这样执着于某一件事,有匠人精神,说不定他将来会成为一个了不起的匠人呢。"她摇了一下头,回答说:"将来的事谁知道会怎么样啊。眼前可以肯定的是,康祐跟一太郎很合得来,倒是他们俩更像亲兄弟呢。"我觉得她说得对,康祐连体形都和一太郎很像。

四

出发前,我一再嘱咐一太郎:一定要主动招呼祐太玩。但使一太郎烦恼的是,如果听我的话跟祐太玩,就不能随心所欲地玩,因为祐太一定会盯住一个地方不动。我说,今天去的是儿童游园,能玩的都是室外游戏,没有电车,祐太不可能盯着一个地方。我建议一太郎"干脆祐太玩什么就跟着玩什么"。我还告诫一太郎,假如今天三个小朋友还打架的话,也许以后就不好在一起玩了。这一点让一太郎动了心,他答应我"试着努力一下"。

说到儿童游园,位于东京都的港区,从信浓町车站走过去只要五分钟,正式的名字叫笑嘻嘻公园。虽然是公园,但里面的游戏设备跟普通的公园不同,很有特点,有隧道式滑梯、滚柱滑梯、泰山绳索、蹦床、轮胎式秋千、人工草坪等。

从我们住的梅花岛去信浓町,需要在秋叶原换车。秋叶原有山手线、京滨东北线、总武线和日比谷线。不仅如此,从东京站往北的新干线也全部通过秋叶原,举例来说的话,有上野东京线 E233、山手线 E235 和 E231、东北新干线 E5、北路新干线 E7 等。对祐太和康祐这样喜欢电车的孩子来说,秋叶原是难得的现场。好不容易有机会到秋叶原,祐太的妈妈想让孩子们看一会儿新干线。她问我的意见,我当然不会反对,但是说真的,我暗自有一点担心,就是祐太会不会又黏在秋叶原不肯离开。

到底是喜欢电车的祐太的妈妈,她声称神田万世桥的"2013 平台"是看电车的最佳位置。她介绍说,这个平台本来是中央线的一个站,叫万世桥,在神田和御茶水之间,但一九一二年月台被改修成现在的平台,可以自由出入。

虽然平台跟月台之间隔着玻璃,但中央线和总武线近在眼前,电车来来往往的,迫力感很强。祐太和康祐,兄弟俩看电车的眼睛可以说是闪闪发光。我本来担心一太郎会厌倦,但对他来说,只要跟康祐在一起,似乎也就满足了。大约看了半个小时,祐太的妈妈提议出发去信浓町,我担心地看着祐太,没想到他很顺从地点了点头,跟着我们离开了平台。

笑嘻嘻公园里没有饭店,入园前我们得去车站附近的便利店买午餐。我买了两个三明治、一盒炸鸡块。祐太的妈妈也买了炸鸡块,还买了三个只加了一点点盐的那种饭团。我很惊讶,因为我每次在便利店买饭团的时候都会纠结很长时间,饭团的种类实在太丰富了,仅仅是我喜欢的,就有梅干、烤鲑鱼、海带、明太子、金枪鱼蛋黄、干松鱼等。出了便利店,我问祐太的妈妈:"为什么会买这么素的饭团?"她说祐太和康祐都喜欢吃这种饭团。我点了点头,没有说什么,不知道应该说什么,但心里觉得惋惜。我觉得,那么多种营养丰富的饭团,谁见了都应该纠结的。

看见笑嘻嘻公园的大门时,三个孩子拔腿飞奔,我和祐太的妈妈跟着跑起来。门票很便宜,大人三百日元,小孩子只要一百日元。笑嘻嘻公园,我还是第一次来,听说来园的多是英美等西方人和有钱人的孩子。还听说一些有着日本式容貌的小孩,如果身边的大人看起来像菲律宾人的话,那个大人必是小孩子家雇用的保姆。在日本,很多有钱人喜欢雇用菲律宾人做保姆,因为菲律宾人在日常生活中,用一口流利的英语跟孩子们对话。看来这些说法是真的,我已经注意到了,院内的一大半人,是西方人母子。我问祐太的妈妈是否注意到有很多貌似菲律宾人的女人,她说她也注意到了,还说那些女人应该就是"菲律宾保姆"了。

我也是第一次看见滚珠滑梯。每次,三个孩子排成一溜,眉飞色舞地从上面滑下来的时候，我的心都痒痒的。谁都想不到我其实很想跟孩子们似的滑一次。

一太郎跟康祐朝隧道式滑梯那里跑去，祐太却一个人去玩轮胎式秋千。好在两个地方离得比较近，我跟祐太的妈妈站在两个地方的中间，她盯着祐太，我盯着一太郎和康祐。不久，玩够了隧道式滑梯的一太郎跟康祐，也跑去玩轮胎式秋千。阳光下，三个孩子坐在轮胎上咕噜咕噜地转。先是一太郎从轮胎上下来，告诉我他头晕。说话的工夫康祐也从轮胎上下来，说他也头晕。祐太的妈妈说："一定是晕秋千了。"我不明白，说秋千又不是船，又没在海上，怎么会晕呢。她解释说，这种轮胎式秋千跟普通的秋千不同，不是一前一后一上一下，而是咕噜咕噜地转，转得时间长了，耳朵中半规管里的淋巴液就会流动，带动纤毛顺着旋转的方向弯曲，就像海底的水草受海流影响产生倾斜一样，纤毛弯曲会让人产生眩晕的感觉。她解释了这么多，我一点也没有听懂，但既然不是病，我也就放心了。我冲着还在轮胎上咕噜咕噜转的祐太问："不觉得头晕吗？要下来去玩其他的游具吗？"他说没觉得头晕，也不想去其他的地方。这时候，一太郎跟康祐往泰山绳索那边跑，我赶紧一边跟着跑，一边急急地对祐太的妈妈说："你看着祐太就好了。"她冲着我喊了一句："康祐就拜托你了！"

从这个时候起，一太郎和康祐一直在一起玩，几乎玩遍了园里所有的游具。祐太的妈妈和祐太一直没过来找我们。到了正午，跑累了的一太郎跟康祐想吃午饭，我带着他们两个人回到轮胎秋千那里，祐太还在秋千上咕噜咕噜地转。我问祐太的妈妈："祐太一直没有晕过吗？"她回答说："没有。"我说："真了不起，祐太将来可以当飞行员，或者当船长。"她犹豫了一下说："也许祐太的半规管有问题呢。"我说："你又胡说。"她笑着说："我是在跟你开玩笑呢。"

我们选择在人工草坪上吃午饭。我不饿，只吃了两个炸鸡块，三明治让一太郎一个人都给吃掉了。我去自动贩卖机买饮料，顺便给其他的人都买了一瓶。把三瓶茶给祐太妈妈的时候，她要给我钱，我说算了，还说下次玩的时候让她买。她说好。

下午的情形跟上午差不多，祐太盯住轮胎秋千，一太郎跟康祐不断地换地方。往回走的时候，祐太的妈妈问我是不是很累。我不好意思直接回答，问她下一次可不可以到我家里玩。我告诉她，刚给一太郎买了一部任天堂的 Wii，虽然是游戏机，但是高尔夫球、网球等运动游戏都有，还有超级马力欧兄弟。她说她也觉得在家里玩可能比在外边玩要轻松。至于哪里轻松，她不说，我也不提，但心里都明白。再说她还没有来过我家，很高兴有这样的机会。

电车上，祐太跟上一次去东武博物馆的时候一样，一个人站在车门前。看着他被进去出来的人流簇拥着而毫不在乎的样子，我觉得他瘦小的身体里有着跟普通孩子不同的东西。到了梅花岛车站，一太郎和康祐还想一起吃晚饭，我跟祐太的妈妈几乎同时说"不"。我们都太累了。分手后，我跟一太郎慢慢地往家里走，一太郎说，笑嘻嘻公园比梅花岛公园好玩，还想再去玩。我答应他，说过一阵子就带他去。

五

祐太的妈妈带祐太和康祐来我家时，顺便买来了三大瓶饮料。

我让她不用客气,她立刻说我在笑嘻嘻公园时也请过她跟孩子。我打开冰箱,从里面取出冰茶和橙汁,又从柜橱里取出五个杯子。将五个杯子都注满后,我说:"四杯茶,一杯橙汁。"祐太的妈妈哈哈大笑着说:"谢谢。"

孩子们喝了一口饮料就急着玩 Wii。祐太要玩高尔夫球,一太郎和康祐却要玩超级马力欧兄弟。我偷偷地对一太郎使眼色,他一声不响地望了我一会儿,答应先玩高尔夫球。因为 Wii 可以好几个人同时玩,可以比输赢,所以买 Wii 时我一下买了三个遥控器。三个遥控器,三个孩子正好一人一个。

我跟祐太的妈妈坐在沙发上闲聊,过了几分钟,祐太突然说高尔夫球不好玩,不想玩了。一太郎匆匆地看了我一眼,我赶紧对祐太说"马力欧赛车很好玩",还让一太郎教祐太和康祐怎么玩。遥控器上有六个有效的按键,分别是 A、R、A、Y、X、B,还有操纵方向的摇杆,A 和 Y 是油门键,B 是刹车键,X 是视角切换键,用来观察身后的赛况。R 是漂移和加速键,会使车辆在跳跃后漂移,而车轮会根据漂移的时间和角度擦出火花。此外还有各种道具,香蕉皮使车辆打滑,绿色龟壳用来攻击对手的车辆。一太郎仔仔细细地介绍着这些功能,祐太和康祐很认真地听,然后三个孩子就进入了比赛。一太郎之前已经玩过很多次,自然是遥遥领先。康祐虽然输给了一太郎,但很快熟练起来,将车跑得迅速而又平稳。祐太的车几乎在原地不动,我忍不住过去手把手地教他,但他直接把遥控器给了我。我觉得拿他没办法的时候,他告诉我想玩角落里的拳击沙袋。沙袋是我给自己买的,本想用来减肥,但是打了几次就放弃了。我一直想减肥,买了很多减肥用具,除了沙袋,家里还有跑步机、平衡健身球等,因为都被我放弃了,它们就成了废物。"妈妈根本不可能瘦下来,妈妈没有恒心。"一太郎好几次这么抢白我。但是据我看,我肥胖的真正原因是贪嘴,而贪嘴是与懒惰连在一起的。

祐太的妈妈突然大声叫了起来,随后去沙袋那里,这时我已经看见沙袋里的沙撒满了一地。她对祐太搞破了沙袋的事很难过,我让她不必介意,因为我根本不使用,前几天差一点就"扔了这个废物"。这时,她不太自然地、小声地对我说:"好像是祐太用剪刀剪破了沙袋。"我说是我不好,把剪刀放在了不该放的地方。她忍不住笑起来:"剪刀还有应该放的地方吗?"我补充说:"比如抽屉里,或者工具箱里。"她止住笑,让祐太跟我说对不起。祐太看起来有些不知如何是好的样子,皱着眉头说了一声"对不起"。我还是第一次看见他说话的时候,望着对方的眼睛。我走到他身边,一边笑,一边抚摸着他的头说:"祐太你不要介意,我本来打算要扔了这个沙袋的。"他点了点头,但脸色煞白。我呢,去三楼一太郎的房间,拿了几辆新干线的玩具车给他。他接过玩具车坐下去,用手将车在地板上前后地滑动着,看样子很投入。

谈及孩子们课外学习的事,我对祐太的妈妈说,最近正考虑让一太郎学弹钢琴。听说小孩子在七岁前弹钢琴,对大脑的发育有很多积极的作用。我去百度上检索过,有专家说,手指在钢琴的键盘上飞舞时,演奏者的大脑也跟着高速运转,尤其钢琴在演奏时需要双手有协调性,所以大脑的发展比较均衡。我微笑着对她说:"虽然这只是一些看法,但对小孩子来说,弹钢琴肯定只有好处,没有坏处。"

她表示赞同。也许是阳光直接照射在她脸上的缘故,我看见她的目光闪亮了一下。过了一会儿,她突然对我说:"我也想让祐太学弹钢琴。"我觉得很意外,怎么说呢,我跟她在花钱的地方很不相同。就说给孩子买衣服的事吧,我认为买很贵的衣服不值得,因为孩子过不了多久就会长高,衣服没穿几次就不得不丢掉了。我宁愿花钱让一太郎学游泳、学空手道、学滑雪、学新体操。祐太的妈妈从来不在这些方面花钱,但是她给祐太和康祐买的衣服,全部都是很贵的名牌。我曾经跟祐太的妈妈感叹过我们花钱的地方不同,她一点反应都没有。

六

离我家不远的地方,有一个叫"木村"的超市,每次去那里买菜时,都会路过一户有着天蓝色墙壁的房子,大门的旁边设置了一块很可爱的广告牌:粉红色的背景,白色的钢琴和八个斜体字电话号码。决定让一太郎学弹钢琴后,我经常会想起那户人家,直觉告诉我那里是钢琴教室。

我跟祐太的妈妈说我知道哪里有钢琴教室,并答应明天就带她去。

开门的是一位中年女人,个子蛮高的,短发。虽然是夏天,是在她自己的家里,她却穿着短袖西装,这使我相信自己的直觉是对的:这里肯定是钢琴教室。

我们开门见山,听了我跟祐太妈妈的来意后,她和蔼可亲地做了自我介绍。然后我问她："荒木老师，我们可以带孩子们来体验后再决定是否入室吗？"她说可以。我接着问："您也看到了，我们是一起来的，虽说不好意思强求，但如果有可能的话，希望荒木老师可以将两个孩子的体验时间，放在同一天的同一个时间。"她想了想，说，两个孩子一起体验的话，时间上可以稍微长一点，由规定的三十分钟改为四十五分钟。我觉得没有这个必要，因为看小孩子跟老师和教室是否合得来，有三十分钟就足够了。我说："谢谢您的用心，但还是按照规定的三十分钟来吧。"她说好。

　　三天后，我跟祐太的妈妈带着一太郎和祐太来到荒木钢琴教室。跟上一次来的时候一样，房间的窗帘只开了一条缝，我想是房间朝南，怕阳光直射对钢琴不好吧。荒木老师让一太郎跟祐太坐到钢琴前的椅子上，让我跟祐太的妈妈坐在门口的椅子上。昼日下的灯光很温柔，房间里开着空调，感觉很舒服。开始上课了。荒木老师首先让一太郎和祐太端正姿势，然后教他们认识键盘的位置和手指编号。左右手都是大拇指开始算，12345 指。她弹了一遍 12345671，跟着让一太郎和祐太弹了三遍。她不断地夸赞两个孩子聪明，弹得好。我跟祐太的妈妈都很高兴，觉得自己也有面子。不久，她问一太郎和祐太想不想弹《樱花》。《樱花》这首歌在日本可是无人不知不晓，无人不会唱的。一太郎跟祐太同时点头说"想"。她先弹了一遍，然后拿出一张纸，在上面写下 667-667-66176764，然后让两个孩子弹。一太郎先弹，祐太后弹，弹得都很慢，好几次按错了键盘。反复了几次以后，一太郎已经弹得很像样了，但祐太看起来似乎有点坐立不安，偶尔会从椅子上站起来，抓一下耳边的头发。不过三十分钟很快就过去了,我开始担心祐太的时候,体验刚好结束,我松了一口气。荒木老师让我跟祐太的妈妈做决定,说如果打算让孩子们在她这里学弹钢琴的话,需要定下来学什么,一周学几次。我不懂音乐,问她都有什么好学的。她举了两个例子,比如古典音乐,比如童谣。祐太的妈妈毫不犹豫地选择了童谣。读书时我喜欢读经典,虽然经典书跟古典音乐完全是两回事,但我还是替一太郎选择了古典音乐。回家的路上,我对祐太的妈妈说:"今天两个孩子都很乖啊。"她微笑着,看样子也是很高兴。

开始学钢琴后, 我跟祐太的妈妈都没再提一起到哪里去玩的事。我们将学钢琴的时间定在周六上午,康祐是十点到十点四十五分。一太郎是十一点到十一点四十五分。陪一太郎去荒木教室的时候,偶尔会碰见正准备离开的祐太的妈妈和祐太。这样持续了一阵子,有一天,趁着孩子们在幼儿园的时间,我跟祐太的妈妈去逛商店。在饭店吃午饭时,听我说一太郎的钢琴教材已经用完了两本,祐太的妈妈瞪大了眼睛说:"祐太连一本都没用完。"说真的,我也很惊讶。不过,有些事也不是我自满,自从一太郎开始弹钢琴,没几次我就发现他的记忆力很厉害。实际上,他对乐谱过目不忘,弹琴的时候根本不看乐谱,完全都是暗记。荒木老师有一次对我说:"只要一太郎肯努力,说不定是音乐天才,也许可以成为钢琴专家。"

最后在荒木教室碰见祐太的妈妈和祐太时,我根本没想到不久家里就发生了意外,而一太郎也不得不因为那个意外而放弃学弹钢琴。我至今仍然记得那天的一部分对话。祐太的妈妈问荒木老师:"一太郎都快进入第三本教材了, 为什么祐太还停留在第一本教材呢?"荒木老师回答说:"最好不要跟一太郎比。我教了这么多学生,像一太郎这样的学生,还是第一次遇到。"我吃了一惊,竭力平静地问荒木老师:"一太郎真有这么厉害吗?"荒木老师"嗯"了一声,突然问一太郎本人:"你将来打算做什么呢?"一太郎将左手的大拇指和食指伸开成八字形,将大拇指按在下巴上,想了想,一脸神秘地回答说:"嗯,既然是将来的事,将来再说吧。"那一刻,我凝视着一太郎,觉得他的姿势和动作都很眼熟,好像在哪里看过。啊,后来我想起来了,是电视剧《名侦探柯南》里柯南的动作。当时我觉得一太郎的样子很帅,只是当着他人的面我不能这么夸他。

七

不知不觉地,暑假过去了,寒假也结束了,一太郎跟祐太成了小学生,但学校不同,所以很少有来往了。一年过去了,又一年过去了,快上三年级的一太郎长得快有我这么高了。有时候,我突然会想起祐太和康祐,尤其是祐太,说不定个子一下子蹿老高了。实际上,一太郎停止学弹钢琴后,我再也没有见过祐太母子。刚开始,我模模糊糊地觉得应该跟祐太的妈妈打声招呼,但不知道怎样跟她说明停止学弹钢琴的真正理由。

一次,在去车站的途中,有一个少年冲着我迎面走来。也许是他走路的样子比较怪,笔直地在一条线上出溜出溜地走,小老鼠似的,所以在他走过身边的时候,我不由得盯着他的脸使劲儿看了一眼。我很惊讶,难以相信眼前的少年竟是祐太。他的个子长高了很多,跟一太郎差不多高,但还是那么瘦。使我惊奇的不是祐太的个子长高了,怎么说呢?几年前那个郁郁寡欢的小男孩,看起来有点神经兮兮的了。还有他神情中那楚楚可怜的样子,令我觉得心痛。我本想叫住他,打一声招呼,但是他目不斜视,好像根本没有注意到我。

这样又过了很久,接着是我在去超市的途中遇到了祐太的妈妈。我跟她之间隔着一条道路,因为赶上红色的信号灯,两个人都站在电线杆下等绿灯。有一瞬间我很想装作没看见她,迅速逃离,但同时我相信她必定也看见我了。我故意东张西望,目光落在她身上的时候,看见她也在东张西望。不久,十字路口的信号灯变绿了。我抬起脚,觉得迈出的每一步,都使尽了全身的力气。在道路的中央,我跟她同时站住,同时开口打招呼:"嗨,好久不见了啊。"她接着说:"有几年了吧。"我说站在十字路口的中央太危险,就让她随我到了刚才她站着等绿灯的地方。

太阳很高,映着她满头的灰发。我问她怎么把头发染成灰色,她回答说:"白发多起来,整体染成灰色的话,白发就不那么显眼了。"我说我不喜欢她的灰发,整张脸被衬得灰乎乎的,显老。她说下一次染发的时候就换颜色,还说她几乎不到这边来,今天去某个地方办事,回家时路过这里,想不到就遇到了我。我笑了笑,说这边刚开了一家新的超市,东西很便宜,我最近都在这边的超市买东西。她说难怪住得这么近,几年来却一次都没有相遇过。我问祐太和康祐好不好。我本来想告诉她不久前遇到了祐太,但是没有说出口。她沉默了一会儿,对我说:"康祐很好,但祐太的事,说来话长,还是找个时间慢慢说吧。"我说好。然后她问我一太郎好不好。我回答说好。这时候,十字路口的灯又变成了绿色,我赶紧跟她挥手说:"对不起,把你从道路上拉回来。灯绿了,你也快过马路吧。"她笑出声来,本来已经朝道路上走了,却又将脚步停下来,对我说:"我们还是现在就约好了见面的时间和地点吧。"我赶紧回答说:"好啊好啊。"我们定在下一个星期二见面,因为星期二她老公休息,可以在家照顾孩子们。

我知道祐太的妈妈到了对面后会回过身再一次跟我招手,所以站在电线杆下目送她跟着一群人穿过马路。她的头上是悠悠的白云,十字路口的两侧是排成长列的车队。对面的家具店还没有开始营业,但营业人员已经在准备开门了。我跟祐太的妈妈隔着很宽的马路相互摆手,她先离开,而我站在原地望着红绿灯和一辆辆从眼前疾驰而去的车,心里忽然涌出些许伤感。

八

跟人家约会的时候,我总会提前十几分钟到,绝不迟到。本来约定的时间就比较早,是上午十一点,所以我到东来中国餐馆的时候,店里一个客人也没有。店员让我随便坐,一开始,我打算坐到靠窗的那张桌子旁,但想了想,还是坐到了靠墙的一个角落里。我想我可能有几分不安,心脏突突突地跳得很快。

祐太的妈妈十一点整准时出现在店门口,我朝她招手,她一边走近我一边说:"你挑了这个角落啊。"然后我们相互寒暄,之后开始点吃的。我暗自觉得,这顿饭如果吃得太正式了,或许不方便聊天,于是问她想不想喝酒。她说喝。我说我要啤酒。她说她也要啤酒。我们各自点了一份自己想吃的套餐和一杯啤酒。女服务生很快把啤酒送到饭桌上，我跟祐太的妈妈同时端起酒杯。说过"干杯"后，她一口气喝下去了一半。为了调节气氛，我故意开玩笑，说两个女人大中午的在餐馆喝酒，真对不起正在工作的那些人。她出声地笑了一下，跟着又喝了一大口，酒杯里的啤酒只剩下一点底了。今天她穿了一件粉红色的T恤衫和牛仔裤，头发染回到黑色。我夸她的黑头发很好看，看起来很年轻，她很高兴。套餐端上来时，第一杯啤酒已经被我们喝光，于是又追加了两杯。

套餐吃完了，我一直不断地让服务员上酒，就是不敢问祐太的事。那天在路上相遇，祐太的妈妈说要跟我慢慢地聊祐太，但我想一个人的想法有相对性，到了今天，有可能她又不想聊了呢？如果我没有算错，应该在喝到第五杯的时候，她突然开口说："关于祐太，其实他没有在普通的小学读书，在特别支援学校。"话出口的同时，泪水已经顺着她的面颊流下来。我感到心脏三百六十度地翻了一次个儿，心口有一只小动物在跳。怎么说呢？她的话给我的冲击太大，说摧枯拉朽都不过分。我暗自庆幸座位挑在这个靠墙的角落，想给她手巾，但她从自己的口袋里掏出手帕，轻轻地按在眼睛上。有几次，我看见她试着从眼睛那里放下手帕，但新的泪水马上又涌出来。她干脆用手帕将眼睛盖上，毫不掩饰挫败的情绪。她脸色惨白，一直没办法说话。我也不说话，故意装得很平静。说实话，装的感觉并不是很舒服，好像脸上的肌肉都扭曲了。

特别支援学校，是为有身体残疾或者精神障碍的孩子们提供教育的专门学校。凭我的感觉，祐太很执着，但算不上身体有残疾或者精神上有障碍。问题是我不敢安慰她,轻易的安慰只会让她更加痛苦。沉默的时间里,我的脑子里不断闪过一太郎跟祐太和康祐一起游玩的那些遥远的日子。

过了很久,看见祐太的妈妈终于能够忍着不再流泪,我就装作若无其事的样子问她:"祐太是自闭症吗?"她歪着头想了一下,摇头说不是。我想不出除了自闭症祐太还会得什么其他的病,接着问:"我们差不多只有两年时间没有见面。两年前,祐太跟一太郎和康祐不是玩得好好的吗?祐太跟一太郎不是一起开始学弹钢琴的吗?"她挺直了身子,直视着我的眼睛说:"医生说,祐太的症状是发达障碍。"她的眼泪又流出来了。我一语双关地问:"钢琴学得怎么样了?"她说一太郎停止学弹钢琴不久,教室也关闭了,所以祐太也没有学下去。

说真的,我还是第一次听说"发达障碍"这个词语,干脆拿出手机检索了一下。有专家说,发达障碍是自闭症的一种,同时包括艾斯伯格症候群以及其他广泛性障碍。举例来说的话,比如注意力不集中,比如多动,比如不能跟人进行正常的交流,等等。日本文部科学省的调查结果显示,中小学通常有百分之六点五的学生患有发达障碍。

我对祐太的妈妈说:"不会是什么地方搞错了吧,也许是祐太的性格容易让人产生误会。"这时候,我想起祐太在东武博物馆看了一整天电车的全景秀,在儿童游园坐了一整天的轮胎秋千的那些事。他的样子和神情,至今仍非常清楚地留在我的脑子里。我解释说,祐太喜欢某一个东西的话,好比电车,就会将喜欢之情贯彻到底。依我看,这是祐太的性格而不是病。

　　她打断了我的话,说一开始她也这么想,但事实证明了祐太的确有障碍。祐太上小学后,没几天就拒绝去学校了。按照祐太的说法,在学校期间,同学们的存在使他无时无刻不觉得难受,特别难受,因为"同学们太吵了"。我问她:"你没有试着引导祐太跟同学们交流吗?"她开始哭起来,说祐太是她儿子,所以她比任何人都知道祐太的固执。她甚至用"神经质、自私、冷漠"这些词汇来形容祐太。说到这里,她的声音都变了:"祐太有病,我不仅没发现,还从一开始就狠狠地责备他。一想到这一点我的心就会难受,非常非常难受。我动不动就会哭起来,除了内疚,还会觉得祐太怎么这么不幸。为什么偏偏就是祐太呢?为什么偏偏就是我生的孩子呢?"我立刻就感觉到了,她的泪水,不仅仅是为了祐太,也是为了她自己而流的。我还是不说话。她接着说:"我经常问自己,当初,如果知道祐太会变成现在的样子,会不会生下他呢?你说我做妈妈是不是很失败?"我心里对自己说,大概每个做父母的都会像她似的这么想,至少会在心里偷偷地想,至少我会这么想。归根结底,人在本能上是所谓的现实主义者。我对她说:"即使你知道祐太会变成这个样子,你一样会生下他。"她朝我点头,泪水涟涟。

九

　　我无法想象突然降临在祐太妈妈身上的这种绝望,但我也是一太郎的妈妈,知道妈妈越是爱孩子,由孩子导致的痛苦也越深刻。人生变幻无常,有时候荒诞而又残酷。两年前跟祐太的妈妈、跟祐太、跟康祐一起玩的时光,在我的脑子里忽然变得虚幻起米。我觉得,要么那时光不曾存在过,要么那时光存在过但又流逝掉了。成长本来是一件快乐的事,但成长于祐太来说已经毫无关系了,祐太永远都是一个小孩子了。我闭上眼睛,仿佛看到在祐太的头上,有一个断了线的风筝随风而去。事实上,祐太的未来被交给了他的妈妈、爸爸以及他身处的社会。祐太的妈妈告诉我,祐太从普通的小学转学后,虽然也不是天天都去特别支援学校,但每周会去两三次。老师们都是专家,发现祐太情绪不安定的话,会及时应对。祐太不去学校的日子,老师会做家庭访问。她还告诉我,特别支援学校是小中高一贯制,高中毕业时,学校会颁发日本政府承认的高中文凭。我想起前几天在电视上看到的,一个与障碍者有关的专题节目:一些企业喜欢雇用一些有自闭症或者障碍的人,理由是这些人的集中力远远超过普通人。节目同时还介绍了几个有自闭症的天才,我只记住了一个名字,是日本的著名画家葛饰北斋。我把这个节目的内容说给祐太的妈妈听,她回答说:"被称为天才的人毕竟是特例、是少数,全世界也找不出几个人。不过祐太喜欢电车,将来我会试着为他找一个跟电车有关的专门学校。"

我差不多有点明白过来了,两年前祐太一直不能跟一太郎和康祐掺和在一起玩,其实已经是"病"和"障碍"的轻微现象,只是我们当中没有人是专家,没有及时发现而已。但是,有一些问题我还是搞不清,那就是一些存在过的事实。虽然我跟祐太母子有两年没有见面,但是我记得之前曾经给祐太的妈妈打过两次电话。我记住这两次电话是因为我当时觉得很吃惊。在第一次的电话里,她说祐太一个人去北千住的纪伊国屋书店买书了。我吓了一跳,问她怎么放心让一个上幼儿园的小孩子,独自乘电车去那么远的地方买东西。还记得她回答说祐太经常一个人去买自己想要的东西。在第二次的电话里,她说祐太正参加一个由区政府主办的义务活动,幼儿们组队去一些公园和街道上收拾垃圾。那时候,我从来不肯让一太郎一个人出门,更没想让他参加什么义务性的活动,所以吃惊之余觉得祐太母子非常了不起。我问祐太的妈妈是否还记得这两件事,她说记得。我说:"就这两件事已经够我糊涂的了,如果祐太有病,为什么能一个人去书店买书?为什么能够参加集体性的义务活动?"她叹了口气说:"祐太是在上小学后,才开始出现了明显的症状。"我"嗯"了一声。出乎我的意料,她看起来很崩溃地说:"也许就因为这些事,祐太的爸爸至今也不肯承认祐太有病。男人可能比我们女人更痛苦。"

祐太的妈妈垂下脑袋,刘海覆盖了她的额头,我忽然想过去抱她一下,但最终还是坐着没动。我轻声地问:"为什么你痛苦的时候不给我打电话?也许我可以安慰你。"她突然抬高了声音说:"这种事,是没办法跟人说的,不可能跟人说的。"

这时候,旁边的座位来了两个男人,我觉得有点不舒服,想换个位置,但又知道不可能换。餐馆里不知什么时候已经坐满了客人,谈话声交织成一片。我低着头琢磨了一会儿,对她说:"谢谢你跟我说这些事。"我觉得这样谢她有点装模作样。她的脸带着不自然的微笑,有点为难似的问我:"一太郎的妈妈为什么突然间不联系我了呢?我私下以为,你是从哪里听到了祐太的事,有意避开我吧。"正如她自己刚刚说过的,有些事,不能也没有办法跟别人说,说白了,就是不想让一些跟自己没有关系的人,来冒犯自己的生活。生活中,当我感到痛苦或者恐惧的时候,会一个人去郊外人烟稀少的公园,躺在草坪上看无边际的天空,看无着落的流云,看偶尔飞过的小鸟。

原以为一辈子都不想让外人知道的事,现在却想故意地说出来,让祐太的妈妈也知道。我知道我这么做,不过是想找到跟她之间的某一种平衡,而在本质上,其实既廉价又没有意义。我说跟她一样,我也有不能跟别人说的事。突然间,一股巨大的痛苦冲击了我,我努力克制了一会儿,竟然挺过来了。我解释说:"我之所以让一太郎停止学钢琴,是因为家里发生了很大的事,连明天能不能吃上饭、有没有地方睡觉都不知道。问题出在一太郎的爸爸那里。突然间,他被人骗了,公司被人拿走了,他自己被人解雇了。"她"啊"了一声,说从来没有想到会发生这样的事,然后问我:"现在呢?境遇好转了吗?"我耸了一下肩膀说:"天无绝人之路。话说回来,那时候我也天天哭,也想过一太郎该不该出生的问题。如果生下小孩却不能给他安全感的话,或者因为生下小孩在危机的境况下却不能有自我选择的话,等等。这些胡思乱想困扰了我很长时间,但最终得出的结论是,如果没有一太郎的话,也许我不会那么坚强地熬到今天。有一个需要你负责的小孩子,痛苦会变得可以承受。"她的神情发生了变化,给我的感觉就像刚刚走出了浴室。她又问我:"一太郎的爸爸会不会因为这件事而自责呢?他怎么样了?现在有工作吗?"我不敢告诉她这两年家里发生的那些具体的变化,我知道,这个话题一旦出口就会变得摇摇欲坠。现在的生活很像一个混乱的房间,我不想精心打理，不想将它收拾得清新而又整洁。是的，在发生了很多事情后，生活本身早已像风干的花瓣，早已经失去了原有的馨香。碰到有人问候我好不好的时候，我一概装成一切都好的样子，好比现在，我这样回答她："一太郎的爸爸很好。他现在工作很努力，也很顺心。"她高兴地说："这就好。"

十

有一句话说同病相怜，我跟祐太妈妈的关系，好像眼前的这张饭桌，成了一个没有界限的共同而又模糊的空间。或许是我听了她的遭遇，并且还跟她说了自己曾经的遭遇，忽然间觉得，她跟我，我们两个人好像坐在同一个垃圾箱上，不幸将她跟我圈在了一起。但其实，我觉得我的坦白对她来说毫无意义，因为我已经揭掉了绝望的重负，而她到死都无法揭掉，她的绝望会是一成不变的，要知道，祐太的病是不治之症啊。

过了一会儿，祐太的妈妈对我说："有时候我会觉得很害怕。"我知道她怕什么。我常常觉得在身处的世界之外，还有一个分裂出来的世界，那是个人游离着的暗黑的空间。我想她是怕自己死了祐太没有人照顾。果然她感叹地说："幸亏我还生了康祐。不过，一想到几十年后，又觉得康祐也可怜，也许他不得不照顾祐太，就因为祐太是他的哥哥。而他肯定有他自己的生活。"

我也经常感到害怕，虽然我跟她怕的东西不一样，但是害怕本身的区别并不是很大。我一直不够坚强，怕别人冒犯自己，所以阻止他人跨越我为自己筑起的那道墙壁,今天我也不想跨越祐太妈妈的那道墙壁。我不说话,祐太的妈妈也不说话,我们静静地坐了很久。寂静时会发现时间是可以眼见的,眼见它一秒一秒地逝去。

服务员问我们要不要追加什么,我跟祐太的妈妈各自追加了一杯啤酒。我知道,今天我跟她都想喝个够,喝到醉。也许是喝太多了,慢慢地,我们的话题也多了起来。我问她有没有让祐太吃药。她说,吃是吃,但吃得很少,怕那种药跟安定剂似的,长期服用的话会给祐太的身体带来副作用。就个人感受而言,我觉得在她的心底深处,跟祐太的爸爸一样,也没有完全肯定祐太是一个有障碍的病人。

人们常常用奇迹来形容意想不到的变化,我希望祐太的身上发生奇迹。

酒精使我跟祐太的妈妈变得多愁善感。我的舌头打着转说:“有时候痛苦太大,怕别人看见,所以自己会什么都不去看。”

“有时候,人生一下子被举到悬崖峭壁上,但不得不活下来,真的也就活下来了。”

我给她讲了一个笑话:“有一个朋友说她跟老公一起去韩国饭店吃烤肉,店里有一个优惠,就是五十岁以上的人,结账时可以便宜三百日元。她老公过了五十岁,但结账时她却没好意思要优惠。”我笑起来,问祐太妈妈知不知道为什么。她摇着头说不知道。我回答说:“那一次烤肉是自助餐,她老公吃了好几个人的份儿,比十八岁的年轻人吃得还多,所以她自己都不好意思要优惠了。”她一定不知道,这个笑话中的男人其实就是一太郎的爸爸。我是真的想告诉她,一太郎的爸爸很好,能吃能喝,是一个大活人。她只是醉醺醺地傻笑着,过了一会儿,突然问了我一句:"为什么我们要躲避的是那些身边的熟人?"

我说:"不知道。但最痛苦的时候,我跟你一样,也是在极力躲避身边的熟人。"

"我连你家那边的超市都避开了。"

我说:"我去 IEON 买东西的时候,故意绕远。你知道,你家门前的那条路,才是去 IEON 最近的路。"祐太的妈妈哈哈大笑,我接着说:"我们太软弱,遇到不幸时总是会往后躲,再往后躲,躲到没办法躲的地方。"

祐太妈妈身子稍微往前倾着,很认真地听我说话,不久,她笑着对我说:"也许是我太笨,不明白你在说什么。"她喝了一口酒,面颊粉红,还是很好看,我一直喜欢她的笑容。我让她不必介意,因为我在"胡说八道",在"故弄玄虚",连我自己都不知道在胡扯些什么。但我真想告诉她,从她那疲倦的笑容里,我似乎看到了一张热爱过的、熟悉的脸庞。我问她还记不记得祐太用剪刀剪坏了的那个沙袋。她说当然记得,沙子撒了一地。她还对我说了一句"对不起"。我说,我们的生活,有时就跟那个沙袋没什么区别,其实就是那个沙袋,不知道什么原因,一不小心,就被什么人搞破了,里面的沙子会流得满地都是。她高兴地说这一次她可是听明白了。

我跟祐太妈妈又聊了一些其他的事,但我的脑子里一而再再而三地浮现出那个沙袋和撒了一地的沙。下午两点左右,我提醒她时间不早了,今天是否先聊到这里。她说好,还说近期再找个时间聚一下。我同意了,只是我知道,再聚的话可能要很久很久以后了。想想刚刚呕吐完的那种滋味吧，凡是呕吐过的人，都会理解我现在的心情。

出了餐馆，我跟祐太妈妈又说了几句毫无意义的寒暄话，然后挥手说"再见"。她先走了，我一个人在离餐馆不远的地方站了一会儿。也许是天气太好，阳光太灿烂，阳光照在我的脸上，我觉得脸颊热死了，但热的感觉很像觉得羞耻时的那种感觉。我知道我又后悔了。我想我永远都不愿意再见祐太妈妈了。

坐月子

　　我有四个姐姐和一个哥哥,他们都已先我为人父母,所以我至少目睹过五次坐月子。关于坐月子,记忆中就是一些铁板规定,比如不能洗头,不能用凉水刷牙洗脸,不能下床走动,不能开门开窗,等等。按照妈妈的解释,生完孩子的一个月里,如果不守上述规矩的话,就会得"月子病"。所谓"月子病"是什么呢? 举例来说吧,洗头会招致头痛或者掉头发,刷牙则会导致牙齿松动,以此类推,下床走动会伤腰椎和膝关节,开门窗会受风而全身疼痛,等等。所以"月子病"其实不是病的名称,而是一个统称,是坐月子时因为不守规矩而引起的一些问题的统称。三姐曾经对我说过这样的话,生孩子的时候痛得死去活来,之后整整一个月不让下床,感觉就像是在坐牢,"备受煎熬"。她甚至跟我说:"下辈子绝对不想托生为女人。"

　　因为有这样的记忆,我一直都不想要孩子。话说我生孩子的时候,已经是三十九岁了,属于真正的高龄产妇。从怀孕到生儿子,也可以说是真正的"计划生育"。结婚前,丈夫送了一个礼物给我,是一只棕色的腊肠狗。我至今都有一种可笑的感觉,就是小狗促成了我跟丈夫的婚姻。我给小狗起了个名字,叫绿豆。丈夫让绿豆到我身边的时候,会对它说:"绿豆,到妈妈那里去。"这种感情很温馨。绿豆是家族的一员,是我们的儿子,有绿豆在,似乎没有必要生孩子。

但时间过得很快,我意识到自己已经三十九岁的时候,觉得跟十八岁之间不过就是一转眼的工夫。有一天,是什么缘由我已经忘记了,跟丈夫提及晚年和孩子的话题时,我指出,如果想要孩子的话,对于三十九岁的我来说,可能是最后的机会了。他沉默了一会儿,回答说:"我想我们也生一个孩子吧。"我同意了,并在当天晚上跟他一起"做孩子"。生命的诞生非常神奇,两个月后,我去医院做检查,医生祝贺我说:"你做妈妈了。"我想,没有什么人能够确切地知道自己是哪一天怀孕的,但我清清楚楚地记着"做孩子"的那一天是几月几日。

怀孕后做的第一件事,是去役所拿母子健康手账,简称母子手账,日本人几乎是人手一册。母子手账的历史不长不短。日本政府在一九三七年颁布了"母子健康法",一九四一年推出了"一对夫妻五个孩子"的政策,一九四二年颁布了"产妇手账",一九四七年颁布了"儿童福祉法",同时将"产妇手账"更名为"母子健康手账"。母子手账的用处,是记录母亲怀孕期间和孩子上小学之前的健康状况,以及孩子出生后的疫苗接种情况。最主要的是,拿到母子手账,意味着母子将会得到来自社会的一系列关照,比如,可以领取孕妇健康检查受诊卷,用来做血液检查、尿检查,以及血压检查等。孩子出生后,凭健康保险制度可以领取四十二万日元的分娩补助金。从这个意义上来看的话,日本生孩子是免费的。但仅仅是省一点钱的话,并不能令我产生感动。日本的厚生劳动省,为了创造有益于孕妇的社会环境,给孕妇颁发母子手账的时候,附带送一个标志牌,图案是粉红色的心形背景里有妈妈和婴儿在微笑,心的旁边直截了当地写着"肚子里有婴儿"。一般的情况下,坐电车时,如果看到系在背包上的标志牌,我会马上站起来给系主让座。

肚子越来越大,医生判断我的预产期是九月二日左右。但是,八月十二日上午,先是觉得肚子那里有点痒痒的,不久遍及全身。掀开衣服,看到全身都是红色的斑点。给医院打电话,医生怀疑我患的是风疹,让我立刻去医院做检查。结果是产前荨麻疹,我跟丈夫都松了一口气。在医院输了半个小时的液,拿了几支涂皮肤的消炎药膏,丈夫就带我回家了。但是药并不见效,回家后,痒痒的程度丝毫不减,连丈夫都在旁边为我感到难受。看到我实在受不了的样子,他从冰箱里取出一大盆冰块,让我用冰水解痒。也许是这种折腾法刺激了肚子里的胎儿,第二天早上四点左右,我感到出羊水了。丈夫马上给医院打电话,医生让我做住院生孩子的准备。算一算,比预产期提前了二十二天,真的是很意外。丈夫在电话里咨询是否需要携带睡衣、毛巾以及牙膏牙刷等日常用品,医生说"不需要",带几件换洗的内裤和袜子就行了。我感觉是空着手去医院生孩子的。

我就诊的是一家私人产科医院,一楼是门诊,二楼是住院处和产房以及新生儿室。丈夫开车带我去医院,同行的还有大姐。办好了住院手续,护士带我去病房。没想到病房里不仅有电视,还有梳妆台,我很惊讶。大姐对我说:"不知道你是来生孩子的话,还以为你住的是宾馆呢。"

不过,我已经没有时间享受了,因为阵痛马上就开始了。护士带我去产房。产检的时候,在椅子的上方,也就是孕妇跟医生之间挂有布帘,双方看不到对方的脸,可以减轻羞涩和尴尬。但我一眼就发现产房里的产椅上方没有布帘。好在我选择的是单人间。

阵痛断断续续地持续了十八个小时,应该算是比较长时间的阵痛吧。阵痛像潮汐,来的时候满满的,有席卷之势,退的时候悄无声息。我痛的时候,大姐会一直握住我的手,不松开。护士给了我一个透明的塑料袋,让我把嘴巴放在袋子里呼吸,呼吸方法是两个"吸"之后一个"呼"。她告诉我这种呼吸法也叫"拉梅兹呼吸法",是通过呼吸分散注意力以减轻阵痛。不知道这种呼吸法对别人是否有用,我不觉得有用。大姐说:"你从小就顽固,不相信气功什么的,但这是科学啊。"我气喘吁吁地回答说:"我知道是科学,但是没用就是没用,照样特别痛。"于是大姐感叹地说:"女人生孩子,其实就是拼命。但生完孩子后,女人又会忘记了有多痛。"她说的是真的。孩子出生后,一天到晚总觉得很可爱,如果不是年纪太大了,我还会再生几个。

我想是年纪大生孩子的原因,明明能看见胎儿的头发了,但骨盆开到四指的时候竟停下来了。听妈妈说,一般的情形下,骨盆开到十个手指那么宽,孩子就容易出来了。最要命的是,我一使劲儿,婴儿就会停止呼吸。怕婴儿脑子缺氧留下什么后遗症,我不敢一直使劲儿。还有一件事,我一直没好意思说出口。说真的,我就诊的医院口碑不错,差不多每个产房都没有空,但四围非常安静,几乎感觉不到有产妇在。动不动就大声喊叫的只有我一个人。有一次，因为我喊叫的声音过大，接生的女专家一边朝我的身边跑，一边对护士说："要生了，快做准备。"看了我的情况后，她显出奇怪的样子对我说："以后你再随便喊叫，我就没有办法相信你了。"她说到做到，之后我曾喊叫过几次，她都装作没有听见。不久，我求护士把医生叫来，对医生说："我实在忍受不下去了，请给我剖腹吧。"

医生是一个六十多岁的男人。平日受诊的时候，我看见过挂在诊室墙壁上的毕业证书，知道他毕业于东京大学医学部。他不说话，只朝我摇了两次头。我一再求他，可是他干脆不听我的话去护士那里了。后来到医院复诊的时候，我曾经问他当时为什么不给我剖腹，他说自然分娩就是顺产，对人类来说是一种"自然的生理现象"，母子都会受益。对母亲来说，腹部可以避免创伤和瘢痕，子宫也不会受损，产后恢复得快。对婴儿来说，子宫收缩的节律变化，可以令肺泡扩张，尽快建立自主呼吸。有一次，我在电视里看到一位产学专家说，分娩时，母亲会分泌大量的催产素，这种激素令母亲对婴儿产生出独特的感情，有利于日后母子间建立良好的关系。但当时我没有听说过这些理论，只想尽快结束身体上的痛苦，所以断定他是一个观念根深蒂固的老人。

医生又回到我身边，护士跟着他一起过来，手里举着一个装满黄色液体的吊瓶。医生告诉我，瓶里面的液体是用来增加痛感的催产素。他还说输液后疼痛会更加厉害，但孩子会快一点生出来。我也想尽快结束疼痛，就接受了输液的建议。针看起来很粗，扎到血管里的时候却没有想象的那么痛。现在，护士和大姐开始为我按摩腰椎了。分娩的时候到底有多痛呢? 照我的经验来说的话, 就是要多痛就有多痛。形容起来的话, 感觉上很像屎拉不出来, 憋得腰椎要散架了。我很难为情, 但是我还是忍不住歇斯底里地喊叫起来。说时迟, 那时快, 我听见医生让丈夫出去, 接着对接生女专家说:"现在。"接下去我听见接生女专家对护士说:"给我剪刀。"我知道接生女专家要剪会阴了, 但是我已经痛得顾不上害怕了。这时候, 我看得清清楚楚, 产床前站着穿白大褂的医生, 头顶是明亮的灯。医生的不远处站着大姐。

随着嘹亮的啼哭声, 护士将孩子递给我说:"是个男孩, 祝贺你啊。"我想抱孩子, 但孩子身上满是污血。我冲着护士摆了摆手。于是医生对护士说:"马上给婴儿洗澡。"我很后悔, 因为我觉得不该拒绝抱孩子。没有抱孩子成为我人生中最后悔的一件事。医生说:"真是不可思议, 我接生了无数个婴儿, 一直搞不懂, 为什么有中国血统的婴儿, 降生时的哭声特别大。"这时, 有两个护士走到我身边, 开始用手挤压我的肚子。我问为什么。个子比较高的护士说, 是将积留在肚子里的污血压出来。实际上, 谁也不知道, 这件事导致我对怀孕和生孩子产生了异样的厌恶。当时我的感觉非常糟糕, 觉得自己不是人, 而是一个铺在床板上的口袋。在我的脑子里, 口袋是平的, 是我自己的身体。我的脑子里就是一个大口袋。这种感觉跟了我好几年, 每次在街头看到孕妇, 心都会不由自主地纠结成团。

医院里每天有很多的新生儿, 为了防备孩子被不小心调了包, 护士在我的手臂和孩子的脚腕系上粉红色的、可爱的名牌。

孩子生完后, 我在产房里待了将近两个小时。医生为我缝好了会阴后,护士用轮椅把我送回自己的病房。床头多了一样东西。四方形相框里夹着一张有婴儿插图的白纸,第一行写着"我妈妈是田中秋子",第二行是出生年月日,第三行是出生时的体重,第四行是主治医生和接生专家的名字。我谢了护士。她说我还要接着输液,因为荨麻疹还没有好。我马上就睡着了。醒来的时候已经是第二天早上了。护士推着婴儿车进我的房间。婴儿车放在我的床边。我这是第一次如此仔细地看自己生出来的孩子,似睡非睡,长着一头浓密的黑发,嘴唇很漂亮。护士从婴儿车的下面取出两罐婴儿奶粉和两包纸尿裤,告诉我用完了再找她追加。她朝门口走去,大姐问我:"这些都是免费的吗?"我回答说入院期间的奶粉和纸尿裤都是免费的。她说:"真羡慕啊。"

　　大姐是为了照顾我坐月子,特地从大连赶到日本的。大姐前后生过三个孩子,懂得怎么给孩子喂奶,怎么给孩子擦屁股,怎么给孩子换纸尿裤。不久,医生来问诊,然后告诉我可以淋浴了。昨天痛出了一身汗,我早就想淋浴了。但打算去浴室的时候,大姐说什么都不同意,甚至不允许我下地走动。大姐一再问我:"你不怕日后掉头发吗?你不怕日后头痛吗?你不怕膝关节留下毛病吗?"我对她说:"入乡随俗吧。至少还要在医院住一个星期,我不洗澡没有关系,但护士会嫌我臭的。"淋浴后我想去卖店买东西,在门口碰上隔壁房间的王芳。她也是中国人,昨天生了个女儿,只是比我早生了几个小时。她告诉我,她根本没有什么阵痛,几乎在进产房的同时就生出孩子了,前后用了不到一个小时。她说她当天晚上就淋浴了,第二天就到处溜达了。我问她正在干什么,她简单地回答说:"散步。"

医生再来巡诊的时候,我问他:"为了治疗荨麻疹,每天都要输液,这种情况下,不知敢不敢给孩子喝母乳。"他说母乳跟输液没有关系,一定要给孩子喝母乳,特别是最初的几滴母乳。我问为什么。他说初乳含有抗体,可以增强婴儿的免疫力。我说输液是直接滴到血管里的,母乳里不会掺杂进药物吗。他肯定地回答说:"不会。"但大姐坚持不让我喂母乳,说母乳里不可能不混有药物。说真的,我也是担心这个问题才问医生的,想想关系到孩子的未来,我决定慎重点,照大姐说的,不给孩子母乳喝了。不喂母乳,夜里几乎不用起夜,我的身体恢复得很快。

其实,怀孕期间,医院曾经让我做了一份有关伙食的问答卷,内容不过是喜欢吃什么、有没有食物过敏等问题。没想到住院期间的伙食,真的都是我在问答卷上写的那些东西。我写我喜欢吃生的蔬菜,喜欢吃海鲜,喜欢吃鸡蛋,差不多每顿饭都有新鲜的蔬菜,比如黄瓜、生菜和西红柿等。至于鱼呢,或煎或蒸。而鸡蛋也是或炒或做成蛋羹,蛋羹里有虾或者干贝。八月的日本,天气很热,所以每餐都配有冰牛奶和冰水果,真的是大惊喜中的小确幸。但冰牛奶和冰水果把大姐吓住了,她对我说:"月子里怎么可以吃生的菜呢?国内坐月子,所有的食物都要过火的。尤其是这几样冰冻食品,我担心你吃了的话,以后牙齿会掉光的。再说了,怎么没有鱼汤或者肉汤呢?孕妇不用鸡汤鱼汤补身子怎么行啊。"我就说:"日本人都不在乎的。"大姐说:"日本人是日本人,你是中国人。你没发现日本街头的老太太,很多都是直不起腰来的吗?一定跟日本人不坐月子有关系。"大姐将冰牛奶用微波炉热过了才给我喝。至于冰水果呢,我根本吃不到，被大姐吃了。我知道她是担心我，所以总是笑着敷衍过去。大姐感叹医院的食物太清淡，急着出院，想回家给我炖鸡汤，煮小米粥。

前面说过八月的日本非常热，我会开空调，将温度设定在二十五摄氏度。大姐对我说："在中国坐月子，连门窗都不敢开，怕受风。你怎么敢开冷气呢？"这一点我绝对不会让步，对她说："没有冷气我会死的。"大姐说："那就设定在二十八摄氏度。风量要控制在最小。"

怀孕期间，可能是激素的影响，我总是不停地吃东西，结果体重不断地增加。其实，医生警告过我很多次，并特地安排我上"营养指导课"。指导员张开手掌说："记住每顿饭，吃的东西不能超出自己的手掌范围。"指导员还说："请每天称体重，记住标准是十六周内增两公斤，二十四周内增四公斤，三十二周内增六公斤，四十周内增十公斤。"结果我增了二十五公斤。所以产后的第二天护士就建议我运动，说运动不仅可以减轻体重，还可以令伤口愈合得更快。我像王芳似的在医院里到处溜达，每次出门，大姐都会一而再再而三地求我待在床上。她对我说："不来日本，不亲眼看见，说什么我都不敢相信日本的这些做法。日本怎么这么不在乎啊？这样做简直就是在作孽啊。"一般的情况下，大姐特别不喜欢护士来我的房间，因为她们来就要教我如何给孩子喂奶，如何抱孩子，如何给孩子换纸尿裤，使我一刻也不得休闲。两天后，大姐基本上可以预测出护士几点钟来我的房间，她事先给孩子喂好奶，换好纸尿裤。她的意思很明显，就是想护士来了也不让我做事。

在医院的一个星期就这么过去了。一大早，丈夫开车接我跟孩子出院的时候，我正被一种欢喜冲击得迷迷糊糊的。因为提早出生了二十二天,孩子一直都没有正式睁开过双眼。我还是第一次看见了孩子明亮的双眸。看见我,孩子笑了。孩子的笑容像花朵。我的心里直痒痒,对大姐说:"没想到小孩会笑啊,小孩子身上有一种冰淇淋的味道啊,早知道这么可爱,我就不会到三十九岁才生孩子了。也许我会生一个班呢。"大姐看着我,两眼闪闪发光。医生跟护士来房间跟我们说"再见"。护士又给了我两罐奶粉、两包纸尿裤。此外,护士还给了我一张 CD 盘,上面是她给我录制的一些情景,比如孩子在新生儿室哭笑的样子、孩子吃奶的样子、我抱孩子的样子,甚至孩子拉屎的样子。大姐惊讶不已,第一次说护士的好话:"真是全方位的关怀,无微不至啊。还真有点感动。"

婆婆从大阪赶来了。婆婆是我拜托丈夫叫来的,原因是大姐虽然会照顾孩子,但却不会做饭。我想请婆婆帮我做几天饭。大姐把要买的东西列了个单子,我让丈夫去超市买。丈夫走了以后,我对大姐说她写的单子只有一半的意义。看她不理解,我就进一步地解释说:"红枣和小米以及猪蹄,可能要去中国物产店才能买到新鲜的。但是我们家的附近没有中国物产店。"婆婆搬一把椅子坐在婴儿床的旁边,她很瘦,但肤色白皙。我把跟大姐的对话翻译给她听,她惊讶不止,让我转告大姐日本没有这么多的讲究。"关于吃的东西,"她说,"跟平时一样就可以了。"大姐听了后不太高兴,用中国话说她以后只负责照顾孩子,其他的事一律不管了。但婆婆做饭的时候,她又偷偷地盯着看,并且埋怨地说:"煮面条,就放那么几片青菜叶。你吃这样的东西,怎么可能有营养呢? 没有营养怎么可能出母乳呢? "本来是大姐反对我喂母乳的,这时候又担心我不出母乳。我说:"母乳的事已经不想了,反正已经没有了。"大姐说:"不喂归不喂,不出母乳就意味着你吃的东西没有营养。"我连声说跟吃的没有关系,还举了一个例子,说王芳在医院吃的东西跟我吃的差不多,她就会出很多奶。关于母乳突然没有了这件事,我想跟产前荨麻疹的治疗有关系。因为担心药物会通过血液掺和到母乳里,一直不敢给孩子吃,乳汁的分泌缺少刺激,慢慢地就减量直到没有了。不过,听说日本明治乳业生产的奶粉,是世界上"最接近母乳的奶粉"。我试着喝过一口,口感浓香甘甜。所以呢,孩子不吃母乳也用不着有什么担心。大姐说:"如果我会做饭就好了。"

第二天早上,丈夫忙着去公司,吃了婆婆烤的面包就匆匆地走了。轮到我们吃饭,婆婆说人少,烤个面包凑合一下吧。我说好。中午,婆婆说天太热,做个凉面凉快一下吧。我也说好。下午,快到四点钟的时候,婆婆突然把丈夫穿过的袜子拿出来手洗。我劝她休息,说每天晚上都会转一次洗衣机。但是她不听我的话,很仔细地把袜子洗了。不过她也只是洗了袜子而已。过了一会儿,婆婆开始做土豆炖猪肉,我知道这是丈夫最喜欢吃的一道菜。婆婆另外还做了两个菜,现在我已经想不起来是什么菜了。出乎意料的是,大姐突然问我:"你老公他妈妈来你家,目的是什么啊?"我回答说:"帮忙做饭、照顾我坐月子呗。"大姐说:"我观察一天了,你大概也看到了,从早饭到午饭,她明显是在凑合你。但晚饭呢,因为她儿子也回来吃,所以做了好几道菜。问题不在菜多菜少,问题是她做的菜完全是她儿子喜欢的菜,根本没有为你着想。我的意思是,她想照顾儿子没有关系,但是否应该换一个时机。现在,你可是在坐月子啊。"说这些话的时候,大姐的脸色都变了。我也是这么想的,不过我对大姐说:"毕竟不是自己的妈妈,人家肯来照顾你,已经不容易了。在日本,婆婆来照顾儿媳坐月子的,恐怕还没有人听说过呢。"大姐说:"是这个样子啊。"我说:"看电视连续剧,好像都是带孩子回娘家。"大姐说:"这么说,你婆婆来照顾你,不是义务是情分了。"她倒是很快就理解了。

第二天,跟前一天一样,早饭是面包,中午是凉面。大姐脸上的表情看起来又生硬了。一方面,怕婆婆看出来伤了家里的和气,我觉得很不安。另一方面,我的身体开始一阵阵地发抖,我想是营养不足造成的。这么巧,婆婆竟然问我晚饭做什么好,我说做什么都好,但希望加一个鱼汤或者肉汤什么的。为了表示不是在责备她,我解释说母乳已经没有了,喝了鱼汤肉汤也许还有希望再出奶。没想到婆婆对我说:"有没有母乳,跟吃的没有关系,完全是心理作用。只要你想着自己有母乳,母乳就会有的。"我惊讶得说不出话来。晚上,睡觉前,看见我闷闷不语的样子,丈夫问我是不是哪里不舒服。我跟他道歉说:"对不起,是我让你请妈妈来帮忙的,但是,你可不可以请妈妈早一点回大阪?"他问为什么。我把大姐说的话重复了一遍,还说很理解妈妈想照顾他的那种心情。他说明天就叫妈妈回大阪。我想说这不是我的错,但是我没有说出口。不知道他怎么跟妈妈说这件事,我也不想问。而婆婆呢,关于这一点真的是一无所知。想想遥远的将来,也许因为同样的理由,儿媳妇也会讨厌我,我就呆呆地看着儿子,看了好久好久。

婆婆回大阪后,丈夫请了一个星期的假来照顾我。他穿了件睡衣,系着围裙,每次都是问我想吃什么以后才开始做。说真的,他做的菜很好吃,用大姐的话来形容,就是"好像饭店里端出来的菜"。但他不断地给单位打电话,大姐问我是否注意到了这一点,我说注意到了。丈夫休假的第三天,大姐突然对我说:"让你老公明天就去上班吧。我来做饭给你吃,大不了就是难吃呗。只要把东西做熟了,有营养,我就如愿以偿了。"我想这样丈夫就不用惦记单位的事了,立刻就接受了。我答应跟她一起做饭,她回答说:"如果要你跟着做饭,坐月子不就是一句空话了吗?我不是白来日本一趟了吗?"

但我根本没法在床上待着。大姐不会说日语,不认识日元,不认识超市在哪里。早上我不得不跟她一起去了超市。做饭的时候,大姐不知道酱油和盐以及其他调料在哪里,不知道一排瓶瓶罐罐里哪一个是橄榄油,哪一个是香油,不知道什么时候才算是"油开了",可以放葱花了。我一遍又一遍地从床上下来,来来回回地跑。最后,我对大姐说:"与其这么来来回回地跑,不如我在厨房把菜做出来省事呢。"大姐站到我的背后,用双手抱住我的腰说:"对不起了,看来我帮不上厨房的忙。孩子的事全部交给我好了,你只负责做饭。"大姐看上去很难为情,不过我感受到她对我的担心,真想抱抱她。我对她说:"生完孩子的第二天,孩子软绵绵的,小得跟一只猫似的。孩子哭,我惊慌失措,根本不知道从何下手。而你呢,两手抓起孩子抱到胸前,我觉得你伟大得不得了。"她哈哈大笑。我小声地说:"谢谢你啊。如果不是你来日本,我可能天天哭鼻子呢。"我的样子一定是很感动,不然她不会对我说:"你用不着这么客气,我们是姐妹啊。"

我用鱼炖汤,大姐嘱咐我要少放点盐。煮出来的鱼汤雪白雪白的,看起来像牛奶。没有买到红枣,我用豆沙做了几碗冰糖粥。然后呢,我把切成碎块的西红柿、黄瓜、生菜和煮熟的黄豆全部装到一个大盘子里。大姐把脸贴近盘子说:"营养很丰富啊。"早饭还是面包,但我添加了荷包蛋和火腿。大姐说火腿有添加物,于是我将早饭改成了大米粥,粥里放大头菜、鸡蛋和虾米。

时间一天一天地过去了,孩子马上就要满月了,我跟大姐计划孩子满月的那天带他去公园晒太阳。我的心因为期待而痒痒的。有一天,大姐忽然问我:"你跟你老公一直用日语说孩子的名字,用中国话应该是什么发音啊?"我很惊讶,怎么一直都没有注意到这个问题呢。可是孩子的名字不是汉字,是平假名,我不知道如何跟她解释。想不到这竟使得大姐笑起来。大姐笑的时候,我的心又痒痒了。我也想笑,但是大姐阻止我笑,说坐月子的女人绝对不能掉眼泪,万一不小心笑出了泪水,泪水会伤眼睛。

结果就是,大姐除了帮我照顾孩子之外,所有的家务都不会干。想想大姐是一个不会做家务的女人,或许也是她的福气。我呢,买菜、做饭、洗衣服、收拾家,一样不少地都要干。一个月后,我跟孩子去医院做惯例检查,大姐陪我一起去的。结果是母子都平安。结果是大姐在日本住了整整一年,一直帮我把孩子带到了一岁。结果是大姐瘦了很多,看起来比以前更漂亮了。大姐本来就眉清目秀,大高个儿,回国前看上去更窈窕了。月子没有坐成,忙乎的那一个月像一场快乐的游戏。

出院的时候,医院曾经给了我一张纸,上面是一些机构的电话号码。医生那时候对我说,如果感到心情抑郁或者不安,有可能就是产后抑郁症。发现症状的时候,要提早给这些机构打电话,可以享受免费的心理指导。我一直没有用过这张纸。也许这要感谢大姐吧。

最近,跟大姐通电话,她说她儿媳妇也要生孩子了,儿子让她去家里照顾儿媳妇坐月子。我说:"好啊好啊,也要祝贺你当奶奶啊。"她偷偷地对我说:"你知道,最近我老是想起你坐月子的那些情景。我想跟儿子和儿媳妇说,但又不敢直接说。"我问说什么。她回答说:"日本女人根本不坐月子。不坐月子也没有掉牙掉头发。坐月子不过就是受罪。"我对她说:"你绝对不能这么说话,因为这话不是真的。"她大声地"哦哦"了几下,似乎不理解我说的是什么意思。我对她说,日本也不是不坐月子,保持身体的清洁,吃比较清淡而有营养的食物,适当的运动,适当的室内温度,适当的休息,就是日本式的"坐月子"。大姐说:"你说的也许是对的。我突然想起妈妈说过的一句话,到头来,人什么样的环境都会适应。"

像摇晃的风

一

认识王昭君是通过朋友王小明。

王小明拜托我买一本日文版的《一个人的好天气》,寄给王昭君在日本的一位亲友。我在亚马逊下单,让卖家直接把书寄到王小明提供的地址。

不久,王小明来电话,说王昭君的亲友收到了我买的书,还说王昭君有话跟我说,于是连她的微信名片也发给了我。

跟王昭君加上了微信,聊起来才知道,虽然她现在居住在北京,但跟我一样出生在大连,在大连长大,是名副其实的同乡。也许她从王小明那里知道我喜欢猫,紧跟着发了几张猫的照片过来。从照片上看,场所应该是她自己的家,房间既干净又明亮。但这不重要,重要的是我发现两只猫在沙发上,而有一只猫被关在笼子里。

我问她为什么要关那只猫。她说打字太费时间,干脆语音好了。接通电话后,我觉得她的声音很好听,细而不尖,很有女人味,不像我的声音沙沙的。她说她一共养了三只猫,但是跟当妈的也难免有偏爱似的,无论如何就是不喜欢笼子里的那只。

二

说起养猫,十年前的新年,我在小街散步,看见一只流浪猫在啃垃圾袋,突然大发慈悲,想让它在节日期间能够饱餐,于是回家拿了面包喂它,结果一发而不可收。我给它取名朴酱。没想到喂了几次后,它的身边又多了一只猫,因为全身漆黑,干脆就叫它小黑了。

我散步是定时定点,所以每次路过垃圾站,朴酱和小黑都会提前等着,看见我便摇着尾巴跑过来。在垃圾站喂流浪猫太招眼,有一天,我试着用罐头将朴酱和小黑引到自己家的院子里,以后一直在院子里喂。不知从什么时候开始,两只猫变成了一群猫,但我也没有太在意,反正,就是在一个大碗里放满猫粮,碗空了再填满。

直到有一天,我发现朴酱一动不动,好像没有精神,仔细观察它,看见它的左前腿肿得厉害,还有一个露出骨头的大伤口,已经化脓了。我就想,这时候如果我不出手相助的话,也许朴酱会死掉。家附近有一家动物医院,我将朴酱的情况跟医生说了一下,医生就给我开了一支消炎药膏。

本来打算只是将朴酱暂时养在家里,等它的伤好了,就放回院子里。但当我抱它去院子的时候,想不到它浑身发抖,坐在我的脚上一动不动。朴酱就这样成了我的家猫，每天跟我喝一样的水，而且因为跟我一起睡，所以盖的是羽绒被。之所以提起这件事，是因为我经常会身不由己地将朴酱跟院子里的那群猫做比较，觉得朴酱幸福的同时，又觉得院子里的那群猫可怜，尤其长得丑的猫就更可怜了。不知道是否跟我的天性有关，对那些正在流逝的、脆弱的、有点破碎的事物会不由自主地关心并敬重。所以越是人家不喜欢的猫，我越是会精心照顾。对于我来说，从来没有觉得哪一只猫是令人厌恶的，唯有可怜。

没想到跟王昭君的第一次语音，竟是争论一只猫可恶还是不可恶。

我问王昭君厌恶那只猫的原因。她说只要放那只猫出笼子，它就会跟另外两只猫打架。我说打架的时候你在旁边吓唬两次就好了，猫聪明，有记性。她说吓唬不管事，也拉过架，但都没用，打得厉害的时候甚至会见血。我想起朴酱左前腿露出骨头的那个伤口，不吭声了。接着，她说那只猫从来不亲近她。我说猫天性能感觉到谁喜欢它或者不喜欢它。她说她努力了很久，做过很多尝试，都没有效果。她还说不仅她尝试过，她还把那只猫寄养在她妈妈和她哥哥的家，结果她妈妈和她哥哥也不喜欢它，都讨厌它。我想起院子里有一只三色猫，我喂了它好几年了，到现在还不让我摸，有时候我也会嫌它不近人情，所以又不吭声了。

王昭君沉默了一会儿后，说主要是那只猫的叫声实在令她无法忍受。用她的话来形容，就是跟"鬼叫"似的。

我想象不出鬼叫是什么声音。记得什么人说过，画画最容易画的是鬼,因为没有人看见过鬼长得是什么样子。这个说法同样适合鬼的叫声,我想也没有人真正听见过鬼叫。但在想象中,鬼形象和鬼的叫声都是可怕的。

我说不能一直关在笼子里,因为猫也会忧郁。王昭君说不是只关那只猫,三只猫轮着关。我大大地吐了一口气,但放下手机后,好长时间都觉得闷闷的,心想那只猫要是在我身边就好了,我肯定能够想出更好的解决方法。

三

说真的,跟王昭君有一种一见如故的感觉。聊了几次后,我们约好了,无论是她来东京还是我去北京,一定要见一次面。在我们的对话里,甚至开始出现这样的话:"这话你知道就行了,可别说出去。" "哦,你放心吧。"用流行语来形容的话,我们已经是没有见过面的"闺密"了。

我有点发蒙。王昭君突然来微信,说她把那只猫送给北京郊外的一对夫妻了。我立刻觉得肚子有点痛,忍了半个小时后,给她写回信。主要问她是否了解那对夫妻,还举了在日本发生的个例,比如好多人为了收费,替人代养小动物,但是钱到手后就把小动物扔掉或者送到保健所。她很快回信,说那对夫妻是她老公的朋友介绍的,虽然她不是很清楚那边的情况,但既然是朋友介绍的,应该不会坑人。

我们聊这件事的时候,是二月,气温很低。我说不知道猫养在哪里,即使养在房子里,也不知道房间有没有装空调。还有,我担心那只猫会不会一直被关在小笼子里。王昭君说她问问老公再给我回话。

过了没多久,王昭君发过来一个视频,我迫不及待地打开来看,觉得心在突突地跳,很难受。视频先拍的是一个大房间,接着是几个小房间,然后是墙角的几个笼子和墙壁上的空调,我看到笼子里有几只猫。

我马上给她发微信,问她的猫在哪里,在房间里还是在笼子里。她回复说她的猫在单间,有空调。她还说那里除了她的猫,还有另外几只猫,都很可爱,所以她的猫不会觉得孤单。不用她说,我自己也在视频里看到了另外的几只猫。她对我说:"那对夫妻都说了,猫能到他们那里是猫的幸运,有吃有喝,条件蛮不错的。"

我也觉得条件蛮好的,不再追问什么。我想尽可能地理解王昭君。毕竟人的耐心和精力是有限的,也许她认为她对那只猫已经做到了最好,做到了头,已经精疲力竭。怕我不放心,她一再跟我保证,说她肯定会经常去看那只猫。她还跟我举了个例子,说送猫去的时候,顺便带了很多它喜欢吃的猫粮。她甚至跟我保证,如果那只猫不习惯待在那里,她一定会把它再接回家里。

虽然我还是觉得事情不应该处理得这么简单,但在以人类为中心的社会里,猫不过是一个可以买卖的商品,而那只猫是王昭君的,命运如何只能由她来决定。我不由得叹了一口粗气,连自己也觉得有点失礼,赶紧说了一句"抱歉"。她也叹了一口气,问我信不信命。我想了想,说信。她说她很信命,然后说:"人有人的命,猫也有猫的命。"

话题一旦归结到"命",我觉得,接下去谈什么都是白搭,是废话。下了线,我去阳台透气。从阳台上能看到晴空塔。天气不好的时候,塔好像根本不存在似的,但今天的塔尖非常清晰。

四

以为王昭君的猫事告一段落的时候,有一天,我在微信的朋友圈上,看到她发的一组照片,有房间和猫笼,还有猫。她写了几句话,详细的我已经记不大清楚了,但有一句话,给我留下了深刻的印象:你这是让我永远记住你,忘不掉你。

直觉告诉我,王昭君说的是她送到北京郊外的那只猫,但我不明白"永远记住""忘不掉"是什么意思,也许是那只猫找到了愿意收养它的主人。本来打算手头上正忙着的事情做完后再问她,结果一直忘记问,而王昭君也一直没再联系过我。

赶上儿子考大学,忙乎了将近两个月,已经是春暖花开的季节了。

再次想起王昭君的那只猫,是因为李小芬的一个故事。

李小芬也是我的闺密之一,我在国内的许多杂事,都是她在帮我打点。上个星期跟她聊天的时候,她说她女儿生孩子了,所以人在上海,在她女儿的家里。过了没多久,她突然来电话,告诉我前天就回到北京了。然后她大声地连着叫了好几遍我的名字,突然放声大哭。我让她平静下来,慢慢告诉我发生了什么事。她一边哭,一边跟我说发生在前天的那件事。她在上海的时候,曾经发过几张猫的照片给我,说是她女儿养的猫。毛色白分之八十都是白的,有几处咖啡色,圆脸,长尾巴,怎么说呢,就是那种长得很好看的猫。这次回北京,她把女儿的猫也一起带回来了,但是没有让猫进家,而是直接放到附近的一座花园里了。按照她的形容,她从包里抓猫出来的时候,猫使劲儿抓住包,不肯撒手。她以为猫会一直待在花园里,但是再去花园看猫的时候,猫已经不在了。她提高嗓门儿对我说:"我根本没想到它会离开花园。"

有一阵非常寂静,只能听见李小芬啜泣的声音。不用想都猜得出来,一定是她女儿生了孩子,不想养那只猫了。这时候,我不想安慰她,因为她把猫扔到花园的事令我非常难受。但我们毕竟是闺密,尤其我对她本人毫无厌恶,应该以礼相待。我对她说:"你已经扔了那只猫,现在哭也没用,还是不要哭了。"

她马上解释她不是"扔"了那只猫。她滔滔不绝地对我说,你无法想象那个花园有多漂亮,里面有一条小河,河里有很多小鱼。花园里住着三只猫,每天都有小鱼吃,很奢侈。之所以把猫"放在"花园里,是以为猫在花园里,既有鱼吃,又有猫友陪伴。她再次提高嗓门儿,自责地说:"我根本没想到它会离开花园。"

我绝对相信,人对动物的感情是没有办法假装的,李小芬的眼泪,肯定是为了那只猫而流的。话说回来,扔猫的人实在太多了,有几个人会像她这样自我反省呢。我决定真心安慰并鼓励她,说没有人不犯错误,不做错事,贵在知错而改。我的意思是希望她可以找回那只猫。但是她似乎没有理解我的意思,根本不提找猫的事。我自己也感到出乎意料,竟然忍不住埋怨她,说花园里的几只猫是坐地户,花园是它们的势力范围,怎么可能让外来的猫住在花园里呢?她说她没养过猫,所以根本不知道猫的世界有这么复杂。但我知道,既然她跟我说这件事,也是想从我这里释放一下心中的郁闷和压力,因为我是她的好友啊。但我就是想刺激她,说她女儿的猫,突然被带到一个完全陌生的地方,尤其是户外,根本没有办法生存下去。我残酷地对她说:"你这是送它去死啊。"她说了一句:"你别再说下去了。"即刻挂断了电话。

每次郁闷我都会去阳台,这里除了能看到晴空塔,还能看到自家的小院。小黑和新来的小狸猫,正在院子里的车顶上打瞌睡。我想起刚读过的村上春树的小说《弃猫》,说他住在兵库县西宫市时,曾经到海边扔过一只已经长大的母猫。他父亲踩自行车,他坐在后边,抱着装猫的箱子。他跟他父亲将猫放在防风林里,头也没回地回了家。他家离海滩有两公里,一边想那猫"怪可怜的,但也没办法"的时候,一边打开玄关,没想到那只刚刚被扔掉的猫,却"喵"地叫着跑来迎接他们。一时之间,他跟他父亲都无言以对。

五

出乎我的意料,关于李小芬女儿的那只猫,很快就有了转机。

吃过晚饭,我给李小芬发了一封短信,内容如下:

　　因为是陌生的地方,你女儿的猫一定处在万分的恐惧中,相信不会离开花园太远。如果你真想弥补的话,我希望你去花园以及花园的附近找一找。白天它不敢出来,但晚上应该出来。你最好再将猫的照片也印刷出来,并附上你的电话号码,然后贴到花园附近的电线杆上,也许会有什么人跟你联系。

李小芬马上打电话来,说她正要给我打电话。我有了一种好的预感,果然,她一连叫了好几遍我的名字,说已经找到猫了,猫现在就在她家里。我"啊啊啊"地叫个不停。她不断重复地说:"这只猫有灵感,这只猫一定是知道我在找它。"

原来我想到的,李小芬也想到了。事情后来的发展是这样的:她老公陪着她找了两天,但一直没有找到,于是她用手机里猫的照片做了寻猫启事。寻猫启事除了贴在花园附近的一些地方,还给了所有她遇见的人。她把猫粮放到所有她认为猫有可能出现的地方。她在那些地方祈求猫出现,并发誓相遇后再也不会让猫离开她的家。结果是管理花园的男人发现了猫,马上打电话给她,她跟老公赶去花园,发现猫藏在一个圆柱子里。因为柱子比较短,猫的尾巴和后腿都露在外边。

即使是隔着大海,李小芬的欢喜还是传递到我的身上。不知道这只猫的状态怎么样,问她,她说因为是开车从上海回北京的,猫跟着坐了好几天的车,又在花园里待了两天,所以看上去瘦了不少。我问猫肯不肯吃东西。她说猫粮和水都有,但猫不吃也不喝。我想猫还没有从惊吓中走出来,但它已经被折腾好几天了,再这样下去,也许会脱水,会有生命危险。听说猫有生命危险,李小芬问我有什么办法。我建议带猫去动物医院打点滴,输营养液。这时我突然想起了伊纳宝的啾噜(一种给猫吃的零食),说如果有啾噜的话,猫也许就会吃东西了,因为没有不喜欢啾噜的猫。李小芬说她马上去买。

知道李小芬会打电话来,我坐在沙发上不动。大约过了十分钟,手机响了一声。她在短信里说我出的招儿很灵验,啾噜真的太管事了。紧跟着她又发了一个视频过来,猫在舔盘子里的啾噜,同时我听到一个男人笑着说:"真是个馋猫,有好吃的就肯吃了。"男人肯定是李小芬的老公,我甚至能够想象出他一边笑一边说话的样子,不由得也微笑起来。这时候,我知道这只猫获救了。我的意思是,我曾经觉得这只猫的命,摇晃得像风。好在风已平浪已静。李小芬绝对比一些人好,怎么好?好在哪儿?日常生活中,谁都免不了有一些疏忽,也许疏忽很小,令你觉得微不足道,但会带来严重的结果。而李小芬好就好在她做事时,不仅仅只考虑她自己。我指的不仅仅是结果,更是过程本身,是那种将破碎复原所做的种种努力。至少李小芬找回猫的事,给了我极大的治愈。感谢李小芬。

六

当即想起了王昭君的那只猫。我用手机发短信,问她在不在家。她回信说在。我问能说几句话吗。她反问我想说话吗。她是个非常爽快的人,从来不会拐弯抹角地说话,所以她这样问,给我的感觉怪怪的。我说想。她马上将电话打过来。我先解释,说儿子考大学,忙得一塌糊涂,刚刚消停下来。我以为她会问我儿子考上了哪所大学,她却没有问。干脆我直接问她："那只猫怎么样？"她说："死了。"我不敢相信，重复了一遍她的话："死了？"我以为她会跟我解释死的原因，但是她只是接着刚才的话说："它就是要我永远地记住它，忘不掉它，所以死在大年初一。"我想问怎么死的，但大脑一片空白，心里是满满的痛。她接着说："大年三十，听说猫不行了，我祈求它等我一天，就一天。一天后我去了，那对夫妇说猫死了，已经埋在院子里了。"我觉得那满满的痛变成了铅球，跌跌撞撞地在心头滚动，无法忍受。这时候，她突然大哭起来，说那对夫妇从土里把猫挖出来，猫全身都是泥，已经硬了。我猜猫离开她家，在陌生的地方，不吃也不喝，是脱水而死。但即使我猜对了也毫无意义，事实是猫已经死了，已经没有选择了。

　　我不说话，所以王昭君觉得我是在生她的气，对我说："之所以跟你说猫的事，不图你理解我，但希望你能够安慰我。你不安慰我也没有关系，至少不希望你责备我。我真的以为它会等我一天，我难受死了，我一辈子都忘不了它。你知道，以后每年，只要到了大年初一，我肯定会想起它。"

　　事实上，感受到王昭君的痛苦，再大的分歧都变得无关紧要了。我相信她的泪水是为猫而流的，也相信她所说的，没想到那只猫会死。不合逻辑的是死去的那只猫。猫在她身边的时候，无论她如何努力也不肯亲近她，但离开她却又不吃不喝不惜以生命相许。到头来，应该相信的是什么呢？爱本身好像是一个错误，但是失去了爱的同时又会死掉。我觉得自己掉进不可名状的混沌中，倍感痛苦。

七

沉默了一段时间,我对王昭君说:"你脑子有病。我又想不到那只猫会死,看你在微信上发的朋友圈,还以为它找到了新的主人呢。我为什么要责备你呢?"

她回答说:"嗯,我脑子有病。"

我又说:"如果我知道猫死了,而且生你气的话,顶多也是不跟你做朋友了,但不会责备你。"我屏住呼吸,等她的回答。

她说:"我可以理解你不想跟我做朋友,但是你不能责备我。你知道吗?我跟你说猫的事,就是想你安慰我。"

我说:"这话你重复好几遍了,我知道你的痛苦是真的,也知道你很难受,但我就是觉得心头有什么梗着,没办法安慰你。换了是我,知道猫离开家后不吃不喝,肯定会马上接它回家的。但是,正如你自己说的,时间不巧,赶上大年三十。"我嘟囔了一句,"有些事,的确很无奈。"我本来想说"你也不要太难过了",但是没有说出口。

王昭君回了我一句话,令我觉得很吃惊,竟然又是那句"猫有猫的命"。

我"嗯"了一声,心想赶上大年三十,时间不巧,便是那猫的命了,说到命,仿佛故事结局最后的那个句号。有一句话说世事难料,谁也无法知道明天会发生什么。我问王昭君是否后悔,她不回答我的问题,放声大哭,一边哭一边说她亲自去那对夫妻家看过两次,如果条件很差的话,肯定会领回家的。我"嗯"了一声,觉得对她所说的话,都只能用"嗯嗯"来回答了。猫活着的时候,她觉得它换着方式折磨她，但是猫死了反而更糟糕，因为猫死了的结局成了她永远自责的一个噩梦。原本她只是想找到一个自己跟猫都可以解脱的办法，但她使用的办法似乎笨了点。还有一个就是，猫钻进了死胡同。

王昭君真的很爱猫，也很善良，就是没有我想象的那么聪明罢了。我对她又说了一遍："你脑子真的有毛病。"她吸着鼻子说："是，我脑子有毛病。"我还想说点什么，但是欲言又止。说真的，凡是跟动物有关的事，我都难以控制自己的情绪。王昭君已经很痛苦了，有一点可以肯定，她这样寻找安慰的时候，时间会一天一天地过去，真正能够安慰她的是时间。

我问她老公对猫死的事有什么反应，她说老公当然也很意外并难过，但是，通过猫的事，她发现老公其实很理解她，平时忽视这一点了。我干笑了一声。

八

没过几天，我已经想不起王昭君的猫死了的事了，偶尔跟她通个电话，说的都是鸡毛蒜皮。但有一个明显的变化，就是以前我们总是谈猫，而现在，绝对不谈猫。可笑的是，我们有时候还会谈谈某部小说、某个作家，有时候也会谈谈减肥。"我胖是遗传，减不下来的。"我总是对自己发胖的事不屑一顾。王昭君很苗条，因为比我年轻，所以比我好看。现在，我的朋友里跟我不谈猫的，王昭君可是唯一的一个。我家里有一只猫，院子里有一群猫。她家里有两只猫，单位里有一只猫。不知道王昭君是怎么想的，我并不想这样逃避，但人生跟笔记本似的,写满了,再换一本新的。笔记本多了,觉得自己好像已经很老很老了。

倒是李小芬三天两头给我发猫的视频和照片。她给猫买了各种各样的玩具、零食和猫笼。那猫本来长得就好看,她又很会抓镜头,每张照片都很萌。

我给她发微信:"你最近也成猫奴了。"她回了一个字:"是。"我说最近因为猫,还真有了一些想法,她问是哪方面的,我说是命。

她说:"从你嘴里说命,还真新鲜。"

我一连打了六个"哈"。

她跟着来了一封信:"我想问你一个问题,你为什么对动物有这种超乎常人的感情? 是因为对人太失望才转到动物身上的吗? "

我思考了一会儿,回答说:"可能是我觉得自己太弱小了,拯救不了自己,也拯救不了他人。但是,眼前的小动物,只要我稍微用一点点心,或者花一点点钱,就可以改变它们的命运。就生命的分量来说,一只猫的命跟一个人的命,是一样重的。我太渺小了,所以只能关爱小动物。无疑,美食美景常常令我情绪高昂,但使我从心底深处感到幸福的,却是感受到那些不幸的小动物变得幸福的那一刻。只有这一刻我才觉得很小很小的自己,也有活着的意义和价值。"

她说:"像你思考这么深的问题,我还真没想过。这次对小猫的不舍,我也始料不及。"

我说:"是你的心动了。你是个好人,有悲悯之心。谢谢你,最近最最治愈我的,是你跟你女儿的猫。"

今天是什么日子

可是我没有想到良夫真的就这么走了。

二十年前跟良夫结婚以来，无论我发多大的脾气，他从来没有还过一句嘴。平时跟朋友们去吃茶店，聊到夫妻关系，我总是自满地说我们夫妻从来没有吵过架，为此招来朋友们的一阵惊诧。其实，不是我们没有吵过架，是我跟他吵不起来。我这边刚开始发怒，他那边已经说出好几个"对不起"了，以及"下次我会注意"什么的。结婚的时候，我将近四十岁，他将近五十岁。大我十岁的原因吧，有些地方他总是让着我。虽然都是二婚，但都没有孩子，所以两个人之间也没什么产生摩擦的东西。结婚的第二年，我跟他生了个儿子。五年前他退了休，从早到晚待在家里。今年儿子上大学了，几乎不待在家里。总之，平时我差不多就是跟他厮守在一起。

大约就是从良夫退休的那个时候开始的，我时不时觉得他不顺眼，动不动这样说他："你怎么老是流鼻水啊？一盒纸巾不到一天就用完了。""你吃饭的时候，嘴巴里怎么会发出那么空洞的声音呢？早就叫你去镶假牙了啊。""你咳嗽的时候,不应该张大嘴巴直接将唾液喷出来,不是告诉你用纸巾捂住嘴巴吗?"他从不反驳,有时会困惑地摇摇头。

我试想了一下,如果知道他真的就这么走掉了,早上他离开家的时候,我是否会挽留他,或者追到街上恳求他回来呢?

我的答案是"不会"。

今天天气不错,不冷也不热。我坐在沙发上,合上双眼。说真的,我觉得良夫不会真这么走了,不可能一去不回返了。之所以说得这么肯定,是因为十九年前买的那辆松田牌面包车,还静静地停在车库里。他这个人,平时不太会表达自己,只有坐到驾驶座位开起车的时候,才会令人感到从容和自信。有时候还可以看到他的偏执和小气。开车时候的他,跟不开车时候的他,是两个人。我觉得,开车时候的他才是真正的他。话说他开车的时候,从来不用导航,全日本的地图都装在他的脑子里。或许是这个原因,他看到那些边开车边慌慌张张找路的司机时,就会说一些嘲笑或者是讥讽的话。如果后边的车跟他开的车距离太近,或者突然快速超过他的车,这时候他就会很生气、很愤怒,会开口骂人,然后做出一些极端危险的行为。比如对紧跟在后边的那辆车,他会故意来一个猛刹车。而对跑到他前面的那辆车,他会全力追赶,在并行的瞬间故意将车体挨近对方的车,"唰"地一下超过去,令那辆车的司机大吃一惊。虽然他开车的技术相当好,但这种事还是不做为好。这时候我就会骂他,说想找死的话,最好在他一个人的时候,不要牵连上我,我可不愿意跟他一起死。然后我会给他下定论,说他这个人的本性其实是十分刻薄的,只是平时掩饰得比较好。因为,从某种意义上说,开车的时候最能看出一个人的本性来。

如果良夫真的出走,我想他一定会开着松田牌老面包车一起走的。有时候,我觉得这辆车的样子很像他。因为用的时间太久,车身上有很多地方的漆剥落下来。这使我联想到他已经变得斑驳的头顶。他的头发已经稀疏了不少,尤其头顶的中心部,几乎都掉光了。

我的膝盖有毛病,走路多了会痛,平时良夫就开着这辆松田牌面包车,载着我去我喜欢逛的电器商店或者超市。每个星期还会载着我去一次那种回转式的寿司店。我喜欢寿司,十天以上不吃寿司的话,情绪上会不由自主地产生焦虑和郁闷。不过,他认为我在情绪上出问题跟寿司无关,是更年期症状。他解释说,更年期因人的体质不同,犯病的时间长短也会不同。至于我呢,他说是属于那种时间"相当长"的类型。他说的可能是对的。我动不动就冒汗,而且只限于头部。还有,我动不动就会脑子里一片空白,跟失去知觉似的。还有,年轻时根本不在乎的那种小事,我现在变得十分在意,有时甚至会暴跳如雷。

儿子上中学之前,这辆面包车其实也跑过很多有名的景点,比如箱根、热海、鬼怒川等温泉胜地,再比如迪士尼乐园、日光临海公园等大型游乐场所,再比如涩谷、银座等繁华的街道。

有几次,我想换一台税金比较便宜的轻自动车,但是良夫不肯,理由是"这辆车还能跑"。我知道他不肯换新车是因为他这个人怀旧。能证明他怀旧的例子很多,比如儿子小时候使用过的婴儿安全座椅,已经变了颜色了,有些地方已经卷了毛,但他还是舍不得扔,依然放在驾驶座旁边的椅子上。因为这个原因,每次我坐车的时候,只能坐在后边的座位上,正好看到他头上那块秃掉的地方。每次看他的后脑,我都会生出些许的悲凉和无奈来。时间流逝得是这样的快!儿子从幼儿园开始穿的制服,到小学的制服,到中学的制服,都被他送到洗衣店洗得干干净净,收在我跟他合用的衣柜里。

言归正传。也是从良夫退休时开始的吧,我嫌吃三顿饭太麻烦,他跟着我改成一天吃两顿饭了。时间是上午的十点半和下午的五点。真的很准时,十点半,我听见自己的肚子在"咕咕"地叫。我算了算,良夫是八点离开家的,也就是说,他走了有两个半小时了。说真的,我没有办法想象不开车的他会去哪里、会做什么。再说了,以前他工作的时候,工资都交给我管理,需要花钱的时候跟我要钱。现在呢,他每两个月拿一次年金,也交给我管理,我只给他几个必要的零花钱而已。早上他走之前并没有跟我要钱,所以他身上的钱肯定不多,可能只有几个零钱而已。想到他可能没有钱买东西吃,我担心地拿起手机,想给他打电话,但想了一会儿又放弃了。我觉得他手里没有钱才好。我想他手里没有钱的话,自然就走不到太远的地方去。我决定要跟他拉大锯,看谁坚持的时间长。我有获胜的信心,并相信他走累了就会回来了,或者他的肚子饿了就会回来了。也许他现在已经气喘吁吁,正在回家的路上呢。

良夫会回来的念头一出现,我的心情就轻松起来,觉得肚子饿了,胃也开始痛了。我想找点东西吃,但打开冰箱,能吃的东西只有一袋我讨厌的荞面。冷冻室有很多鲜肉和他在上野横町买的鱼,但是我都懒得做。因为我做的菜,连我自己都觉得不好吃。基本上,只要良夫在家,饭桌上的菜就由他来做。他这个人没什么爱好,不开车的时候,就喜欢看手机里的动画。为这个我也骂过他,说从来都没有看见他读过书,所以他的脑子是空的,缺少知识,也没有智慧。晚上睡觉前没事做,我看电视里的节目,他看手机里教人怎么做菜的动画。虽然他做的菜在颜色上不能说很好看,但味道跟饭店里端上来的菜差不了多少。儿子小的时候,有一次,我带着他跟几对母子一起玩猜谜游戏,主题是让小孩说三个最喜欢吃的妈妈做的菜,而妈妈将小孩可能说的菜名写在纸上,然后比对,母子一致的数量最多的为胜。我写了咖喱、煎牛排和炒蛋。轮到儿子发表的时候,他一个菜名也不肯说。问他理由,他说他喜欢吃的都是爸爸做的菜,他一下子说了好几个菜名,比如牛肉盖饭、煎秋刀鱼、牛肉炖土豆、鸡蛋糕、酱汤、炸鸡块。我问儿子,我做的咖喱和煎牛排不好吃吗。他立刻回答说我做咖喱和煎牛排,用的都是市场卖的那种现成的料,吃多少次都是同一种味道,而他并不喜欢那种味道。

　　我现在就特别想吃良夫做的牛肉盖饭,心想他没有出走就好了。我叹了一口气,从一个抽屉里取出一盒方便面。家里有不少方便面这样的快餐,是为地震时而预备的防灾物品之一。我打开方便面的盖,注满滚烫的水,看了一下时间,心想三分钟后的十点五十分就可以吃面了。

没想到等待的三分钟是那么长。我还是第一次觉得时间的流逝是这么慢。在还差两分钟的时候，我甚至觉得自己已经失去了等待的耐心。我有点生自己的气，也生良夫的气。看着盒子图案上的热气，我很困惑他到底去了哪里。再说了，如果他在家的话，一定会尽力阻止我吃方便面的。他说我年纪大，不仅患有高血压，而且肥满，最好不要吃这种快餐食品。他总是开车带着我去上野的横町买鱼，因为那里的鱼又新鲜又便宜。我们一下子会买很多，或煎或煮，他总是换着花样做。说来好笑，他自己其实不怎么吃鱼，不是他不喜欢鱼，是他嫌挑鱼刺太麻烦。他也不怎么吃螃蟹，也是嫌剥螃蟹壳太麻烦。我很早就发现他有这个毛病，如果他觉得麻烦，而这麻烦是他自找的，那么他就会断然放弃这麻烦。

我的脑子里忽然迸出了一个念头：说不定他的出走跟我今天早上说他的那些话有关。那些话的确很像鱼身上的刺。

今天早上，良夫沏了一壶蒲公英茶，跟我舒舒服服地坐在沙发上边喝边聊天。电视里正在播天气预报，年轻的女预报员很好看，用甜甜的声音说下一个星期有可能会下大雪。这几天的天气预报一直在报即将来临的这场大雪，还说有可能是三十年不遇的大雪。昨天，我将门前的松树枝剪去了很多，怕的是真像天气预报说的那样，会下几十年不遇的大雪。我害怕是因为我有一个逻辑：雪会积在树枝上。雪积得太多的话，树枝就有可能承受不住雪的重量。雪会变成块从树枝上掉下来。如果雪块正好砸到路过的什么人的头上，就会让那个人受伤。一想到会有什么人受伤我就采取行动了。

这样想起剪树枝的事，不由得又想起了那个女人。我剪树枝的时候,那个女人正好从旁边走过,看见我举着那把长长的专用剪刀,笑嘻嘻地夸我"厉害"。我不明白哪里"厉害",她就特地跟找解释,说这种活通常都是由男人来做,"一般的女人"做不了。当时我知道她的话里有话,但是很无助,也很尴尬。

我本来是没话找话,有一搭没一搭地跟良夫说着昨天剪树枝的事,自然就说到了那个女人,然后不自觉地怒火就涌上了心头。那个女人的话语背后,其实是在说我"惨"或者是"可怜"。我问他是不是也是这么想的。他慢悠悠地说我想多了,还劝我用不着在意。我怎么可能不在意呢? 我的心痒痒起来,为了他的简单,也为了他没有听懂我的心里话。从这个时候开始,我说话的声音越来越高,而且把对那个女人的气,开始往他的身上撒。我知道这样做没有理性,但我就是无法控制自己的情绪。

我开始滔滔不绝地责备良夫:"那个女人其实是在讽刺我啊。我被人家挖苦,其实是你造成的。连我也觉得那个女人说得在理,本来剪树枝这样重的体力活,确实就是男人的活。但是你从来不去在意这种男人应该做的事。院子里的草你拔过吗? 你看对面星野家的男人,隔三岔五地用除草机割草,人家的院子看起来一直就像草坪那么好看。还有,你围着我们家的房子检查过墙壁什么的吗? 上个月,我看见房子的外壁有一条裂纹,是我找建筑公司的人来修理的。还有,家里的灯泡什么的,所有跟电器有关的,坏掉的时候都是我找人来修理,或者就是我自己来安装。我可是个女人啊,但在家里,我做的都是男人的活。"他小声地说了一句"对不起"。我早已经习惯了他的道歉,但今天却觉得他的低调特别厌,让人觉得窝囊。我大动肝火,对他说:"你要是有个男人的样,我也就不会被人家说三道四的了。你看看你,做饭、洗碗、擦地,你做的都是女人的活。你啊,应该感到脸红的。我算是了解你了,凡是男人该发挥作用的地方,你一样都不行,你只会做那些没有意义也没有价值的事。"我喘了一口气,觉得不把他也骂火儿了就誓不罢休。我举了好几个例子:"你一辈子都这样。人家退休了,每个月的年金有二十五万日元。你也工作了几十年,但你的年金呢,每个月只有十几万日元。很多人退休后被公司返聘,你退休了就一直这么待在家里。"他直直地坐着,没有说对不起。二十年来,在我发火的时候,他第一次没有跟我道歉。我觉得如愿以偿,看来我真的把他激火儿了。他火儿了,我就可以跟他痛痛快快地吵一次架,可以把心头的郁闷都释放掉。我接着对他说:"当初我真是没有睁开眼睛,怎么就会选择了你呢?那时候,有一个大学老师也追求我,还有一个搞古董的也追求我,我却偏偏选择了你。我真傻,竟然因为你是一个老实人就选择了你,还跟你结了婚,还跟你生了孩子。人家做爸爸的可以给孩子留下很多财产,房子、金钱。你呢?你能留下的,不过是那台松田牌面包车。依我看,那台面包车也都成了古董了。现在想一想,你不是老实,是窝囊。我跟一个窝囊废结了婚。"然后我一直说了好几个"啊"。

良夫就是在我"啊啊"的时候出门的,很突然。

我从来也没想到这个窝囊废就这么走了。

当时我还来不及思考,现在回想起来,虽然良夫什么都没有说,但是他看起来是变了脸的。他脸上的意思就是"请自便吧"。我也觉得那时的自己很过分,一发而不可收地随口说出来的那些话,已经超过了吵架范围,太不尊重人了。有时候,我觉得身体里跟随着另外一个女人,一有机会就会跳出来,感觉上很像跟我连在一起的一只狗。

十二点了,正午的阳光从落地窗照进房间,床边的沙发看起来很温暖。我感到一股睡意。平时的这个时间,我已经在睡午觉了。我总是在沙发上睡午觉。沙发是良夫跟我一起去家具店买的。记得我当时想买的是一个双人用的便宜沙发,但是他坚持买这个四人用的沙发。因为是法国的进口货,价格非常贵,我迟迟不肯点头。他这样疏导我,说我大部分的时间都是在家里打发的,所以必须买一个会令人坐着、躺着都觉得放松的沙发。

我放松身体躺到沙发上,虽然有困意,但就是睡不着。窗外的天是蓝的,太阳泛着金色的光。我从盖着身体的毛毯上闻到了良夫的气味。正确地说,是混合着他身体气味的香水的气味。这两年他开始在耳朵后边和腋下使用香水,用得不多,喷一下的那种感觉。如果他两天不回家,也许这气味就会消失的。我用鼻子使劲儿地嗅着毛毯,想把他的气味跟香水的气味区别开来,但是没多久,连我自己也笑了。我真的是很蠢,家里有他睡过的枕头,有他盖过的被子,有他穿过的鞋子,有他抱过的沙发靠垫,这些东西都充满着他身体的那种气味。换句话说,他的气味无处不在,已经成为家的一部分。使我烦恼的是,我对他的气味非常留恋。我又想给他打电话了。我想在电话里先狠狠地责备他一顿,然后再给他一些甜言蜜语,让他觉得离家出走有多么后悔。然后,他真的回家了。刚开始,我假装不在乎,当什么事情都没有发生过,但过一段时间后,我就跟他翻脸,指责他的出走是多么愚蠢。我的想象很具体,但我却没有给他打电话。我也不知道为什么没有给他打电话。

快到下午两点的时候,窗外传来熟悉的猫叫声。没想到那只长得像小老虎的流浪猫又来了。我一个骨碌爬起来,无意识中喊了一声良夫的名字,没有人应答,这使我再一次意识到他走了,已经不在我身边了。突然间,我觉得心里空空荡荡的。我去院子里,想用棍子把那只猫吓唬走。我本来是喜欢所有的猫,也并不讨厌这只大狸猫,无奈它每次来都会恐吓另外两只猫。关于另外两只猫,说来话长,简单来说的话,就是它们是我家的院猫,我跟良夫照顾它们有三年多了,并且给它们都做了绝育手术。

大狸猫是上个月突然出现的,它一来,另外的两只猫就会被吓跑。每次猫被吓跑了,我都会问良夫:"天气这么冷,它们会跑到哪里呢? 会不会不再回来了呢? "每次大狸猫来,良夫就会用准备好的棍子去吓唬它,赶走它。慢慢地,大狸猫来的次数开始减少,到了上个星期,已经见不到它的影子了。

没想到良夫不在家的时候大狸猫又回来了。也许是我没有吓唬过它的原因吧,看见我,它并不跑,就坐在围墙上不动。我想吓唬它的时候,发现它的一只耳朵上有一个樱花瓣。樱花瓣是流浪猫做完绝育手术的标志。没想到有人抓了大狸猫还给它做了绝育手术。大狸猫变成了地域猫。做过绝育手术的猫,性情会变得温和,毫无疑问它会跟另外的两只院猫好好地相处下去。要是它还愿意留在院子里,我想我就收养它吧。我并不在乎多一只猫。不过它长得真难看。

回到家,我想给良夫打电话,告诉他那只大狸猫竟然被人抓去做了绝育手术,今天又来院里了。我甚至都能想象他听到后会有什么样的表情。不过我还是改变了主意,决定给他发短信。除了告诉他大狸猫的事,还要告诉他一件其他的事。干脆说我的血压高到一百八了,或者说松田牌面包车的车身被人用尖物剐了,再或者说趁着他不在家,强盗来家里偷东西了。我想了很多个话题,但没有一个是满意的。我猜想他看见了后面的三条短信后会马上回来,但这次毕竟是他结婚以来的第一次出走,我也不能像以前那么自信地说可以把握他了。我有些不知如何是好,但有一点很清楚,就是我期待他回来。

希望良夫回来的心思一动,我觉得再也无法忍受他不在家的这个事实了。这个事实使家有了空缺,而这空缺太大以至于没有办法忽略。打算出门的时候,我才发现早上起来后还没有洗过脸。于是我洗了脸,还涂了一点婴儿用的奶液。但是一想到去哪里找良夫我就泄气了。他退休之前,平时去单位工作,休息日就是开车带着我跟儿子吃喝玩乐。我想他一个老人不可能去游园地。至于吃的方面,因为他的工资不高,带我们去的饭店不过就是他熟悉的王将、日高那、寿司楼等一般百姓去的地方。这些地方通常比较热闹,有时会排很长时间的队才能轮到座位,因为客人很少是一个人,基本上都拖家带口。一个人的时候,他不喜欢热闹的场所,尤其他有一个习惯,就是绝对不会一个人到饭店去吃饭。有一次,我带着儿子回娘家,住了大约有二十天吧,他每天吃乌龙面,加一点咖喱就算变花样了。我让他去饭店吃套餐。他说不习惯一个人去饭店吃饭。我让他在饭菜上不要对付自己。他说一个人的饭菜最不好做了,因为多了会剩,少了又不值得做。我不在身边他就不会善待自己,结果我担心他担心得不行,提前一个星期就回到他的身边了。

我家附近有一个很大的公园,公园里有草坪、有池塘,还有人工的小山丘。刚搬到现在这个家来的时候,晚上我经常跟良夫去公园散步。不知道他会不会在公园,我决定去看看。

无心留意公园里的风景和人,我到处寻找良夫,想象他能够看到我,然后一边惊异地摇着头,一边微笑着走过来。但奇迹并没有出现。下午三点钟的太阳熠熠生辉,明亮得令我觉得有点承受不住。我在离人工小丘不远的长椅上坐下来,眼前是那条走过千遍万遍的散步道。我的眼前慢慢地推出那个长长的镜头,就像看电视剧一样:我坐在轮椅上,良夫在后边推着,道边的泥土地种植着各种颜色的玫瑰。

去年,不知是什么原因,我的膝盖痛得不能走路,跑了几家医院都没有查出病因。因为痛的缘故,我开始害怕出门,尽可能地待在家里。良夫去专卖店为我选了一个轮椅。天气好的时候,我坐在轮椅上,他在后面推着,两个人在眼前的这条散步道上来来回回地转,一起看花,一起闻着花的馨香。后来,我的膝盖又莫名其妙地好了。他从来不会反对我做任何事情,但我决定卖掉轮椅的时候他反对了。那是他唯一一次反对我的选择。他对我说:"有些东西,即使你不再用了,最好也不要轻易放手。"还记得我回答说:"如果是钱啊股票什么的,用过了我也不会放手啊。但有些东西,就必须能够断、舍、离,不然家就会成为垃圾站了。"

我觉得膝盖开始发软，身体像海绵，那时候的痛感又爬到关节里。现在我真想找回那个轮椅。如果它还在那家中古店，我会把它再买回来。

我想控制自己的感情，但是没有用，有一种东西在心口处翻滚，泪水顺着面颊流下来。

我给儿子打了一个电话，不过听见他的声音后，忽然觉得没话可说。儿子问我什么事，我说没事。然后他问我怎么样，我说好。他又问良夫怎么样，我也说好。他沉默了一会儿，说如果真的没有什么事的话就挂电话了，我说没事，于是他挂了电话。我就呆呆地坐在长椅上，坐了很久。良夫走了以后，我感觉自己的心里有什么东西不一样了。

我去了那家中古店，店里放着一首很轻松的曲子。还是那个店员，坐在收款台后边的椅子上，冲着我喊了一声"欢迎光临"。我站在店门口，呼吸着中古店特有的变了质的空气。店员走过来问我在找什么。我说找轮椅。想了想，我又加了一句："座椅是绿色格子的轮椅。"他看了我一眼，好像觉得我是一个怪人。他带我去店里最黑暗的那个角落，指着被折叠起来靠在墙壁上的轮椅对我说："店里只有这一个轮椅。"说完他露出孩子般惊喜的表情，大声地说："唉，你这个人的运气真好。怎么就叫你碰上了呢？你看，就是你想要的绿色的格子。"那一瞬间，我感到心惊肉跳。也许是我的样子太不一般了，他对我说："你运气这么好，我干脆便宜卖给你吧。"我问是真的吗。他说是真的。我笑了起来,似乎这个轮椅从来就没有离开过我,一直在这里默默地等着我。

万万没有想到,下午五点钟,良夫竟回来了。没想到他跟那只大狸猫一样,就这么走了,又这么回来了。他冲着我点了一下头说:"我回来了。"我舔了舔发干的嘴唇说:"啊,你回来了。"我尽了最大的努力,但心脏还是跳得非常厉害,喉咙感到一股很强的压力,发出来的声音轻极了,听起来就像流动着的空气。

等我觉得松了一口气后,发现良夫的手里,比早上离开的时候多了一样东西,是一个白色的塑料袋。我用力咽下嘴里的口水,死死地盯着他的脸说:"有好几次我想给你打电话。你进门之前,我正打算给你打电话。你再晚几秒钟进门,就会接到我的电话了。"他"嗯"了一声,把塑料袋递给我,然后开口对我说:"你还记得上个月我去做健康检查了吧?"我说记得。他说:"检查结果显示我的肝脏可能有问题,因此又做了一次详细检查。今天,我去医院看结果了。"我说:"你没有告诉过我你要去医院。我也没想到你去医院要花上将近一天的时间。"我尽力把话说得婉转点,希望他听起来不会觉得我是在责备他。他沉默了一会儿,对我说:"检查结果上午就知道了。但是,不知道为什么,从医院出来后,我忽然变得很不安。我不由得想,如果我不在你身边了,只剩下你一个人了,那时候你是否能够好好地活下去。"我吓了一跳。我不认为他永远都不会死,可他活在我身边的时候,我也从来没有想到过他的死。我刚刚恢复平静的心又开始突突突地跳,就快蹦出嗓子眼儿了。我急忙打开塑料袋,看见里面装着两个药袋,于是结结巴巴地问他:"医生确诊是什么病了吗?医生说你已经没救了吗?"这一次,好像是我的问话把他吓坏了,他使劲儿地摇着手,清了一下喉咙,告诉我详细检查的结果是他的肝脏很正常。至于塑料袋里的药,他解释说,因为他告诉医生最近经常会便秘,所以医生开了两种对肠道有好处的乳酸菌。我长长地吸了一口气,喉咙意外地发出了一声短促的笑声。我对他说:"如果你能跟我打一声招呼就好了。"他说他知道了。我"嗯"了一声。过了几秒钟,他把刚才从医院出来后感到害怕的事又重复了一遍,最后对我说:"我一直没有想过自己会比你先死。从医院出来后,不知道怎么了,突然想到我有可能比你先死。然后我的心里和脑子里都变得乱糟糟的,理也理不清。我对自己说,你是个好人,但是你的脾气不好,特别是你现在又处在更年期,那么,除了我,不可能有其他的人能够像我这样照顾你了。一想到没人照顾你了,我的心里就变得很不好受。因为我一直想不出有什么更好的办法,心想只能试一试你了,试一试我不在你身边的话你会怎么样。"说真的,虽然他的话颠三倒四,令我觉得哭笑不得,但在他的荒诞行为中,有一种非常细腻的真情令我感动。他是我的老伴儿,我跟他在一起有二十年了,我了解他,虽然他是一个毫无用处的、平凡的老头儿,但我可以将所有的乱七八糟和无能都交给他。

好长时间,我跟良夫都不说话,良久,还是我先开了口,我对他说:"这一天,我心里也乱糟糟的。你走了以后,我的眼前闪过很多过去的事,一幕一幕像看电影似的。今天是什么日子啊?以为你走了,但又觉得你肯定会回来,魂不守舍。家变成了只有我一个人的房子,然后我突然觉得特别需要那个你反对我卖掉的轮椅。"说到这里,我看见他笑了一下。我说:"你肯定想不到我又把那个轮椅买回来了吧。你肯定也想不到我只花了一千日元就把它买回来了吧。"他说他没想到,然后突然露出惊喜的神情问我:"是真的吗?你是说你只花了一千日元又把那个轮椅买回来了吗?"我"嗯"了一声后突然憋不住地笑了起来,他跟着我笑。我们笑了好长时间,一直都无法停下来似的。笑够了,他对我说:"其实,我一直坐在一家吃茶店里。我一边期待你来电话,一边又害怕你来电话。你没来电话我觉得有点寂寞,但是心却放下一点了。无论如何,我决定要在五点钟赶回来,因为我们五点钟要吃晚饭。再说,我已经试过了,觉得自己知道结果了。"我说:"你说你已经知道结果了?"他马上回答说:"但我意识到我知道的那个结果是错的。"

跟良夫结婚已经二十年了。二十年来,一直都是我在跟他诉说,我在责备他,他在跟我说对不起。他好像从来也没跟我推心置腹过。作为他的妻子,我已经习惯了用这种方式跟他相处,我不知道此外还有什么更好的方式可以跟他相处。跟朋友们去吃茶店聊天的时候,说到理想的夫妻关系,我总是强调"一方可以接受另一方的一切,无论好坏。反过来也一样"。对于我,良夫有太多加在一起的很大的平凡,他用这很大的平凡将我全部接受下来。而我呢,虽然怨言不断,但早已习惯了他这样的一个人,还知道只有他才是这个世界上最适合我的人。所以,从某种意义上说,我跟他之间的关系,即使不能说是理想的夫妻关系,也是接近于理想的吧。理想只是一个概念,而不完美的和谐才是实际意义上的理想。

　　良夫小声地嘀咕了一句什么,我没有听清楚是什么话。同时我对他说:"我饿了,上午吃的是方便面。"他问我:"感觉怎么样?"我问他:"什么感觉怎么样?"他回答说:"方便面的感觉怎么样?"我说:"感觉很好吃。其实我一直都很喜欢方便面的。"

　　然后良夫去厨房做饭。我想起什么,跟着他去了厨房。我对他说:"那只大狸猫又来了。"他"啊"了一声。我说:"你简直想象不到,我本来是去吓唬它的,结果看见它的耳朵上有一个樱花瓣。"他说:"做了绝育手术了。"我说:"奇妙的是根本想象不出是什么人出钱给它做的手术。你知道的,它长的样子是那么难看。"他不说话。我接着说:"如果它愿意留在院子里,我想我们就收养它吧。"他看了我一眼说:"既然它被做了绝育手术,说明有人在养它啊。顺其自然吧。"他又回到以前的那个简单的良夫了。我点点头,觉得他说得对,同时也觉得有点不对劲儿,但我又想不到哪里不对劲儿。不过我好不容易把他等回来了,今天得给他一点喘息的时间,就不要跟他较劲儿了吧。再说那只大狸猫肯定还会再来,那时候也许就会搞清楚哪里不对劲儿了。

　　折腾了一天,晚上我想起在哪本书里看到的一段话,是一个女人形容丈夫不在身边时说的一句话,大致的意思是:他在我身边的时候我觉得孤独,但是他不在我身边的时候我觉得更加孤独。我问累了一天的良夫:"那时候,你真的觉得自己快要死了吗?"他说:"是。"我又问:"会感到很害怕吗?"他虚弱地回答说:"我都说过很害怕了。但不是怕自己死,是怕自己死了以后你也活不下去。"我笑起来,说:"你一向很淡定,想不到这一次会这么荒诞。"他说:"我平时能放下很多东西的,这一辈子,连工资都全部交给你的。奇怪的是,就跟放不下那个轮椅似的,也放不下你。"我说:"今天我想起了好多好多事情,全部都跟你有关。我发现你一直都被我揣在心里面。"他笑了:"你也是没放下。"这是真的。我现在特别想亲亲他。自从生下儿子,我还没有亲过他呢。我按捺了好久才忍住想亲他的冲动,然后对他说:"你还记得买这房子的时候你答应过我的那件事吗?"他问什么事。我说:"当时我跟不动产砍价,坚持要便宜一百万日元。那个叫六本木的说,万一你砍价的时候房子被人买走了怎么办?结果你跟着他说,是啊,万一你砍价的时候,房子被人买走了怎么办?一百万日元没有砍下来,事后我埋怨你没有立场,你说你会补给我一百万日元的。但直到今天我都没有收到你说的那一百万日元。"他也想起来了,对我说:"你还没放下这件事啊?"我说:"准确地说,我还没有放下那一百万日元。"他说:"我那时只是随便一说,因为只有那么说,你跟六本木才会将事情变得简单起来。"说完了他开始笑,我跟着他笑,我们又笑了很长时间,一边笑一边说到好多举得起放得下和举得起放不下以及举不起也放不下的小插曲。其实,轮椅也好,一百万日元也好,都不是什么特别好笑的事,但是,今天我跟他做了一些很好笑的事,又不好意思当着对方的面承认自己可笑,所以才会在"轮椅"和"一百万"日元的事上笑得这么厉害。

良夫打了一个哈欠。我问他:"你困了吗?"他回答说困了。我说:"好吧,我们睡觉吧。晚安。"他说晚安。过了一会儿,我小声地叫了一声良夫,但是没有听见回话。我想他睡着了。

人跟人之间有千丝万缕的联系

一

李小刚让我跟他一起去蔡东方家。我没见过蔡东方，但因为在同一个微信群里，经常能看见他发在朋友圈上的一些链接和发言。

我对李小刚说："蔡东方那个人，好像很喜欢批评人，前一段时间在群里还批评了我，说我小说里写的痛是自作自受。万一见了面，再当着我的面批评我，而我又不想争辩的话，岂不是很尴尬。"

李小刚说："他是对文不对人。他人很好的。"

我说："即便他是个好人，但我跟他并不熟。他邀请你去，你再邀请我，感觉上怪怪的。"

李小刚说："我这次去他家，是帮他做自动车保险。他知道我认识你，特地拜托我带你一起去的。你不知道吗？他找了你好几年呢。"

其实，关于他找我的事，前一阵子我从郑青岛那里也听说了。

事情是这样的:蔡东方年轻时读过我的一本小说集,很喜欢,想关注我其他作品的时候,发现我已经不写了。几年前他来日本旅游,在古董市场买了一把铁壶,包装纸是日本的《每日新闻》。回北京后,这么巧,他拆报纸的时候,无意发现了上面有一则关于我在日本写作的采访记,于是知道我不是不写作了,而是去日本了。不知道为什么,也许是心机一转吧,他很想联系到我。至于为什么要联系我,按他自己的话说,并没有什么具体的理由,就是想见个面。我想除了他真的喜欢文学,还有他这个人比较怀旧吧。

蔡东方动用了很多人帮忙找我。这些人里面甚至包括在中国做过文化工作的日本人。结果呢,从他开始找,已经过去五年了,但依旧没有办法联系上我。不久前,他写了一篇小说投给了一家杂志。杂志社的主编觉得他写得不错,因为这时他已经在日本生活了,于是把他介绍给郑青岛。郑青岛是一个在日微信群的群主,群友基本上都是华人,其中有很多像我这样的文学爱好者。中国有一句话说:踏破铁鞋无觅处,得来全不费功夫。这话看来是真的。

话说我跟着李小刚去蔡东方家,先是他跟太太来车站接我们,之后去车站附近的一家烤肉店吃烤肉。那天是他太太开车。他太太比他年轻很多,杨柳细腰,笑起来甜蜜蜜的。吃肉的时候,他不喝酒,但劝我和李小刚喝了几杯生啤酒。他太太没怎么吃东西,一直忙着往我和李小刚的盘子里放肉。吃完烤肉去他家喝茶。他家里的一面墙前有一个书架,书架里没有书,摆得都是各式各样的铁壶。关于铁壶的种类,他和李小刚交换了好多看法,可惜我一点也没有听懂。

房间的中央有一张桌子,他让我们坐下来喝茶。我觉得脚底下热乎乎的。

我问蔡东方："怎么你们家的榻榻米是热的？"

蔡东方说："下面有床暖房。"

我还是第一次知道榻榻米也可以装床暖房，很惊讶。

蔡东方想冲茶给我和李小刚喝，问我们想喝什么。

我说："随便。"

蔡东方选了绿茶和红茶。让我惊讶的是，他用来给我们冲茶的壶也是铁壶，不知道是不是古董，但我也没好意思问。我们开始聊天。原来他从北京来东京才刚刚半年多，还不会说日语。

我问蔡东方的太太："你会说日语吗？"

蔡东方的太太嘿嘿地笑着说："也不会。"

我突然问蔡东方："你们两个都不会日语，来日本干什么？"

蔡东方说："我太太的朋友在日本搞服装贸易公司，让我太太帮忙。我太太为了帮朋友，于是就来了日本。"

我说："那你就是跟着你太太来的了？属于家族滞在。按日本法，你不能打工，平时怎么打发时间啊？"

蔡东方说："我喜欢读书，逛古董市场。还有就是，我把做饭的事全都承包了。"

说真的，知道蔡东方找了我这么多年，我觉得很感动。我这个人有一个毛病，就是腿特别懒，不喜欢出远门。也是巧，他新买的房子竟然离我家非常近，坐电车的话只有三站，八分钟就过来了。我觉得他跟我还真是蛮有缘分的。

我们聊了很多事和很多人。蔡东方在国内做过几家杂志的编辑,发表过一些小说和随笔。我们的话题一直离不开文学。聊累了,我站起来,又去看书架上的铁壶。

蔡东方跟过来问我:"你喜欢哪一个?"

我指着一个比较方的铁壶说:"这个。"

他指着旁边那个圆的铁壶说:"我喜欢这个。"

关于那个圆的铁壶,他给我讲了一大堆好处,可惜我还是一句也没有记住。

快回家的时候,蔡东方突然想起什么似的对我说:"我认识两个你的大学校友呢。他们现在也在日本,一个在群马,另一个也在东京。他们都开公司,而且公司都做得非常大。"

大就意味着成功。只是我觉得奇怪,蔡东方跟我不是同一所大学毕业的,不知道他怎么会认识我的校友,而且一下子就认识两个人。

回家的时候,天已经黑了,气温突然降了很多。蔡东方怕我跟李小刚冷,执意用车送我们去车站。李小刚家在神奈川,坐电车也要一个多小时的路,所以坐电车回家了。我家近,开车的话不到十分钟就能到。

所以蔡东方对我说:"干脆直接送你到家吧。"

想想送我到家的话,蔡东方可以了解一下我家的位置,以后可以来我家玩,我就同意了。

十分钟后,我跟蔡东方和他太太在我家门前的银行停车场说再见。他突然补充了一句话:"等我联系你的两个大学校友,争取找个时间见个面。"

我说:"好。"

我说好,其实只是随便说说的,因为我以为蔡东方也只是随便那么一说,所以并没有当真。

二

想不到蔡东方还真把他说的话当回事了。圣诞节的前一天,他约我跟我的大学校友和那个帮他找过我的日本友人见面。知道我腿懒,他特地将聚会安排在我家附近的饭店。知道我晚上不能熬夜,他特地将酒会的时间安排在中午。没想到他这个人这么认真并体贴,我又感动了一次。

这是我跟蔡东方的第二次见面。

我给蔡东方发短信,说我已经到五反野车站了。他回信说眼看着电车从眼前开走了,只好等下一趟了。现在是冬季十二月,虽然太阳熠熠生辉,但两趟车前后要差十分钟呢,我想先不出站,就在检票口里等他好了。

不久我收到了蔡东方的短信,问我是不是在站台上。我回信说在检票口。然后就看见他穿着米色的呢子外套,戴着八角帽,手提皮革包,板板正正地从楼梯上下来了。也许是戴着口罩的原因,我敢打赌他没有马上认出我来,是我先跟他打的招呼。

其实我在检票口里的时候,就觉得一直站在车站对面的那个男人可能是蔡东方的朋友。果然,我跟蔡东方出了检票口后,男人开始不断地向我们这个方向招手。

我问蔡东方："对面的男人是不是你约的朋友？"

蔡东方看了好半天才笑着说："是。"

我想蔡东方也许是近视眼。

男人叫王连举。蔡东方给我们做介绍后，特地加了一句："你们是大学校友。"

王连举问我："你是哪一届的？"

我说："八〇级的，一九八四年毕业，算八四届。"

王连举又问我："你是哪个系的？"

我说："中文系。"

王连举说："那我们肯定见过面。我是八一级的。"

我问王连举："你是哪个系的？"

王连举说："我不是本科生。准确地说，应该是留日预备校的第四届学生。"

我笑着说："这样的话，我们其实只能算半个校友。"

留日预备校的学生属于公派留学生，在我们大学学习，不过是培训日语而已，时间上也只有一年，一年后由国家直接送到日本。虽然如此，我们肯定是见过面的，因为校园和食堂是共同使用的。但我们相互陌生，没有似曾相见过的那种感觉。这也是自然的，因为我们都老了嘛。即使当年见过面，现在也对不上号了。我大学毕业有三十七年了，到日本也有三十年了。而王连举来日本已经有四十年了。不过说真的，虽然他跟我同岁，但看起来似乎比我年轻了很多。

蔡东方约的另外两个朋友还没有来。那两个朋友也是王连举的朋友，于是他用微信跟那两个人联系。对方回信说中午十二点五分到站。看看还有几分钟，我们决定在原地再等他们一会儿。

我跟王连举接着刚才的话题聊。我们都很怀念当时的校园生活。

我说："那时候出国，感觉比摘天上的星星都难。我知道好多本科的女生追求你们预备校的男生。"

王连举说："后来我也听说了。"

我想起了许燕翔。

许燕翔跟我是同班同学，来自黑龙江。她中等个儿，细长的身材，小动物似的脸，雪白的肌肤，是我们中文系的系花。也许比我大两岁的原因，她在好多方面都比较早熟。大学毕业后才听其他的同学说，并不是她早熟，而是她妈妈在很多事情上教她怎么做。比方说她妈妈教她在大学期间把公费留学生搞到手，将来可以跟着出国。说真的，大学时代，也有几个男生对我有好感，经常往我挂在食堂墙壁上的饭袋里放情诗。每天去食堂吃饭的时候，我先看有没有情诗，有了就藏到口袋里，心里很兴奋。我还很幼稚的时候，许燕翔对本科的男生却是毫无兴趣。去食堂吃饭的时候，她肯定找留日预备校的学生。哪张桌子有留日预备校的男生，她就去哪张桌子。日子长了，我发现她开始紧盯着同一个男生说话。我的意思是说我感觉到她在追求那个男生。说真的，那个男生连我也意识到他的存在感了，我想大多数女生都会留心他，因为他长得很别致，看起来与众不同。不过话说回来，在我们的想象中，那个男生一定会跟许燕翔谈恋爱，因为许燕翔长得也好看，也与众不同。但不久我听其他的同学说，许燕翔被那个男孩拒绝了。

我觉得不可思议。其他的同学也都觉得无法理解。因为许燕翔真的很好看。

我问王连举："你们预备校是不是有一个个子高高的、身材瘦瘦的、肤色白白的、脸小小的、气质很文静的男孩？"

王连举刚想回答我的问题，他的手机响了。他接电话，然后告诉我跟蔡东方："那两个人已经到了，已经在饭店里等我们了。"

蔡东方说："车站就这么一个出口，饭店在我们身后，怎么没看见他们呢？"

我说："旁边还有一条小路可以去饭店，估计他们走的是那条小路。"

我们赶紧去饭店。这是一家日式餐厅，虽然门脸小，但里面非常宽敞。没想到五反野这么小的站竟然有这么安静惬意的地方。王连举报了姓名后，女服务生把我们带到一个单间。看见我们，里面的两个男人站起来跟我们寒暄。王连举帮我们做的介绍。长得像日本人的男人是我的大学校友张辉林，说一口流利的中国话的男人是帮蔡东方找我的日本人田口。其实张辉林跟王连举一样，也是留日预备校的学生，他们是同届。

吃饭前，王连举把田口和张辉林以及他自己的情况简单介绍了一下。田口在中国留了几年学，还工作了很多年，甚至给高层领导做过翻译，现在是中日某协会的会长。张辉林跟王连举一样，在日本有几百名社员的大公司担任社长。

蔡东方小声地对我说："王连举是做软件的，张辉林是做进出口贸易的，两个人的事业都很成功。"

然后是蔡东方把我和他自己的情况也简单地介绍了一下。

知道我是哪所大学毕业的后，张辉林问我："你是哪一届的？"

我说：八〇级的，一九八四年毕业，算八四届。

王连举又问我："你是哪个系的？"

我说："中文系。"

王连举说："那我们肯定重叠过。我是八一级的。"

我说："刚才跟王连举先生也说了，我们肯定见过面。但那时你们是公派留学生，对我们本科生来说，你们要去的世界是我们看不见也摸不着的新世界，很憧憬。我们都仰着脖子看你们呢。"

张辉林眯着小眼睛笑起来，王连举跟着笑。有那么几秒钟，我们都不说话，似乎在回味当年的情形和感受。

我想起刚才王连举没有来得及回答我的问题，于是又说了一遍："你们预备校是不是有一个个子高高的、身材瘦瘦的、肤色白白的、脸小小的、气质很文静的男孩？"

王连举说："知道知道。你说的不就是张辉林吗？就在你眼前啊。当时好多本科的女生追求他呢。"

我很惊讶，问张辉林："真的是你吗？"

张辉林笑着说："不敢肯定是不是我。"

我说："有一件事，我一直没有办法理解。"

张辉林问："什么事？"

我说："我们中文系有一个叫许燕翔的女孩，长得非常好看，是系花。她看上了那个很文静的男孩。听说许燕翔追了那个男孩很久很久，但还是被拒绝了。如果那个男孩是你的话，你一定会记得许燕翔。"

张辉林说:"这么说的话,你说的那个男孩就是我了。我当然还记得许燕翔当时的样子,是个很可爱的女孩。"

我问张辉林:"许燕翔那么好看,你为什么拒绝她?"

张辉林说:"不是我拒绝许燕翔。在培训期间,我们被告诫不能谈恋爱。事实上,前几届有学生谈恋爱,结果是没有得到派遣,没有来日本。为了前途,那时我们都不敢谈恋爱的。"

我说:"原来是这样啊。那个许燕翔,后来很伤心的。不过她到底还是追上了一个去美国的男孩子,现在还在美国,已经拿到绿卡了。啊,太奇妙了吧。真不敢相信我们今天竟然能够聚在一起,一边吃饭一边聊当年的那些事,更不敢相信,许燕翔当年追求的男孩就是你。"

王连举说:"人跟人之间有着千丝万缕的联系,真的很美好。"

我小声地对蔡东方说:"如果你不来日本旅游,如果你旅游时不买铁壶,如果铁壶的包装纸不是有介绍我的那份新闻纸,如果你不喜欢文学不找我,如果你不认识王连举的话,我跟王连举和张辉林就不可能在转了一大圈后还能在日本相见。"

但我没有告诉蔡东方见到张辉林对我来说有什么意义。

吃完饭,王连举喊来女服务员,让她帮我们拍集体照。我故意跟张辉林单独拍了一张。

我问张辉林:"我们班有一个微信群,我能联系上许燕翔,想不想跟她说几句话?"

张辉林想了想说:"算了。一是没话可说,会觉得很尴尬;一是美国跟我们有时差,估计那边正是深夜。"

我觉得张辉林说得对,就不再提许燕翔的事。

三

一大群人在车站说再见后,我邀请蔡东方到我家喝杯茶。因为天气好,蔡东方建议走着去我家,我同意了。

在我家,我跟蔡东方又谈起了文学。我说格林的《权利与荣耀》和《恋情的终结》好。他说他喜欢玛格丽特·尤瑟纳尔的《一弹解千愁》和《万火归一》。虽然我读过玛格丽特·尤瑟纳尔的《蛤德良回忆录》,但他说的两本书我都没有读过。他走后,我从网上找到了《一弹解千愁》,读了几章,感觉还真是吸引我。

晚上,我用微信给许燕翔发了中午的两张合影照片,问她里面有没有认识的人或者似曾相识的人。她回信说没有,口气很坚决。我让她再看看中间的那个男人,也就是跟我单独合影的那个男人。她回信还是说没见过。上个星期,我们俩刚刚聊过天,一起感叹"时间流逝得是这样的快",话题中还提到了那个文静的男孩。我告诉她,中间的男人就是当年留日预备校的那个文静的男孩啊。

许燕翔回了我一个字:"啊?"

我在短信里对许燕翔说:"对他拒绝你的事,你不是一直耿耿于怀的吗?今天我帮你搞清楚了,你可以释然了。原来不是他不喜欢你,是他们有在培训期间不许谈恋爱的规定。还有,我知道了他一直不肯告诉你的他的名字。他叫张辉林。"

许燕翔回了几个字："哈哈哈哈。你相信这一套吗？"

跟着许燕翔又追加了几个字："没想到他有一个这么土气的名字。"

我回信说："我信缘，信天命。不过，世界真小啊，转来转去还会转到一起。我们大学毕业快四十年了啊。有一种人生旅行的感觉，还有一缕绵长的愁绪。"

我说的是真的。在人生的旅途中，我们时不时会记住一些面孔，却又在世界的另一头忘记它们。但八〇、八四、四等一些简单的数字，却能将我们一生的线索清晰地记录下来。

我又想起王连举的话，于是借过来说："还有，人跟人之间有着千丝万缕的联系，真的很美好。"

许燕翔回了一个字："是。"

过了一会儿，许燕翔来信问我："他现在干什么？"

我回信说："当社长，有几百名社员。"

许燕翔回信说："很好。谢谢你。希望他发展得更好。"

我问许燕翔："如果有机会，你还想见他吗？"

许燕翔回信说："不想。现在的老公，够我消磨一辈子了。"

许燕翔在这句话的后面加了一个龇牙的表情。我跟她的微信聊天到这里就断了。我觉得自己开始泄气了，因为人生的某些片段因邂逅而凝固了，心里不是滋味。

后来我一直在想，如果张辉林见到许燕翔，估计更加认不出她来的。许燕翔前几年做了一个大型的整形手术，眼皮割成双层的，鼻子也垫高了好多，看上去像换了一个人似的。

许燕翔一直说等疫情消停了要来日本玩。她真来的话,我是否安排她跟张辉林见面叙叙旧呢?

我想了想,觉得还是算了。对许燕翔来说,张辉林并不是她年轻时快乐的印记。也许张辉林是唯一拒绝了她的男人。再说她跟张辉林见面有什么意义呢?张辉林不过是她的一小块心病,而今天连这一小块心病我也帮她除掉了。

热闹了一下午,这时候我开始觉得冷清了。

夜非常静,我抓起床头的那本书接着读下去,书名是《一个人的朝圣》。我喜欢这本书,但是有一个人这么评价它:一大群傻子看一个疯子在做疯事。

小说最后的那句话是:"指甲缝里塞着泥土的感觉真好。重新养育一些东西的感觉,真好。"